フラシノカミ
辺境から始める文明再生記3
Mizuumi Amakawa
雨川水海
illustration. 大熊まい

《アッシュ》
「空を飛ぶなんて絵空事だと思いこんでいる人達を、仰天させて差し上げましょう！」

「おう!」
《ヘルメス》

《アーサー》
「楽しみにしていてください、だそうです」
《イツキ》
「それで、その……アッシュは、なんて？」

Phoenix Revives from Ash

03

フシノカミ

辺境から始める文明再生記

3

雨川水海
Mizuumi Amakawa
illustration.
大熊まい

Phoenix Revives from Ash

03

CONTENTS

Phoenix Revives from Ash

03

伝説の羽

【横顔　ユイカの角度】

ノスキュラ村は、基本的には静かな村だ。

都市と比べると住人自体が少ないし、ほとんどが農民だから、朝や夕前に畑がにぎやかになるくらい。今日みたいな暑い夏の日は、皆が強すぎる日差しを避けるため、真昼でさえも村中を物静かな空気が流れている。

村それ自体が、気怠《けだる》く眠っているような時間。この中では、暑苦しい虫の鳴き声さえ、寂しく聞こえるもの。

例外といえば、獣が村に来るだとか、大雨が降るだとか、そういう災害が起きた時くらいだ。

そして、幸いなことに今のノスキュラ村は、物静かな空気——ではなかった。

そうなの。今、この村は大変なことになっているの。獣が来たわけでも、大雨が降ったわけでもないのだけれど、それより大変な怪物が来ているの。

その怪物は、アッシュ君って、いうんだけどね。

「ダビドさん、こんにちは。今、少しよろしいかしら」

「え？　あ、ユイカ様、こいつはすんません！」

影がほとんどできないような日差しの中だというのに、畑に出ていたダビドさんがわたしの声に振り向く。

「いえ、こちらこそ、お仕事中にごめんなさいね。暑い中、ご苦労様です」

「これくらいなんでもねえですよ。アッシュの奴《やつ》が都市でがんばってんですから、俺も負けてられねえんで」

よく日に焼けた顔で、ダビドさんが額の汗をタオルで拭う。あのタオル、アッシュ君が村に戻って来る時に買ってきたものね。

ダビドさんが手に持っている鎌も、アッシュ君が村のためにと買って来てくれたものだ。真新しい鉄の輝きが、降り注ぐ夏の日差しを跳ね返しているからすぐにわかる。

その事実に、わたしはどんな顔をすればいいのかわからなくなってしまう。

現在、わたしは脱走者アッシュ君を捕縛しに来た為政者なのだ。

あの子ったら、人狼《じんろう》と一人で戦うなんてとんでもないこととして大怪我《おおけが》しているの。怪我の療養のためにって、弟で領主代行のイツキが、報奨金と一緒にこの村に送り返して来た時には、心臓が止まるかと思ったわ。

わたしはサキュラ辺境伯の娘として、人狼を相手にして亡くなった多くの騎士、衛兵を知っている。一人前の戦士ですらそうだ。アッシュ君みたいなまだ幼い子が、そんな化け物を相手にしたら――わたしが、アッシュ君に目一杯のお説教をしてしまったのも、無理はないと思う。

生きているのが奇跡だわ。本当に、本当に、無事でよかった。

当然、ベッドの上でじっとしているのが、今のあの子の大事なお仕事。丁重に、我が家のベッドに寝かせて治療に専念してもらう――つもりだったのだけれど、お昼ご飯に呼ぼうとしたら、ベッドが空だった。

ええ、すぐにわかったわ。逃げられた、って。

あの子は、命にかかわる大怪我をしたっていうのに、ちっともじっとしていない！

まあ、その、クイドさんの馬車にあれこれお土産を積んで帰って来た元気一杯の姿を、生死の境をさまよった大怪我人だとは、ちょっとばかり認識しづらいのも確かだけれど。

あと、村の生活を考えれば、そのたくさんのお土産――新品のクワや鎌、衣服や調理器具なんかを無料で配ってくれて、本当に助かっている。

恐らく、このお土産で怒りの矛先を鈍らせようというつもりもあったに違いないわね。流石《さすが》ね、アッシュ君。確かに、こんなことをされたらわたしも態度が甘くなってしまう。

でも、甘い顔はしてあげません。これは親としての務めです。未来の、義理の息子に対する義母のね。

わたしは顔に出そうになる甘さを引き締めて、ダビドさんにたずねる。

「そのアッシュ君なのだけれど、ここに来なかったかしら？」

「ああ、さっきまでそこにいましたよ。ほら、あいつが持って来た、堆肥？　それの使い方をあれこれ口出してきやがって……。ちゃんと前に聞いた説明で覚えてるっつーのに」

やれやれと文句を言いながら、ダビドさんはどことなく楽しそうだ。久しぶりに息子と話せたことが嬉《うれ》しいのか、その息子が都市でまたなにかやらかしているのが誇らしいのか。きっと両方ね。

「そう……。その後、どこに行ったかわかるかしら」

「ああ、教会の方に顔出すっつってましたっけね」

「そう、教会ね。ありがとう、ダビドさん。あんまり張り切りすぎないでくださいね。こんなに暑いんだもの」

「ははは、これくらいなんてことねえですよ。熊殺しで人狼殺しの親父《おやじ》だからな」

アッシュ君の異名が、一つ増えたわね……。

正確には人狼を殺したわけではないのだけれど、村人にしてみれば一緒かしらね。すごいことには変わりないのだし。

それより、今はアッシュ君だわ。早く捕まえて、ベッドにくくりつけてお説教しないと。

教会のドアを開けると、聖堂は夏の濃い影の中、ひっそりとした静寂に——包まれていたのは、もう何年前のことだったかしら。

難しい顔をして唸《うな》っている子に、得意げに本を読み上げている子、飽きて隣の子にちょっかいを出す子に、それに怒っている子。

大変なにぎやかさだ。今となっては、これが村の教会のお昼時の当たり前。これもまた、奇跡のような光景ね。アッシュ君がここを使い始めるまで、もう何十年もなかったはずの教える会の姿。

子供達《たち》が勉強している中心に、銀髪の女性がいる。

「ターニャさん、少しいいかしら」

「ユイカ様？　ど、どうしました、なにかありました？」

「いえ、なにも……なかったわけでは、ないのだけれど。ええ、別にバンさんやジキル君に問題があったわけではないわ」

ターニャさんが白い顔をさらに白くするような重大な問題、ターニャさんのご家族である狩人《かりゅうど》の二人につきものの問題が起きたわけではない。

ただアッシュ君がベッドからいなくなっただけだもの。

そこをはっきりと伝えると、ターニャさんは胸に手を当てて大きく息を吐きだす。こんなに可愛《かわい》い子に全身全霊で心配される相手は、幸せ者ね。

特に、バンさんの方かしら。早く結婚してしまえばいいのに。村の人は皆、実質もう夫婦扱いしているし、ジキル君も最近はじれったそうな顔をしているらしい。

「えっと、それでは、一体どうしてこちらに？」

「ええ、アッシュ君がここに来たと聞いたのだけれど……」

見渡すが、アッシュ君は聖堂にはいないようだ。

「ああ、アッシュ君なら――」

ターニャさんが口を開きかけると、周りの子達が続きの言葉を奪ってしまう。

「アッシュ兄、さっきお勉強教えてくれたよー」

「都市に行って、ますます大人っぽくなってた。ね？」

「うん、都市のお話、色々してくれたの」

「僕も都市に行ってみたいって言ったら、お勉強をがんばりましょうって」

一斉に襲いかかって来た情報に、圧倒される。この子達も、すっかりアッシュ君の影響を受けてしまって……。

ええ、とっても良いことね。

「そうね、お勉強をがんばったら、アッシュ君みたいに都市へ留学させてあげられるかもしれないわ。アッシュ君の言う通り、お勉強をがんばりましょう」

途端に返ってくるはしゃいだ声と、力強い返事。これは、本当に留学を覚悟しないといけないかもしれない。

お金がちょっと心配だけれど……それもアッシュ君のおかげで、段々と余裕が出て来ている。

イツキやヤエに相談すれば、生活費をいくらか安く抑える方法も取ってくれるだろうから、今のうちから真剣に考えておこうかしら。

村の収入について計算し始めたら、ターニャさんが見失いかけた目的を思い出させてくれた。

「ユイカ様、アッシュ君なら奥の方です、フォルケ神官のところに」

「あぁ、ありがとう、ターニャさん。そうだったわね。それじゃあ、皆、今のお話はきちんと覚えておくから、お勉強、がんばってね」

元気の良い返事に笑顔で手を振ってから、神官の私室に続くドアをノックする。

「フォルケ神官、ユイカです。今、よろしいかしら」

「ん？　ああ、はい、どうぞ、ユイカさん、開いてますよ」

ドアを開けると、やっとアッシュ君が――いなかった。

中にいたのは、机の上の紙にペンを走らせるフォルケ神官だけだ。

「どうしました、ユイカさん？　なにかご用で？」

「え、ええ、アッシュ君がここにいると聞いて来たのだけれど……」

さして広くもない——特に、フォルケ神官の場合、本が一杯積まれているからすごく狭い——室内は、何度見回してもアッシュ君はいない。

「ああ、アッシュならさっき出て行きましたよ。もうちょっと古代語について話したかったんですけどね」

「入れ違ったのね……。どこに行ったか、わかります？」

「水車を見に行きたいって言ってましたね。あんな壊れたものを見に行って、なにをするんだか」

肩をすくめながら、フォルケ神官は何事か書き終えたのか、ペンを置いて立ち上がる。

「さて、アッシュもいなくなったし、聖堂にいる奴等《ら》の勉強を見てやるかぁ。いつまでもターニャに任せてたら悪いしな」

腰を伸ばしながら、億劫《おっくう》であることを表情に露骨に出すフォルケ神官。いささか、教える側の態度としてそれはどうかと思うものの、評判は悪くない。

意外なことに、子供との付き合いが上手、らしい。神官らしからぬ態度のフォルケ神官だけれど、それが逆に堅苦しくないのか、子供から質問しやすいとかなんとか、ターニャさんもそれで良いのかと不思議そうにしながら知らせてくれた。

実際、わたしがフォルケ神官と一緒に聖堂に出ると、子供達がすぐに絡んでくる。

「あ、フォルケが来たぞ！」

「フォルケー、続き教えろー！」

「聖堂ではもっと静かに、つーか走るな！　おら、そこに並べ並べ、騒げば騒ぐほど教える時間がなくなるからな！　ジーン、そっちのチビを連れて来い。ターニャはそっちの見てくれ」

わーと騒ぎながらも、子供達はなんだかんだでフォルケ神官の言う通りに並ぶ。ターニャさんの言う通り、見ていると教える側と教わる側というよりも、ボスとその一味という気がする。

あと、教え方自体は、アッシュ君にやっていたことをそのまま使っているそうだ。あの勉強嫌いのマイカがあっという間に成長したように、その方法はすごく効果がある。成長が実感できるから、子供達も楽しいのでしょうね。

あのフォルケ神官が、勉強会をこんなに熱心に続けるなんて……。これは流石に、わたしも驚くしかない。

亡者神官と呼ばれていた人物の、意外すぎる復活劇ね。

さて、それよりもアッシュ君だ。水車のある場所は……というより、あった場所は、川のところだ。もう何年も前に壊れた水車に、なんの用かしら。

今度こそ、捕まえられるといいのだけれど……そう思って川へ行ったら、ようやく見つけた。

「ううん、やはり、これだけ壊れていると一から作り直しでしょうね。その場合の工費は一体どれほどかと考えると、とても私のお財布の中身では……。そうするとすぐにはできないですし、それならいくつか技術を改良してからの方が結果的に安くて良いものに……」

うん、やっぱりね。腕を組んで水車小屋の跡を見つめているのは、小さな怪物さんだわ。

だって普通、水車を作り直す、それも工費を自腹で出すことを想定するなんてありえないもの。

その上さらに、技術の改良？　一体、なにをどれくらい考えているのかしら。

確認するのがとっても恐《こわ》いわ。思わず、笑みが浮かんでしまうほど。

「アッシュ君、水車が気になるのかしら？」

「あ、ユイカさん、良いところに！」

わたしを見て、アッシュ君がぱっと表情を輝かせる。

そういう顔を向けてくれるのは嬉しいけれど、あなた、ひょっとしてベッドを抜け出してここにいることを忘れているんじゃないかしら。

「やはり、水車がないのは不便だと思うのですよ。確かに粉にしなくても麦は食べられますけど、やっぱり小麦粉の方が美味《おい》しく食べられるじゃないですか。それに、今後発展していくとどうしても人力だとつらい作業が出てきますから、今から計画を立てておいた方がですね」

うん、完全に、忘れているわね。本当に困った子だわ。

マイカも、都市ではちゃんとアッシュ君を抑えきれているかしら。いえ、全部を抑えきれないことはわかりきっていたわね。イツキからも何度か、どうなってんのこの子、って問い合わせがきているくらいだ。

でも、きちんと手綱を握らないとダメよ？　この可愛い怪物さんを、わたしの義理の息子にしてくれるのなら、それをやらないと。

まあ、しばらくはわたしもお手伝いしてあげるわ。ちょっとだけ、この怪物さんの鉤爪《かぎづめ》を切っておいてあげましょう。この村を出て行く時にあれだけ切ったのに、ちょっと目を離したらニョキニョキ生えてきちゃってもう……。

「アッシュ君?」

「はい、なんでしょう、ユイカさん?」

「お昼ご飯、もうすっかり冷めてしまった頃なんだけど」

にっこりと笑って伝えると、アッシュ君も全てを思い出したみたい。

この子の計画では、お昼ご飯までにはベッドに戻っているつもりだったのかしら。それを全部忘れて、あちこちで暴れ回っていたのね。

今頃になって青ざめてももう手遅れです。

「さあ、ベッドに帰りましょうね」

そしたら、嫌っていうほどお説教してあげる。

暑い夏の日、突如現れた可愛い怪物さんのおかげで、ノスキュラ村は、今日も活気に溢《あふ》れている。

きっと、この怪物さんが暴れ回ったせいで、いなくなった後も騒がしいままでしょうね。

困った怪物さんだわ。

◇◇◇

村で一月《ひとつき》ほどの療養を終えて都市に戻って来ると、勲章を授与されることが決まっていた。

サキュラ戦闘一種銀功勲章という物らしい。

どういうものなんです、と上官であるジョルジュ卿《きょう》に尋ねたところ、機嫌よさそうに教えてくれた。

「言葉の順番に説明すると、功績を証明し讃《たた》える者が誰かという〝サキュラ〟、どんな分野での功績かというのが〝戦闘〟で、この場合は魔物と戦ったことを意味する〝一種〟、〝銀功〟というのはどの程度の功績なのかを示す区分だな」

「つまり、サキュラ辺境伯が、魔物との戦闘において、銀くらいの功績を挙げたことを褒めてくださる勲章だと」

「わかりやすいだろう」

とっても、と素直に頷《うなず》く。

ちなみに、戦闘二種は対人戦闘、戦闘三種はその他の特殊な戦闘に当てはめられるそうだ。

ジョルジュ卿の話では、他領でも、勲章の区分自体は同じだという。ただ、同じ勲章でも、日付や意匠によって、「なんの事件の時の活躍を証明するものか」が分けられているらしい。どの戦争へ参加したのかを示す従軍勲章のような感じだ。

また、その領主の嗜《し》好《こう》や領地の歴史によって変わり種の勲章があるそうで、温泉地ではお風呂に関係した湯煙勲章とかあるらしいですよ。

「銀功というと、どれくらい褒めてくださっていると思えばいいのでしょう?」

「今回贈られる中では、最も名誉ある勲章が銀功で、しかもアッシュのみの受勲だ。それくらいは胸を張って受け取るといい」

「おや、今回の一等賞ですか」

てっきり上に金があり、他の誰かがもらうのだと思ったが、ずいぶんと過分な評価を頂いている。最終的に人狼を倒したのは市壁の弩砲《どほう》部隊であり、私はジョルジュ卿が助けに来てくれなかったら死んでいたはずなのに。

「それだけの価値がある。アッシュの足止めがなければ、どれほど被害が出ていたか」

「前にも言いましたが、成り行きでしたけどね」

熊殿の時も心から思ったけれど、もう二度とやりたくない。

だって、村に帰ったら母上にしこたま叱られたのだ。それも、今回はユイカ夫人もタッグを組んでお説教を繰り出してきた。怪我が治ってからは、クライン村長直々に稽古をつけられたので、あの人はあの人で多分怒っていたと思う。

バンさん一家は呆《あき》れていたし、フォルケ神官はむせるほど笑っていたよ。素直に褒めてくれたのは父上くらいだ。

なんて割に合わない名誉の負傷だったのだろう。

「ちなみに、最年少受勲記録だと思うぞ。戦闘銀功では間違いないし、ひょっとすると受勲全体で考えても最年少かもしれない」

「私の年頃で戦いの場で活躍するなんて、色んな意味で良い傾向ではありませんからね」

溜息《ためいき》を吐《つ》きながら応えると、ジョルジュ卿は苦笑を漏らした。

「いや、まったくその通りなのだが、もう少し喜んでも良いのではないか？」

「褒めて頂いた時間の数倍のお説教を頂戴すれば、浮かれる気持ちも湧きませんよ……」

「ああ、うむ……その、大変だったようだな」

村を出る時は、念押しに念押しを重ねられて無茶をしないようにと言われたし、都市に着いてからもマイカ嬢とアーサー氏の視線が痛い。

「まあ、そんな中で、勲章という形で名誉を讃えてくださるのは、いくらか心が和みます」

「大いに和まされて欲しい。いや、本当に。それくらいの手柄を立てているから、そう気落ちせずに……。そうだ、報奨金も出るのだ。なにか欲しい物でもあれば――」

「なんだそれを先に言ってくださいお金はいくらあっても使い道に困りませんからね！」

筆記用具といった小物から、実験用資源まで、欲しい物も（金額的に）大小そろっているのでハウマッチでもどんと来いだ。

「アッシュは……和むを飛ばして走り出すんだな……」

ジョルジュ卿は、損をしたような表情でそう呟《つぶや》いた。

そうですね、和ませようと生真面目にがんばってくれてましたものね。

でもほら、子供は元気が一番って言うでしょ。和むのは年を取ってからたっぷりするから。それまでは、ほら、あれですよ……貯蓄。そう、和みの貯蓄をしておきますから。決して無駄にはしませんから。

そんなことをジョルジュ卿と話しているうちに、鍛冶場の準備が整ったようだ。近づいてきた職人さんが、軽く頭を下げる。

「じゃ、そろそろ製錬を始めます」

「はい、よろしくお願いします」

今日は、この製錬作業の見学に来たのだ。

製錬されるのは、一月前に私を殺しかけた人狼殿、という意味不明の素材を聞いて、どういうことか確かめずにはいられなかった。

鍛冶場の気温が、一気に上がる。

お弟子さんが、足踏みふいごで炉の火力を一気に上げたせいだ。地下に埋没している炉——正確には、地下に造った炉から、煌々《こうこう》と赤光が溢れて肌を射抜いてくる。

こんな小さな規模で製錬作業を行うのは効率が悪いのだろうが、これが今世の標準らしい。

なぜかというと、大きな製錬炉を必要とするほど大量の鉱石が手に入らないからだ。

領主業務を手伝って、領内都市の資源や交易品を把握した結果、今世の地下資源全般が枯渇状態にあるものと推測された。

石材も、鉱物も、ほとんど流通していない。化石燃料にいたっては記録上に一言も見当たらない。

建築用石材はとてつもなく高額で、市壁の修理などに使うため、都市予算で勘定する桁であり、個人の道楽でどうこうできるものではない。石材の流通には国王の認可がいるようで、実質お値段はついていない、と言っていいだろう。

道理で、石造りの建物どころか、石造りの設備すらも希少なわけだ。

尽きることのない強欲をいさめる教会の古い教えがあることから、前期・後期古代文明が、その辺りの資源を使い果たしたのではないかと見ている。

この考えに行きついた時には、目の前が真っ暗になった。

石炭も石油もなしで近代化・工業化を起こそうなんて、ハードモードにも程がある。とにかく火力が足りない。薪《まき》と木炭だけに頼っていては、すぐに森林資源が消えてしまう。

一方、文明の現状について、納得もした。

古代文明の持ち越し分があるにしては、今世の文明は発展速度が異常に遅い。

ガラスがほとんど見当たらないし、煉瓦《れんが》もない。この辺りは、もっと発展・普及していてもおかしくないはずだ。

なんたって、ガラスや煉瓦は中世どころか古代初期まで遡ってもおかしくない発明品だ。原始的な手段で技術の保持が可能……であるのにもかかわらず、ここまで途絶えた。

多分、化石燃料が手に入らなくなった古代文明滅亡前後に、代替として森林の伐採が進んだに違いない。それこそ、根こそぎ切り倒したのかもしれない。

そして、ガラスを作ろうにも、煉瓦を焼こうにも、薪・木炭が手に入らない時代が訪れ、知識も技術も地表から一掃されたのだろう。

案外、オーパーツというのは、こうして生まれるのかもしれない。

今、鍛冶場で高熱を発している炉だって原始的なものだ。見ていて不安になるほど、熱効率が悪い。化石燃料を当てにできない以上、森林資源は大事に永く使いたいのに。

「まず、これがアルミです」

真剣な表情で大飯喰《ぐ》らいの炉を睨《にら》んでいると、職人さんが教えてくれた。

今吐き出されている鎔《と》けた金属が、アルミニウムなのだろう。今世の一番安い貨幣、白貨に使われている。融点並びで抽出されるため、アルミから順番に、銀・銅・鉄……と続く。

その上さらに、三十キロほどの製錬屑《くず》が出る、と。ずいぶんと雑多な金属で構成されているものだ、人狼の肉体というものは。

今、炉にかけられているのは、人狼の毛皮を中心に、乾燥させた肉や骨だ。

金属の鎧《よろい》をまとっているような生き物なので、金属が抽出できるのも自然な――いやいや、どう考えても、ファンタジー理論だ。

前世的常識のせいで納得はしづらいが、鉱物産出が絶望的な以上、こうした形で新たに確保できるのは喜ばしい。

金属類が一定量供給され、貨幣という形で循環しているのも、魔物から取れるためなのだろう。

人類に不利すぎるファンタジーも、いくらかは優しさを知っているらしい。最小限だけは人道的なファンタジーだ。もう少し甘やかすということを知ってもいいのに。

私が熱心に頷いていると、ジョルジュ卿が興味深そうにうかがってきた。

「鍛冶場で見たかったものは見られたか？」

「ええ、よくわかりました」

次にやるべきことは、炉や窯の改良・改善だ。

長く険しい工業力向上計画、その端緒といったところか。計画書作って予算取ろう。

「神殿で本を探さなければなりません」

「うむ、わかっていたことだが」

ジョルジュ卿は、笑いを誤魔化すように咳《せき》ばらいをした。

「私にはよくわからない結論だ」

それもう、わかっているのかわかっていないのか、よくわからないですね。

あと、ネガティブな言葉の割に楽しそうなのはなんでですか。


ジョルジュ卿と、今後の軍子会のスケジュールや領軍の仕事のスケジュールを打ち合わせしながら寮館へと戻って来た。

私の胸には、捨てるだけだという製錬屑がしっかりと抱きしめられている。

これ、今は製錬に必要な技術や知識がないだけで、さらに有用な金属が含有されていないかと期待している。結果が出るのは、いつになるかわからない。

その最初の一歩、工業力向上計画を作ると決めた私が取る行動は一つだ。頼もしい仲間達に懇切丁寧にお願いし、助力を得るのだ。

農業改善計画の栄光よ、もう一度。

マイカ嬢とアーサー氏は、寮にいるだろうか。レイナ嬢は寮館にいる予定だと今朝言っていたので、そちらから捕捉……もとい接触を試みよう。

その予定は、寮館の門で早まった。

「全員やめなさい！」

毅然《きぜん》とした声は、レイナ嬢のものだ。

普段は落ち着いた彼女だが、年頃らしくやんちゃな軍子会の面々を叱る時に、よくこんな大声を出す。

母親が寮の責任者だということもあり、レイナ嬢の一喝で大抵の騒ぎは鎮静する。

「やめなさいと言っているでしょう！」

ところが、今日はそうはいかなかったようだ。彼女にしては珍しく、叱声に焦りが見られる。

「レイナさんがあんな声を出すなんて、ちょっと心配ですね」

「うむ、あちらだな」

私とジョルジュ卿は、顔を見合わせて、声の方向に小走りに駆け寄る。

レイナ嬢は文官肌なので、暴力沙汰にまで達してしまうと鎮圧能力は低いのだ。

寮館の庭では、案の定、取っ組み合いの喧嘩《けんか》が始まっていた。三対一の喧嘩のため、一方的なものだが、その一方的にやられている方がむしろ獰猛《どうもう》に突っかかっている。

「そこまでだ！」

状況が口喧嘩の域を超えていると見るや、ジョルジュ卿が間に割って入る。現役騎士の強引な仲裁で、ひとまず双方の拳が届かない位置まで引きはがされる。

三人組の方はモルド君一行だった。それに一人で挑みかかっていたのは、ヘルメスという少年だ。ヘルメス君は勉強会の一員で、都市の有力鍛冶屋の息子だという。他人とあまり話をせず、内向的で大人しい印象だった——今、顔に青あざをつけて、手負いの獣のようにモルド君達を睨んでいる表情を見るまでは。

あれかな、普段大人しい人ほど怒らせたら怖い、ということだろうか。

「それで、一体何事だ」

再び両者が取っ組み合いを始めないよう、ジョルジュ卿が睨みをきかせながら尋ねる。

「向こうが先に手を出してきたんです」

これはモルド君の主張である。

一方、ヘルメス君はむっつりと黙りこんで、主張も弁解もしない。勉強会でもこの調子で寡黙なので、孤立気味だ。それでも勉強には人一倍熱心なので、嫌われてはいなかったりする。

そんな勉強会仲間を見かねて、レイナ嬢が溜息を吐きながらジョルジュ卿に説明する。

「先に口を出して来たのは、モルド達です。からかって挑発して、まあ、それでヘルメスが殴りかかったので、そこは責められても仕方ありませんが」

レイナ嬢は、ヘルメス君に好意的というより、モルド君達に非好意的なのだろう。三人組を見る時、視線に鋭い棘《とげ》がある。

それにしても、三対一の状況で挑むとは、ヘルメス君はなにを言われたのか。

「ヘルメス君、一体なにを言われたんだ」

それいかんによって、どちらがどれだけ罰を受けるか決まるため、ジョルジュ卿は無口な少年に強い口調で説明を求める。

立場のある、年長者からの命令である。子供には抗《あらが》いがたい迫力がある。

それでも、ヘルメス君は唇を噛《か》んで黙りこんだ。

その鉄のように固い眼差《まなざ》しに、彼の頑固っぷりがよく表れている。それと同時に、今にも泣き出しそうな雰囲気からは、噴き出しそうな感情も。

「ヘルメス、きちんと説明しないと」

案じた声は、レイナ嬢だ。経緯を知っているらしい彼女は、ヘルメスを助けようとしている。

眉根を寄せ、弟をたしなめるような表情で説くレイナ嬢を、ヘルメス君はちらりと見た。

それでもしばらく、なにも言わなかったが、動き出そうとする少年の心を感じて、ジョルジュ卿はじっと待つ。

やがて、ヘルメス君は、左手に握りしめた鉄の塊を見せた。

「あいつら、これを見て……飛ぶわけがないって言うから」

ヘルメス君が掌《てのひら》に摑《つか》んでいたものを見て、ジョルジュ卿は首を傾《かし》げる。レイナ嬢も、それがなんなのかはわかっていないようだ。モルド君一行は、バカにしたように口元を歪《ゆが》めている。

そして、私ことアッシュは、脳内麻薬がどばどば噴き出していた。

「ほほう！　これは素晴らしい！」

それまで一歩下がっていた距離から、瞬間移動の気持ちで身を乗り出して、ヘルメス君の掌を覗《のぞ》

きこむ。

鉄の塊といっても、それは精緻な細工物だ。

葉巻型の胴体に、風車の羽根と翼をくっつけたフォルム。間違いなく、航空機の模型だ。多少歪《いびつ》であっても、見間違いが不可能なほどに再現されている。

「単葉機、というタイプでしたか。おお、プロペラが回転するのですか！　凝っていますね！」

「わ、わかるのか？」

ヘルメス君が、なんだか瞳をきらきらさせながらたずねてきたので、当然頷いておく。

前世らしき記憶ではそこまで珍しいものではない。乗ったことだってある。もっとも、乗ったのはジェット式の旅客機であり、こんなレシプロ式の古典作品は映像で見たことがある程度だ。

「これは一体どこで手に入れたのでしょう。今まで、航空機の模型なんて見たことがありませんよ」

「これは、自分で作ったんだ」

これでも名のある鍛冶屋の倅《せがれ》だから、とヘルメス君はちょっと自慢気に口の端をつり上げた。

「ほほう！　ますます素晴らしい！　ヘルメスさんは、航空機が好きなのですか？」

「ものすごく好きだ。こんな格好いいものが空を飛ぶんだぞ、しかもすごく速い。鳥より速いんだぞ」

実に生き生きとした明るい表情でヘルメス君が話しだす。

レイナ嬢が隣で驚いている。航空機という今世では馴染《なじ》みのない機械に対してではなく、饒舌《じょうぜつ》なヘルメス君に対してだ。こんなヘルメス君見たことない。さっきまで頑《かたく》なに黙りこんでいたヘルメス君はどこにいった。

「昔、神殿の本で、空飛ぶ機械の絵が描かれていたのを見たんだ。それがこれだ。ようやくここまで再現できたんだ。この回る部分がすごく大変だった」

「ええ、見事なものです。独力でここまでとは、さぞ努力したのでしょう。やはり、いつかは実際に飛ぶ航空機を作ってみたいとお考えで？」

もちろんだ、とヘルメス君は力強く拳を握って応える。

「そのために、親父に無理言って軍子会に入れてもらったんだ。字を覚えて、本を読んで、この機械がどうやって飛んでいるか調べて、それでいつかは……！」

ヘルメス君の視線の先には、青い空しかない。それ以外はどうでもいい、と言わんばかりの眼差しだ。

それを、私はよく知っている。古代文明の古代語解読に挑んでいる時の、フォルケ神官にそっくりだ。

疲れるまで挑んで、つらくても挑んで、苦しくても挑んで、千の夜を越えて挑んでも、それでもなお夢に届かない。

一生かかっても捉えきれないかもしれない夢の輪郭を見るため、焦点が狂った超望遠の眼《め》。

おかげで、足元にある楽な生き方がまるで見えていない。

だけど、どうしようもないと言う。

余人が呆れるほどの無謀な夢を追いかけることが、自分でも呆れるほど楽しくってしょうがないのだ。

楽しくて、楽しくて、身を焦がすほどに楽しいのだ。

夢叶《かな》わず倒れた時、受け止めてくれる大地を呪うほどの無念に襲われることがわかるくらいに楽しいのだ。

夢叶わず倒れた時、見上げる空が一生を報いるほどに輝くことを確信できるくらいに楽しいのだ。

よくわかる。私も同じだ。

「素晴らしい夢です」

だから、素直に、夢見る同志を賞賛する。

モルド君一行が笑い出した。なんだか嘲りの言葉を囁《ささや》いているようだが、気にもならない。他人の夢が大きいからと笑う者は、小人《しょうじん》というものだ。

ただ、前世分の精神的成熟がある私とは異なり、ヘルメス君は露骨に不愉快そうだ。噛み締めた歯の音が聞こえてくるような顔をしている。

さきほどまで、明るい顔で夢を語っていたのが嘘《うそ》のように、再び口を閉ざしてしまう。

なるほど。ヘルメス君が普段無口なのは、こうして夢を嘲笑されてきたせいなのかもしれない。

無理もない。あどけない少年が、好きな夢をバカにされれば、心が硬質になってしまいもする。

そういう意味では、私は恵まれていた。

フォルケ神官は私より先に夢見る中年だったし、ユイカ夫人は私の夢を優しく受け入れてくれた。

マイカ嬢なんて、すごいすごいと褒めて手伝ってくれている。

大志を抱く少年が、こんなところで損をするのはもったいない。私は、ユイカ夫人からもらった親切心を使うことにした。

「ヘルメスさん、その夢、私も協力しましょう」

初めて言われた台詞《せりふ》だったのか、ヘルメス君はたっぷり三秒ほど経《た》ってから、顔を上げた。

「え？」

「古代文明の記録にしか残らない航空機の復興、素晴らしいではありませんか。丁度、工業力向上計画を立案しようとしていたところです。ヘルメスさんの夢を叶えるため、私も協力します」

モルド君一行の笑い声が余計に大きく、品がなくなったが、私は別にいらだったりはしない。

精神的には大人ですから。相手は子供、私は大人。本気で怒るわけがない。

だから、続く台詞はヘルメス君のための宣言である。ちょっと私情が混じっただけだ。

「二人で協力して、あのうるさい人達を黙らせましょう」

ぐうの音も出なくしてやろうぜ。

なぜか、私の顔を見たヘルメス君の表情が強張《こわば》ったが、きっとモルド君達の発言への怒りをこらえているのだろう。この子も、私同様大人な精神をしているようだ。

「ああ、その、アッシュ君？」

軍子会業務用の口調で、ジョルジュ卿が声をかけて来た。

「なんでしょう、ジョルジュ卿」

「いや、そちらで話をまとめているところ悪いのだが、軍子会の規則で、私闘をした以上、罰が必要なのだ。特に、口論があったとはいえ、先に手を出したヘルメス君は……」

「ジョルジュ卿」

なに、私の邪魔するの？

にっこり笑って、可愛い息子分としておねだりを視線にこめる。

だが、そこは生真面目さで領主代行に信頼されるジョルジュ卿だ。少し躊躇《ためら》ったようだが、首を横に振られる。

「こういった規則は、軽んじてはならない。軍子会は、統率者としての対応を学ぶための場でもあるのだ」

「なるほど。人の集団を率いるためには、規則・規律を守らねばならないというわけですね。ごもっともな話です」

ジョルジュ卿の立場をおもんぱかって頷いておく。

でも、絶対に退《ひ》いてあげません。人の夢を笑う輩《やから》にはお仕置きが必要です。

「ですが、ジョルジュ卿。統率者としての振る舞いと言うならば、能ある者をささやかな間違いで叱ることは、才人を委縮させ、積極的な行動を妨げる危険な教えになりかねません」

「む……しかしだな」

規則違反を間違い、罰則を叱る、と言い換えて誤魔化してみると、ジョルジュ卿の態度が軟化した。

もう少しだ。どんどん押すよ。

「考えてもみてください。軍子会の他の誰が……いえ、この王国の他の誰が、失われた空飛ぶ機械を復興させようなどと考え、実際に行動しているでしょう」

王国中を探せば何人かいそうですけどね。フォルケ神官の王都時代の研究仲間辺り、特にいそうだ。

「他の誰も考えられない、誰も行動できないことを、ヘルメスさんは考え、行っているのです。王国において唯一無二、これを稀有《けう》な才能と言わずになんと言うのです」

レイナ嬢の方から、なにか聞こえて来た。アッシュがそれを言うの、とか。私は特殊例だから別枠です。

「もし、これでも、たかが子供の喧嘩へのお仕置きに対して、ヘルメスさんの有能さが足りないと思うのならば……二週間、お待ちください。空を飛ぶ技術の復興、その可能性をご覧にいれましょう」

私は、さっとヘルメス君を矢面に立たせる。

「この、ヘルメスさんが！」

危なかった。思わず、私が主役みたいなノリで言い切ってしまうところだった。

今回の主役はヘルメス君なのだ。私はそのお手伝い。手柄はヘルメス君のもの、私はモルド君が黙ればそれでいいのです。

「アッシュ……俺はなにがなんだか……」

大丈夫ですよ、ヘルメス君。私めっちゃお手伝いしますから。やることはもう決まっているから。できることは前世らしき記憶で保証されているから。だから、そんな不安そうな顔しないで。

困惑するヘルメス君に、レイナ嬢が慈愛に満ちた表情で肩を叩《たた》く。

「大丈夫よ、ヘルメス。後でマイカとアーサーに、これ以上の暴走をしないように制御してもらうから……だから、とりあえず、あきらめて」

ヘルメス君が、トドメを刺されたような顔になってしまった。


ヘルメス君がモルド君一行に喧嘩を吹っ掛けられるという、非人道的な事件が起こってしまった。

この暴挙と言ってよい事態に対し、軍子会の一員として、また勉強会の仲間として、ヘルメス君を守るために立ち上がったのは、私・レイナ嬢・マイカ嬢・アーサー氏である。

オブザーバーとして、第三者組織からヤエ神官にもご参加頂いていることから、正義がどちらの側にあるか、三神の下に明白というものだ。

「そんなわけで、これからヘルメスさんの航空機技術復興のお手伝いをして、事態の平和的解決を果たします」

神殿の蔵書閲覧室で宣言すると、ヘルメス君以外からは各々、了解の旨の返事が上がる。

「いいよ。それでなにするの？」

「アッシュはまた、すぐバタバタ動いて……。療養から帰って来てすぐだよ？　体調は大丈夫？　僕はなにをすればいい？」

「わたしはその場にいて止められなかった責任があるから、あきらめているけれど……できることの限度はあるわよ？」

「航空機、ですか。古代文明の中でも、象徴的な伝説の一つですね。この神殿に技術的な本は少ないはずです」

皆さん良い感じに慣れて来ているようで、話が早くてなによりです。

一方、慣れていない初参加のヘルメス君は、しばらく周囲の面々を見回してから、首をひねる。

「会話の内容がおかしいと思うんだが……大丈夫なのか？」

正気的な意味っぽい問いかけに、私はヘルメス君同様に一同の顔を見回してから、たずね返す。

「大丈夫に見えませんか？」

「大丈夫に見えるのがすごく恐ろしいぞ……。普通さ、空飛ぶとか、そういう話をすると、もっとこう……ありえないとか、そんなバカなとか、そういう言葉が出ると思うんだ。もうちょっと驚かないのか？」

私は前世らしき記憶があるので、空を飛ぶ機械があるのは当然のことだが、今世の常識ではそうかもしれない。思えば、他のメンバーのリアクションが物足りない。

そう思っていたら、

「アッシュ君の話だもん」

「アッシュ以外が言い出したことには驚いたかな」

「アッシュのおかげで慣れたわ」

「アッシュ君ならいつかはと思っていました」

一同がこの回答だったので、原因らしい私は苦笑するしかない。

ヘルメス君が、驚異の目で私を見て来る。

「いえ、まあ……そういえば、前から私の夢を話していましたので、いまさら航空機くらいではインパクトが足りませんかね」

「アッシュの夢？」

古代文明の豊かな生活の復興。

言ってしまえば、航空機はその一部だ。いまさらこのプロジェクトメンバーに驚けというのは無理がある。

そのことを説明すると、ヘルメス君の方が顎を落として驚いた。

「古代文明の生活!?　おま、それ……え、じゃ、なにか？　夏でも涼しい部屋とか、氷を作る機械とか、火もなく温かい機械とか、音や絵をいつでも何度でも繰り返せる機械とか、そういうのひっくるめて造るって意味になるぞ!?」

「そういうのをひっくるめて、楽しく幸せな生活を送りたいなぁ、と夢見ています」

夏が暑かったのでエアコンと冷凍庫がものすごく恋しかったです。

「はあぁぁ～……」

ヘルメス君は、感心したのか呆れたのか、大きく息を吐き続けて、丸くなって縮まっていったかと思うと、肩を震わせて、笑い出した。

「ははははは！　でっけえ、参ったな、でっけえ夢だよ、参った！」

ヘルメス君は、でかいと参ったを、何度も繰り返して笑う。

「俺、初めて、自分よりでかい夢だと思ったよ、アッシュ。参った、ほんとに参ったよ」

そうして顔をくしゃくしゃにして笑いながら、涙を零《こぼ》した。

「道理で、俺の夢を、みんな、笑わずに聞いてくれるわけだよ」

心底嬉しそうな、涙だった。

隣に座っていたレイナ嬢が、微笑《ほほえ》みながらハンカチを差し出す。

ハンカチを目元に当てながら、ヘルメス君は、一言だけ、呟いた。

ありがとう、と。

貧しい社会で夢を見るというのは、それだけで大変なもののようだ。ヘルメス君を見ていると、そう思う。

それもそうか。

生きることに必死では、未来に向けた計画など余計な重荷にしか思えまい。私も、ユイカ夫人の朗読を聞くまではそうだったはずだ。

あの頃の私は、どんな眼をしていたのだろう。死に腐れた魚の眼をしていたんだろうな。

やはり、社会全体の生活水準を一刻も早く向上させねばならない。

もっと夢見る若者を増やし、夢に向かって学べる者を増やし、夢を叶える者を増やしていこう。

もちろん、希望の翼で未来へ羽ばたく皆さんと、私自身も同志として共に歩む所存だ。

今回のヘルメス君のように、夢の方向性が一緒の場合は、彼の夢を叶えることは私の夢を叶えることですからね。

どんどん手伝って差し上げるので、どんどん手伝って頂こう。

好意には好意を。

どんどん拡《ひろ》げていこう、好意の輪。


しばらく、噛み締めるように泣いていたヘルメス君も、濡《ぬ》れたハンカチをたたんで顔を上げた。

「悪い、みっともないとこ、見せた」

気恥ずかしそうに鼻をすするヘルメス君に、レイナ嬢が優しい声で否定する。

「そんなことないわ。あなたは立派よ、素敵な夢を持っているんだもの」

「ん、それはまあ、俺も自慢できると思う」

はにかんだ笑みを見せるヘルメス君は、今までよりずっと明るい感情を放つ。静まり返った場の空気に、軽やかな熱が入ったようだ。

良い雰囲気なので、このまま決めることをささっと決めてしまおう。

会議に明るさは大事ですよ。面倒事も、ノリと勢いでやっちまおうぜ、と押し切れたりするから。

「では、今後の予定について話し合いを始めたいと思います。よろしいでしょうか。えーと、どこから話していきましょうかね」

炉・窯の性能向上から手を付けようとしていたところに、いきなり百段くらい飛ばした航空機技術開発が案件として入って来たので、少々予定が狂った。

おまけに後者の案件には、モルド君一行を合法的かつ平和的に殴りつけるという副次目標もある。

私が話し出しに悩んでいると、マイカ嬢が挙手する。

「はい。アッシュ君がとりあえずやりたいと思ってることはなに？」

「炉や窯の改善改良と、簡易飛行模型の作製ですね」

「なんで迷っているのかと思ったら、やりたいこと二つあったんだ」

納得した様子のマイカ嬢に、他のメンバーは呆れ顔だ。

代表として、アーサー氏が手を挙げる。

「普通、どちらか一つだけでも大事《おおごと》になる案件を、二つも同時に場に提出するのはどうかと思うよ」

仕方ないではありませんか。片方が飛びこみ案件なんですから。

それに、どちらも同じ工業分野の話なので、大きく見れば二つではなく一つの問題です。

「アーサーさんのお言葉もごもっともですが、炉や窯の改善を、工業力向上計画という大きなお話の手始めにしようと考えていたところに、ヘルメスさんのお話がやってきましたので、もう全部ひっくるめてまとめてしまおうと思いまして」

「すげえ。夢物語の空飛ぶ機械が、おまけみたいに扱われるとか、おかしい話がさらっと出た」

ヘルメス君は衝撃を受けたらしく、小声で呟いた。レイナ嬢が、いつものことだ、と言いたげにその肩を叩いて落ち着かせている。

「その二つを、一つにまとめる意味はあるのかな？」

「私の計画にヘルメスさんの協力が得られそうですし、ヘルメスさんの夢に私が協力できそうですから、まとめた方が色々簡単ですよ？」

ざっくりした私の説明に、アーサー氏が困った顔で微笑む。

「どうしよう、マイカ。すごくアッシュらしいなと思ったら、反論する気も失《う》せてしまったよ」

「う〜ん、別に良いと思う」

「え、止めなくて良いの？」

アーサー氏が裏切られたような顔をしている。一方、言葉の短刀でばっさり切り落としたマイカ嬢は、鶏を絞めましたくらいの平気な顔のまま頷く。

「アッシュ君が言うなら、それなりに筋道通った計画だもん。それに、計画は大きい方が人員も予算も多く出やすいって言うから。後は、計画実行の手綱さばきがしっかりしていれば、大丈夫だよ」

できないことは後回しにして、やれることからやれば潤沢な資源の集中投入ができますからね。

私がよき理解者であるマイカ嬢に親指を立てて見せると、マイカ嬢も満面の笑みで返してくれる。

もちろん、マイカ嬢の言う通り、それなりに考えがある。ただノリで突発イベントを吸収したわけではない。

工業力の向上を目指すと言っても、漠然とした内容になってしまう。

短期的には、炉や窯の改善改良ということで、煉瓦を作ろうと考えている。だが、そこで終わっては困る。火力の安定は、ほんの土台に過ぎないのだ。そこから、加工技術の向上、製造量の向上、開発力の向上と、全てを高めたい。

では具体的に、どれほどの段階までの向上を考えているかというと、古代文明レベルまでだ。

しかし、これで計画を立てようにも、ちょっと具体性に欠けるし、ちょっと範囲が広すぎるし、ちょっと目標が遠すぎる。

ええ、ちょっとだけですけど。

そこで、航空機技術の復興という着地点を用意すればどうか。内燃機関や、軽量で耐久性のある各種合金の作製、精密な組立・加工技術など、工業技術の集大成としてわかりやすい。

計画を立てる側としても、見る側としても、なにをどこまで高めれば良いかという目安ができて、都合がよろしいだろう。

なにより、空を飛ぶというのは、万人にわかりやすいインパクトとロマンがあるので、計画の印象もよくなる。

攻撃ミサイル技術の開発というより、人跡未踏の月へ行く技術の開発といわれた方が、老若男女、素直に応援しがいがあろう。何事も印象は大事だ。

問題としては、技術的な目線で見るとまだまだ目標が遠すぎるということだろう。古代文明全てを復興させるレベルよりは、遥《はる》かに近くなってはいるが、いまだにちょっと目も眩《くら》むような遠さだ。

ちょっとだけですけど。

そこはもう、計画を第一段階、第二段階と区分して、漸次達成段階を設けよう。一次計画で全体の十分の一、二次計画で次の十分の一、といった具合に。実際には、百次くらい必要になると思われる。

内燃機関、シャフト、ボールベアリング、ギア、ナノテク……未熟な技術も、未開発技術も実に盛りだくさんだ。

本当は、最初の到達点は木炭自動車レベルにしようと思っていたのだが、ヘルメス君がいたので、ちょっと背伸びして航空機までハードルを上げてみた。竹馬で梯子《はしご》に登るクラスの背伸びだと思う。

そんなことを説明すると、レイナ嬢が何度か言葉を吟味してから、溜息を吐いた。

「相変わらず、理想が高すぎるのか、地に足が着いているのか、よくわからないわね」

「地に足の着いていない理想は、叶うことのない妄想ですよ」

その点、ヘルメス君は、正しく理想の持ち主だった。

航空機の仕組みを知るために、まずは本を読む力を蓄えようとしていたのだから。航空機技術という高度な知の山頂の前では、最初の一歩に過ぎないかもしれない。しかし、一歩を前に出た者と、一歩も進めない者とでは、ゼロと一ほどの違いがある。それは無限の差に等しい。

そんな一歩を踏みしめる夢追い人、ヘルメス君は、私の話をゆっくりと咀嚼《そしゃく》した後、首を傾げる。

「俺としては、誰かが協力してくれるなんて、今までになかったすごいことだ。だから、アッシュの言うことをしばらく聞こうと思う。だが……」

ヘルメス君は、どうにも納得いかないように私を見つめる。

「お前、ひょっとして航空機について、すでに色々知っているのか？」

「現状ではまだまだ技術力が足りない、ということくらいは知っています」

「やっぱりか！　俺も空を飛ぶにはどうすればいいか、まるでわからないことだけはわかっていたが、アッシュはもっと足りないことがわかっているみたいだったからさ。そうじゃないかと思ったんだ！」

そう言って、楽しそうに歯を見せて笑う。

「ちょっと聞かせてくれよ。例えばどんなものが必要なんだ？」

「もちろん、私が知っていることでしたら全部お話ししますよ。ですが、その前に、一つ空を飛ぶ機械を造りましょう」

私の言葉に、ヘルメス君はますます楽しそうに唇をつり上げる。我慢できないように、机に身を乗り出しさえする。

「おいおい、まだまだ技術が足りないって言って、もう空を飛べるのか」

「その最初の一歩といったところですね」

前世らしき記憶では、初等教育の工作なんかで使われていたくらい簡単なものだ。今世の技術レベルでも再現できる。

工業力向上計画のデモンストレーションとして、ゴム動力紙飛行機を作ろうと思う。

「そうですね、ヘルメスさんがもう我慢できないようですので……マイカさん、一つチームを率いて、煉瓦について調べて頂けますか？」

「煉瓦がよくわからないけど、それを教えてもらえるなら、任せてよ」

流石の頼もしさである。

「では、マイカさんとアーサーさん、ヤエ神官で煉瓦の製造法を調べてまとめてください。炉や窯の改善計画を、工業力向上計画の第一段階として立案します」

名前を呼ばれなかったレイナ嬢、ヘルメス君が、自然と顔を見合わせる。

「レイナさんとヘルメスさんは、私と一緒に航空機技術の復興といきましょう！　空を飛ぶなんて絵空事だと思いこんでいる人達を、仰天させて差し上げましょう！」

驚きのあまり心停止もさせてやりますよ！

ヘルメス君が、嬉しそうに握り拳を見せてくれる。

実に頼もしいので、私も拳を掲げ返し、互いにこつんとぶつける。

そんな私達を、レイナ嬢は潤んだ目で見つめる。

「アッシュとヘルメスって、気が合いそうよね。とんでもないことをやらかしそうな人が二人に見えるのだけど……わたし、泣きそう」

マイカ嬢とアーサー氏が、涙目のレイナ嬢の励ましにかかった。

◇◇◇

【横顔　ヘルメスの角度】
初めて飛行機を見た時、火がついたと思った。

親父に連れられて行った神殿で、親父が神官とよくわからない難しい話をしている時のことだ。理由はよくわからない。神官が本の補修でもしていたのか、机の上に大きな本が開かれていた。それは、前期古代文明の技術に関する本だったらしい。

引き寄せられるように本を覗きこんだこと、今でもよく覚えている。俺の人生が、正しく狂った瞬間だったからかもしれない。

最初は、へんてこな形の風車なんだと思った。今になって思い出すと笑ってしまう。それは、プロペラ、と呼ぶべき部品を見ての感想だった。

なにも知らないからこその珍妙な感想は、続く発見に呑《の》みこまれる。

細長い筒のような胴体、胴体から横に長く伸びる翼。そう翼だ。鉄でできた鳥の翼。

我ながらおかしなことに、俺はその姿を見て直感したんだ。これは空を飛ぶ、と。

そうだ、親父に聞いたことがある。ずっと昔、古代文明っていうのがあって、それにはいくつも夢みたいな話があったけど、その中に空を飛ぶ機械、ヒコーキの話があった。この鉄の鳥がそれに違いない。これがヒコーキなんだ。

こんなものが、鳥のように飛ぶんだ。吹きつける風に乗って、あの綺麗《きれい》な青空に交じって、空を飛ぶんだ。

それは、とんでもなく面白い、最高に面白い、世界で一番面白い遊びに違いない。

——火がついた、と思った。

訳もわからず沸き上がる強い衝動、空を飛ぶことへの混じりっけなしの憧憬。それは笑うを通り越して叫びだすくらいの、愉快な気持ちだ。

これだ。これだ。これなんだ。俺がやりたいのはこれだ。俺がやるべきはこれだ。これが欲しい。これが造りたい。これでいい。これだけでいい。

空を飛ぶこの鉄の鳥を造る。人を、あの空の青さに交ぜこんでやるんだ。誰もが楽しいに違いない。誰もが喜ぶに違いない。

どうしてかって？　そんなこと考える必要があるのか。だって、人が空を飛ぶんだぞ。

熱かった。考えただけなのにあまりに楽しすぎて、全身が熱かった。

火が、ついたんだ。俺の命に、ヒコーキを造るっていう夢の火が、ついたんだ。

そうなってしまったら、後は簡単だ。ヒコーキを造るんだ。その夢を形にするだけ。

そんな俺に向かって、親父を始め、神官も、家族も、周りの大人の誰もが、無理だと言った。

飛行機なんて大昔の話で、そんなもの本当はありっこない。人は飛べない。鳥とは違うから、人は絶対に飛べない。

そんなバカな話があるか。俺は膨れっ面で――恥ずかしい話、大泣きしながら――言い返した。

鳥が飛んでいるのに、人が飛べない理由があるものか。鳥の真似《まね》をすればいい。なんなら、虫の真似でもいい。空を飛ぶなにかがいるなら、空を飛ぶためのなにかがあるはずだ。

周りの大人は口をそろえて言い返す。そんなわけがない。できっこない。だって、誰も空を飛んだことないんだから。

そんなバカな話があるか。じゃあ、あの本はなんだ。あれはヒコーキで、それは空飛ぶ機械で、だから昔はあれで空を飛んでいたってことだ。ほら、人は空を飛んだことがあるじゃないか。

俺の話を、周りの大人の誰もが認めなかった。あれは昔の話、大昔の話だ。本当だなんて誰にもわからない話。今は誰も飛べない。自分も飛んだことはない、お前も飛んだことはない。だから、人は飛べないんだ。

話はそれで終わり。いや、俺は終わらせなんてしなかった。連中が勝手に終わらせただけなんだ。

そんなバカな話があるか。そんなバカな話があるか。俺はずっと言い続けた。

じゃあ、あの本はなんだ。他にも、ヒコーキの本はあるんだ。いくつもの本に、ヒコーキのことは書かれているって、教えてくれた神官がいる。本当の本当にヒコーキが嘘っぱちなら、なんで、こんなにも皆がヒコーキのことを知っているんだ。人が空を飛ぶことを嘘だと否定する口が、どうして空を飛ぶ機械の名前を知っているんだ。

そんな雑な言葉で、俺の夢の火を勝手に消そうとしないでくれ！

こんなに楽しい夢を消されてたまるものか！

それでも、周りは信じてくれなかった。俺の夢を支えてくれるのは、ヒコーキが書かれた本だけになった。

それから、ヒコーキが、飛行機になって、航空機がわかるくらい、俺は勉強した。

それでもまだ、空飛ぶ機械の造り方はさっぱりわからない。もっと勉強する必要がある。もっと読める本を増やさなくちゃいけない。職人の家で教えられる知識程度ではなにもかもが足りない。

そうなると俺にできることは、神官になって神殿に入るか、軍子会に入るかだ。どちらでもいいからと親父に頼みこんだら、たまたま領主一族の子が同年代だということで、軍子会に入ることになった。

親父としては、運がよければなにか人脈を、と思ったのだろうが、生憎《あいにく》俺はただ勉強がしたいだけだ。字はある程度読めるし、計算もある程度できるようになったが、飛行機の本を手に取るとわからないことだらけだ。

期待していた軍子会の勉強も、さして高度ではない。騎士の子や村長の子でも、俺より文字を読めない奴がなんでこんなにいるんだ。おかげで話が前に進まない。

軍子会が始まって早々、俺が不貞腐《ふてくさ》れていると、神官の一人が「おや」と声をかけてきた。

「あなたは……飛行機の子ですね」

黒髪の、綺麗な女の人には、見覚えがあった。三年前、周りの大人の誰もが、飛行機なんて嘘っぱちだ、と言葉を浴びせて来る中で、たった一人だけ、「多くの書物に記述がある以上、実在した可能性は高い」と俺の夢を守ってくれた神官だ。

「どもっす、ヤエさん」

あれからも神殿に本を見に来て、何度か顔を合わせている。数少ない俺の……友達ってわけじゃないけど、顔見知りだ。

「ええ、お久しぶりです。軍子会に入ったのですね。私も、軍子会の神殿側の座学担当なんですよ」

「話は聞いてるっす」

ヤエさんは綺麗な人なんで、軍子会の男子連中から人気が高い。他のメンバーとほとんど話をしない俺にも、その話が聞こえて来るくらいだ。

「ところで、あなたも共同の座学を受けているのですか？　ヘルメスさんは確か、読み書きがそれなりにできたと思いますが……少なくとも、読み方の授業は意味がないのではありませんか？」

「正直、退屈っす」

一応、自己申告はしているんだ。これくらいは読めるから、座学はいらないって。でも、親父が鍛冶職人としてそれなりに名前が知られているとはいえ、所詮は職人の家系、騎士や村長の跡継ぎでさえほとんど読み書きできていない有様では、信用されなかったみたいだ。

「なんと無駄なことを……」

ヤエさんは、眉をひそめて、綺麗な顔に怒りを表現する。それは誰かに対するもの、というより、自分に対するもののようだった。

「アーサーさんのことに意識を割きすぎて、他のところが疎《おろそ》かになっていました。あとアッシュさんがあまりにも……いえ、これは私の手落ちです。いかにアッシュさんが想定外であっても、私のせいですね」

ヤエさんの頭が、流麗な動きで下げられる。思わず見とれるような美しい所作だが、それが俺に対する詫《わ》びだと気づいたら変な汗が出て来た。

「申し訳ございませんでした。ヘルメスさんの能力は私が把握しています。現段階の共同座学は不要です。お好きな本をお読みください。その方があなたのため、また本のためになるでしょう」

「いや、別に、そんな……謝られるようなことじゃないんで……」

軍子会の座学担当の神官だって一人じゃない。ヤエさんはなにやら別に担当することがあるようで、共同座学の中心にはいないことは、はたから見ている俺だってわかる。

それでも、ヤエさんは鉄のように硬質な声で、自分の不手際を主張する。

「いえ、優秀な人材の勉学を遅延させるようなことをしでかしたのです。神官として、忸怩《じくじ》たる思いです。反省し、以後気をつけます」

「……どもっす」

俺を優秀だなんて言ってくれるのは、この人くらいだ。

「では、私は共同座学担当者へ、ヘルメスさんのことを伝達して来ます。今日から自習で、大丈夫ですよ。書き方や計算の座学になったら、また共同授業に参加してください」

本当にありがたい。ヤエさんにはそのことをたっぷりと伝えたいけど、

「どもっす」

結局、俺の口から出て来るのはぶっきらぼうな短い言葉ばっかりだ。

この人には、言いたいことがたくさんあって、伝えたいこともたくさんあるんだけど、いつの間にか、そういうことをするのが難しくなってしまった。

他の奴とは、話をしても楽しいことがないから。

夢を語れば、周りが言葉の水をぶっかけてくることがわかったから、俺は黙って夢を抱えこむようになった。無口になったとか、暗くなったとか言われたが、そうなった元凶が心配面しても余計に腹が立つだけだ。

言葉の水から守るため、胸に抱きこんだ夢の火は、熱い。痛いくらい熱い。

火なんだから触れたら焼けるのは当然だ。痛みに息がつまる、顔が歪む。いつか、こいつが俺を焼いて灰にしてしまうだろう。

でも、それでも構うものか。

夢だ。俺の夢なんだ。この夢に殺されるなら、この夢を諦めて死ぬよりよっぽど良い。

本で見たヒコーキは、そう思えるくらい、胸が弾んだんだ。

ふと、閲覧室から四人組の男女が出て来る。なんだか知らないが、わいわいと楽しそうに話し合いながらだ。

あれは、アッシュのグループだな。いや、立場を考えれば、アーサーのグループとか、マイカのグループって言った方がいいのかもしれないけど、どう見てもあのアッシュって奴がグループの中心なんだよな。おかしな話だけどさ。

それにしても、ずいぶんと楽しそうに話をしている。そう思ってしまって、胸が痛くなる。

「別に、人と話すのが嫌なわけじゃねえしなぁ」

すっかり人と話すのが苦手になったけど、話せないってほどじゃない。ただ、空飛ぶ機械の話をした時、「なにそれすげえ」って言ってくれれば、話が弾むんだ。

それを言ってくれる奴が、いないってだけで。

まあ、いいさ。俺にはこの夢がある。

胸に手を当てて、掌にしっかりと伝わる熱を確認する。ああ、大丈夫だ、今日もしっかり燃えているぞ、俺の夢の火は。

ただ、流石にちょっと、大事にしまいすぎて、弱火になっちまったかもしれないいな。

鍛冶場の炉と一緒だ。火を囲んで熱を高めなくちゃいけないが、隙間をなくしてしまえばかえって火が消えてしまう。火が燃えるには、風を送りこむ必要があるからな。

その点、俺は水にびびって、ちょっと隙間をなくし過ぎたかもしれない。

でも、大丈夫だ。そのうち、ちゃんと風を吹きこんでやるさ。

飛行機がそれなりに形になれば、なにかが変わる。

なんたって、飛行機はカッコイイし、空を飛ぶのは楽しいに違いないんだから。

なに、すぐだよ、すぐ。五年とか、十年……すぐの話だ。


すぐだった。

それは、思っていた以上に、すぐだった。

その日の俺は、ちょっと迂闊《うかつ》だったんだ。コツコツ形にしていた飛行機の模型ができたことで、つい浮かれちまった。

外は良い天気で、青い空が気持ちよくて、このできたての模型をその空の青さに交ぜてやりたくなったんだ。

それで、寮館の庭でその模型を取り出して眺めることにした。

草の上に寝転んで、模型を持った腕を一杯に伸ばして、青空に飛ばす。

昔、本物の飛行機はこうして飛んでたんだよなって、胸を弾ませながら。

人目もあるっていうのに、バカなことをしたと思う。

そしたら、案の定だ。モルド達に見つかって、絡まれた。

後は、お決まりのやつだ。なんだそれと言われて、こんな鉄くずが空を飛ぶわけがないと笑われる。で、殴り合いの喧嘩になった。

ああ、ツイてない。

いや、少しはツキもあったかもしれない。

モルド達に三人がかりでやられる前に、レイナが来てくれたからな。その声のおかげでジョルジュさんもやって来て、俺の殴られた回数と、モルドを殴ってやった回数は、割と良い勝負で終わったと思う。

モルドのはれた頬を見ると、苦い怒りが少しばかり和らいだような気がする。

いい気味だ。俺の夢を笑うからだ。

ただ、喧嘩の原因の説明を求められて、やっぱりツイてないと最初に戻る。

飛行機の説明をしたら、ジョルジュさんもありえないと言うだろう。皆そうだ。

この上まだ、言葉の水を浴びなきゃいけねえのかよ。うんざりする。言われ慣れているけれど、言われて平気なわけじゃない。

別に、原因なんてどうだっていいだろ。俺が悪かったんだよ。反省はしてねえけど。

ああ、暴力を振るうのは悪いことだ。それはわかる。

でも、一番大事にしているものをけなされて、黙っているのが良いことか？　そうかもしれないな。それができたら、偉い奴だと俺も思う。

でも、俺は一番大事な夢をけなされて、黙っているつもりはない。

好きなだけ説教すればいい。それでも俺は、曲がらない。善い悪いではなく、俺にとって夢はそういうものなんだ。

そう心に決めて黙りこんでいたら、隣から風が吹きこんできた。

レイナが、俺に近寄って来たことで起きた風だった。

「ヘルメス、きちんと説明しないと」

別に、お前は関係ないだろう。そのはずだ。

いや、止めに来てくれたのは助かった。感謝もしている。でも、これは俺の夢の話で、周りと比べると俺がおかしいってことも、わかっていることだ。

だから――だから、なんでお前がそんな、悔しそうな顔をしなくちゃならないんだ？

レイナの視線から、不思議な風を感じるのが落ち着かない。

ああ、もう、わかったよ。俺は渋々、飛行機を握りしめた拳を開く。

「あいつら、これを見て……飛ぶわけがないって言うから」

そんなの、俺が許せるわけないだろって話だ。周りがそれをどう思うかはわかっている。顔をしかめて、「そんなことで」って決まり文句だ。はいはい、どうせ周りのやつにはわかんない、俺だけの理屈だよ。

言葉の水から守るため、痛みをこらえて夢の火を抱えこむ。いつもの防御反応をした俺に、風が押し寄せて来た。

予想外にすぎる、ものすごい熱風だった。

「ほほう！　これは素晴らしい！」

風の発生源は、アッシュだ。少し離れてこっちを見ていたのに、ぶつかるような勢いで急接近してきやがった。

アッシュは、俺の飛行機の模型を、素晴らしいと何度も褒めてくれた。俺の話を聞いて、しっかり受け止めて、返してくれた。

それだけじゃない。俺だけの理屈だと思っていた、「そんなこと」への怒り。どうもそれは、アッシュの理屈でもあったらしいんだ。

「ヘルメスさん、その夢、私も協力しましょう」

そんな、生まれて初めて聞く言葉を、ふいごの風のように送ってくれて、

「二人で協力して、あのうるさい人達を黙らせましょう」

俺よりもずっと激しい怒りを、その笑顔に燃えさせていた。

協力。協力だってよ。呆然《ぼうぜん》としてしまう。ちょっと、すぐには気持ちが追いつかない。いや、信

じられない。

そんな話があるか、って思っちまう。だって、今までそんなこと言ってくれるやつ、どこにもいなかったんだからさ。

でも、アッシュは本気だった。

なんたって、喧嘩した罰についてジョルジュさんが口にしようとしたら、俺の前に立ちはだかって――それはもう、あのジョルジュさんがたじろぐ勢いで――守ってくれたんだ。

普通、そんなことするか？ 軍子会の指導役の一人が、ルール通りに処理しようとしたことを、やめさせようとするなんて。自分の評価だって下がるだろうに、俺なんかのために。そんなバカな話、あるもんか。

でも、アッシュはやった。やりきった。

すげえ勢いでなんかをまくしたてて、よくわからないうちに、ジョルジュさんは喧嘩の罰を与えることを、あきらめてしまった。

俺はその時、ただ混乱していただけだった。

でも、風を感じていたんだ。アッシュから吹きつけて来る、熱い風を。

しかもそれは、一瞬だけじゃない。アッシュのグループを集めて、ヤエさんまで参加させて、宣言した。

「そんなわけで、これからヘルメスさんの航空機技術復興のお手伝いをして、事態の平和的解決を果たします」

それは、俺の夢を散々バカにしてきた連中を、まとめて黙らせる宣言だ。

それ自体が夢のような話だというのに、アッシュのグループは、誰一人笑わない。アーサーも、マイカも、レイナも、大変なことを言い出したな、という反応をするけれど、否定はしない。

こんなバカな話があるか。誰も、空飛ぶ機械を笑わないなんて、嘘みたいな本当の話が、ここにあるなんて。

なんなんだこいつらは。なんなんだ、アッシュは。

「会話の内容がおかしいと思うんだが……大丈夫なのか？」

思わず、そう聞いた。聞いてから、大丈夫じゃなくても構わないと思っている自分に気づく。

「いえ、まあ……そういえば、前から私の夢を話していましたので、いまさら航空機くらいではインパクトが足りませんかね」

アッシュの夢？　聞き返したら、アッシュはたまに寮館で見かける時と同じ笑顔のまま、さらりとした口調で答えた。

古代文明の豊かな生活の復興だ、と。

ただし、それは、どれだけ鈍感でも感じられるほどの、灼熱《しゃくねつ》を宿した言葉だった。

「うん、航空機はその一部ですからね。ヘルメスさんと同じ夢追い人の私がいたので、皆さんに今さら空飛ぶ程度で驚けというのは……なんか、すみません」

でかい。そう感じた。考えるでもなく、思うでもなく、でかいと感じた。

なにが、と自分に問う。すぐにはわからない、それくらいでかいと感じるものがそこにあった。

わからないまま、その正体を確かめようと言葉が飛び出す。

「古代文明の生活!?　おま、それ……え、じゃ、なにか？　夏でも涼しい部屋とか、氷を作る機械とか、火もなく温かい機械とか、音や絵をいつでも何度でも繰り返せる機械とか、そういうのひっくるめて造るって意味になるぞ!?」

ああ、そうだ。それはとんでもない話だ。

なに一つ今ここに存在しない。誰一人見たことがない。あったかどうかわからない伝説を、丸ごとひっくるめてやってやろうなんて、とんでもなくバカな話だ。

バカみたいに、でかすぎる夢だ。

まともじゃない。

誰もがそう叫ぶだろうに、夢を胸に抱いた本人は、本当の本気で、正気のまま夢の音を響かせる。

「そういうのをひっくるめて、楽しく幸せな生活を送りたいなぁ、と夢見ています」

でかい。そう感じたのも無理はない。

俺の胸に抱いた、夢の火。これがあるからわかる。比べるものがあるから、はっきりわかる。

でかい夢だ。

理解が、納得が全身に染み渡る。

アッシュの言葉から、熱い風が吹きつけてくるわけだ。だって、こいつの胸の炉は、俺よりずっとでかくて、その中では高温の火が燃え盛っているのだ。

なんてすごい鍛冶場だ。そんな炉があれば、なんだって造れてしまいそうだ。古代文明の伝説の機械の、なんだって。

もちろん、飛行機だって造れてしまいそうだと、納得が満ちていく。

知らず知らず、そうすることが自然であるかのように、深く、絞りだすような吐息が漏れる。苦しくなるほど息を吐き出した後、その奥からやって来たのは叫びだ。

「はははは！　でっけえ、参ったな、でっけえ夢だよ、参った！」

叫ばずにはいられないほど、楽しくて、面白くて、愉快な気持ちで一杯だ。まるで、生まれ変わったような気さえする。

熱い。俺の胸の、小さな炉が高温で燃え出した。

すっかり弱火になっていた夢の火が、初めてヒコーキの本を見た時のように、熱くなる。

「俺、初めて、自分よりでかい夢だと思ったよ、アッシュ。参った、ほんとに参ったよ」

その熱が、炉の中から一つの感情を精錬する。

「道理で、俺の夢を、みんな、笑わずに聞いてくれるわけだよ」

その精錬された感情は、涙の形をしていた。

◇◇◇

炉・窯用の煉瓦計画チームと別れ、私達飛行計画チームは、クイド氏の下をたずねた。

行商人だったクイド氏も、いまや店舗を構える一国一城の主《あるじ》となっている。

商売が嘘のように上手《うま》く行って、他領の都市まで手を広げて活動していると、開店の際に律儀に報告に来てくれた。

なんだかんだとお付き合いが長いので、私はなにか入用になるとクイド氏にお願いすることにしている。

「アッシュ君！　よく来てくださいました、今日はどんなご用です？　わたしにできることでしたら、なんでも！」

前々から愛想の良い人ではあったが、お店を持ってからますます気持ち良い接客をするようになった。私のような小さな子供が相手でも、お客はお客、満面の笑みで心から歓迎しているようにしか見えない。自分の城を守るに相応《ふさわ》しい職業意識といえる。

村人から小銭をちょろまかしていた行商人は、もはやいない。位が人を作る、とはこういうことなのかもしれない。

「実はちょっと作りたい物がありまして、その素材を探しに来ました」

私が目的を告げると、クイド氏の眼が鋭く煌《きら》めく。

「それはそれは、アッシュ君の物作りは久しぶり……あ、いえ、市壁の外で色々やっていましたね。ともあれ、わたしにご相談くださるのは久々ですね。なにを作られるのです？」

目つきとは裏腹に、相変わらず丁寧な接客態度で対応してくれる。

なんで眼だけが、獲物を見つけたようなのだろう。いつも買い物するくらいでは、こんな眼はしないのに。

「ちょっと空飛ぶ玩具《おもちゃ》を作ろうかと」

航空機技術の最初の一歩とはいえ、前世では知育玩具の一種だ。

「玩具、ですか？　空を飛ぶ？……ブーメランのような？」

「系統は同じでしょうか。その上位発展型と言いますか」

「なるほど、やはりアッシュ君のやることは一味違う。簡単にはわかりませんね」

興味をそそられたのか、クイド氏は詳細を知りたいようだ。

好奇心旺盛なのは、行商人時代の名残だろうか。いや、クイド氏は今でも、他領に自ら赴いて商品をやり取りする交易商なので、現役の行商人と言ってもいいのだけれど。

どちらにせよ、新しい物、珍しい物は確かめずにはいられないのだろう。私としても、色々な人に空を飛ぶ可能性を見て頂き、多方面からの関心と、できれば協力を得たい。

「完成したら、クイドさんもぜひご覧になってください。お披露目にお呼びします」

「おお、ありがとうございます！　では、期待をこめて、お値段は勉強させていただきます。いやあ、楽しみだ！」

クイド氏が、ほくほく顔で色々な素材を保管している倉庫に案内してくれる。

値引きが期待できるということで、私もほくほく顔である。

「とりあえず、質の良い紙か、布。柔軟で軽い木材。あとは接着剤になる漆なんかが必要でしょうか」

「ふむふむ、それならひとまずこちらへどうぞ。一体どんなものができるやら、楽しみです」

ゴム動力紙飛行機は、骨格を木材で作り、紙か布で肉付けするつもりだ。形を作るだけなら、そう苦労はない。重さとバランス、翼の長さの調整は必要だが、全体が軽く作れるならいくらかは無視できる。

一番問題なのは、ゴムがないことだ。

ゴム動力紙飛行機なので、プロペラを回すエンジン部分がないことになる。本物の航空機を造ることと比較すると、エンジンがないという同じ問題にぶち当たったことになる。

代替案は考えてある。一つは、プロペラなし、滑空のみのグライダーとしてお茶を濁す。

そしてもう一つは、あくまでプロペラを回す。そのために、

「いくつか、動物の腱《けん》や腸で作った、弦を見せて頂きたいのですが」

弓や弦楽器に使われている、ゴムの代わりになりそうな動物素材を使う。

「それなら、アッシュ君の村から仕入れたものがいくつか」

「バンさんの獲物ですか」

「そういうことですね。あ、ひょっとすると、ジキル君のものも交じっているのかも」

そうだった。ジキル君も、いまや立派な猟師となったことだろう。

できることなら、我が故郷、我が師、我が友に縁ある素材で完成させたいものだ。

試作用の素材を選び終えると、ヘルメス君が一通り見回して、唇を尖《とが》らせる。

「鉄どころか金属がひとつもないんだな」

「ええ、金属は重すぎますから」

小型模型とはいえ、かなり性能の良い電気モーターでも開発しない限り、金属製で飛ばすことは考えられない。アルミ製でも無理だと思う。

「けど、本物は鉄でできていたんじゃないのか？　少なくとも、金属だと思った」

「私の知る限り、全体が鉄製というのはなかったと思います。もっと軽量なアルミ合金が長いこと主流だったらしいですよ」

人狼殿と戦った時の走馬灯で、この辺りの知識は思い出した。

世界の名を冠した大戦争において、アルミニウムが戦略資源になったのは、当時の航空機の主力素材がアルミ合金だったためだ。

ボーキサイトからアルミニウムが精錬されるが、そのためには大電力が必要だ。発電所もない今世で、白貨という形でアルミが安く流通しているのは、人狼というファンタジーのおかげだろう。

一度精錬されてしまえば、アルミは加工しやすい便利な金属だ。今世ではいまひとつ活《い》かしきれていないことがもったいない。

「アルミか。確かにあれは軽いが、そこまで頑丈じゃないぞ？」

「ええ、あれで空を飛ぶことを考えると、ちょっと恐いですよね。でも、アルミ合金の前は、木と布だったらしいですよ」

ヘルメス君が、絶句して手元の木材と布を見る。そう、それで空を飛んでいたのです。

「昔の人ってのは、すげえな」

「最初になにかを成した方というのは、それはもう尊敬されるべきだと思います」

きっと、ヘルメス君と同じように夢を見て、できるはずがないとバカにされ、それでも空は飛べると信じて、ついにはやってのけたのだ。

やってのけたことが実に偉大で、正しく尊敬されたために、彼等の業績は本に残されている。

文明が滅んだ後も、同じように夢を見る誰かに、その夢は叶えることができると声をかけるために。

「最初にやってのけた人か……」

ヘルメス君が、ぐっと顎に力を入れる。

それは、気合を入れた表情であり、時の中に埋もれた人への憧憬の眼差しであり、史上初の名誉への嫉妬の笑みであった。

「うらやましいな、畜生」

「ええ、うらやましいものです。だから、ヘルメスさんも、うらやましがられるために頑張りましょう」

史上初の有人飛行成功という記述は、古代文明の誰かさんに譲るしかない。

だが、一度は途絶えた技術を甦《よみがえ》らせた偉人の記述は、今世ではまだ誰の手にも渡っていない。

「素晴らしいではありませんか。時の暴君に奪われた、夢物語の技術。それを見事に甦らせた最初の一人。後世、空を見上げてうらやむ人がどれほどいることか」

「それ、良いな」

ヘルメス君が、にんまりと口元を緩める。

「しょうがない。俺はそっちで我慢しとくか！」

やる気に満ちたヘルメス君に我慢してもらうためにも、私も精一杯お手伝いをしよう。


買い物を済ませて、その足で市壁の外、囚人の皆さんのところへと向かう。

ヘルメス君もレイナ嬢も一緒だ。軍子会の責任者であるリイン夫人の許可は、ちゃんと得てある。

人狼殿との一件で、牧場へ危険を報《しら》せに走ったことが評価されて以来、囚人への風当たりが変わった。

犯した罪は罪として、今は真面目に働いているのだから、過剰に拒絶しなくてもいいだろう。そういう雰囲気になり、気軽に挨拶をする人もちらほらと見受けられる。

「お、アッシュじゃねえか」

川で洗濯をしていたベルゴさんが、手から泡を落として立ち上がる。

強面《こわもて》の囚人達は、いまや都市内でも上位に入る綺麗好きだ。石鹸《せっけん》を手に入れ、料理が思う存分できるようになってからというもの、清潔という美意識に目覚めたらしい。

服は古くくたびれたものばかりでも、いつも洗いたての清潔さがある。

市民の間でも、囚人には見えないくらいだと評判である。仕事は相変わらず過酷だけれど。

「おや、お連れさん方も、どうも」

ベルゴさんは、ヘルメス君とレイナ嬢――特に、育ちのよさそうなレイナ嬢を見て、彼にしては丁寧な礼を見せる。

というか、私にはそんな礼儀を払った態度を見せたことなくないですかね？

「今日のベルゴさんは、ずいぶんと紳士ですね」

「そりゃ、アッシュがお客さんを連れてくるからだろ」

お前さんには礼儀を払うつもりはねえよ、と言わんばかりにベルゴさんが鼻で笑う。

なんだか可愛がっていたはずの猫が、他人の方に愛想良くするのを見ているようで、ちょっと悔しい。まあ、強面のおっさんなので、小数点以下九桁くらいの悔しさだけど。

「それで？　俺達になんの用だ？」

「ええ、ちょっと木工作業のお手伝いをして頂きたいと思いまして」

「またなんか変な事やるのか？」

ベルゴさんは笑いながら、囚人の一人、アムさんに野太い声をかける。

アムさんは、元は木工細工の職人さんだ。細工師の家に生まれた四男で、他の兄弟と一緒に父の下で修業を積んだはいいが、工房は長男が継ぎ、その手伝いをする徒弟も、兄弟その他の弟子で一杯――つまり、あぶれてしまったのだ。仕方なく家を出て、あちこち村や都市を回って仕事先を探したが、実を結ばず。とうとう空腹に耐えかねて盗みを働いて、現在に至る。

当人が、私の弓の手入れをしながら語ってくれた。

囚人の人達は、こうした職人一族の三男、四男が多い。食うには困らない幼少期を過ごしたおかげで、食うためになんでもする、というところまで踏ん切りがつかず、軽犯罪で捕まりやすいようだ。踏ん切りつけてしまった輩は、即死刑になる重犯罪者になるのだという。

つまり、どういうことかというと、この人達は、私がお願いすると割と簡単に手助けしてくれる技能集団なのです！

近寄って来たアムさんに、木工の腕を振るってもらいたい旨を伝えると、木工細工職人は、嬉しそうに頷いてくれる。

「俺なんかの腕が役に立つんなら、なんでも言ってくれよ」

アムさんは、家の問題でその道が断たれただけで、木工細工が好きらしい。

他の人達も同じようで、料理にはまっているのも、元々そういうこだわりが強い職人肌が多い、という一面もあるようだ。

早速、アムさんに神殿から持って来た本を見せて、航空機のなんたるかを説明する。

その後、私が研究ノートに起こした模型飛行機の大雑把な設計図を見せて、木材を使った骨組みの作製を依頼する。

「ははぁ、これが空を飛ぶって？　ははぁ、ほんとに？　はあ、そりゃあ大したもんだ」

アムさん、感心しきりである。

「このプロペラと、翼の形が難しいのですよ。ほんのちょっとの違いで、飛べるかどうかが大きく変わるのです。できれば、少しずつ違うものを何種類か作って頂きたいのですが」

「はあ、なるほど……こいつはおもしれえ仕事だな。見た目はシンプルでも、綺麗なもんだ」

アムさんが熱心に飛行機のイラストを眺めていると、ヘルメス君も熱心に頷く。

「うん、綺麗だよな。派手なわけでもないのに、一度見たら忘れられない形だ」

「坊ちゃんの言うとおりだ。しかも、こいつが飛ぶってんだろ？　こんなおもしれえ仕事、実家にもねえだろうなあ」

「そうさ。こんなの、王国中探したって俺達しかやってないぜ！」

「はっは、そりゃそうだ！　よっし、いっちょやるか！」

中年のアムさんが、ヘルメス君と一緒になって、目をきらきらさせている。

あれはもう、中年のおっさんと少年ではなく、夢見る男の子の目だ。

そのまま作り方について話しこみ始めた二人に、レイナ嬢が苦笑する。彼女の眼差しは、少女というより、女性のそれだ。

「見ていて不安になるくらいはしゃいでしまって……大丈夫かしら」

「まあ、男性というのは、いくつになっても幼い部分があると言いますから」

「そういうもの？」

私の言葉に、レイナ嬢は問い返した直後、返事も待たずに納得の首肯を見せた。

「そういうものかもしれないわね」

「私を見てどうして納得をされたのでしょうか」

前世らしき記憶がある分、私は非常に落ち着いた紳士だと思いますよ。

レイナ嬢は、そんなことより、と咳払いをして、私の問いかけを吹き消す。

「わたし、あんまり役に立っていないと思うのだけれど、いいのかしら」

「レイナさんのお力を発揮して頂きたいのは、ここからですよ」

不安そうなレイナ嬢に、私は分度器や定規を取り出して見せる。

今世では、職人さんも経験で磨き上げた感覚や勘で物作りを行うので、一部の研究者以外ほとんど使わない希少品だ。分度器なんて、囚人の皆さんの手を借りて自作したくらい流通していない。

「実際に作られた試作飛行機を設計図に落として、翼の曲線やプロペラの曲線を測って、可能な限り詳細なデータを記録して頂きたいのです」

こういうのは、数字に強い理系のレイナ嬢が一番向いている。

「中々難しそうね。大丈夫かしら」

「大丈夫ですよ。神殿で所蔵するような本格的な書物を作ろうというわけではありません。どんなことを試したのか、その結果がどうだったのか、研究を続けるためのメモを作って頂きたいのです。ひとまずは練習と思って挑戦してみてください」

私が筆記用具一式を手渡すと、レイナ嬢は男子憧れの、頼りがいのあるお姉さんの微笑みを浮かべる。

「なるほどね。つまりわたしは、男の子達がはしゃぎすぎてお部屋を散らかしたら、その後片付けのお手伝いをすれば良いのね」

「その表現は、レイナさんに実によくお似合いですね」

ありがとう、とレイナ嬢が笑う。

「アッシュの後片付けはできる自信がないし、それはマイカに任せておくけれど……」

悪戯《いたずら》っぽさを加えられた笑みが、私からヘルメス君の方へと滑る。

「こっちならわたしでもなんとかなりそう。やらせてもらうわ」

「ええ、お願いします。私も製作の方を手伝いますが、書き方などに迷ったらご相談を頂ければ」

「それは助かるわね。特に、最初のうちはわからないことだらけでしょうから、お願いするわ」

自分の仕事に取りかかるため、レイナ嬢は筆記用具の確認を始める。

しばらく、彼女は真剣な表情で分度器や定規を調べていたが、ふと、なにかに気づいて私に振り向いた。

「今気づいたのだけれど、わたしも、空飛ぶ機械を見たいって思っているようね」

いつも見ている庭に、見たこともない花が咲いた。そんな表情のレイナ嬢であった。

◇◇◇

【横顔　レイナの角度】

わたしは、アッシュから頼まれた通り、試作された模型飛行機の情報を紙に書きこんでいく。

簡単な飛行機の図を描いて、その翼の長さ、角度、全体の長さに重さの数字をつけていく。

「プロペラ……この部品が難しいわね。この微妙な曲がり具合はどう計測すればいいのかしら」

これはアッシュに相談しましょう。彼ならなにかしら良い方法を知っているはず。

自然とそう思えるのだから、不思議よね。普通、誰も知らないことのはずなのに……。

羽根ペンを止めて、少しばかり考えてしまう。あの赤髪の男の子は、一体どんな人なのかを。

農民の子でありながら、領主の子よりずっと物事を知っていて、侍女の子である自分のように丁寧な態度を身につけている。

軍子会を盾にして領政クラスの計画を申請する巧妙さを持ち、人狼相手に一騎打ちをしでかすような勇猛さも兼ね備えている。

夢を語る姿は誰より子供っぽいのに、それを実現しようとする姿は誰より大人びている。

そこまで考えて、困惑してしまう。まるで、複数の人生が一つの人間に押しこめられているような捉えどころのなさね。

「おぉ～……レイナ、それお前が書いたの？」

少しぼうっとしていたようだ。いつの間にか手元の紙を覗きこんでいたヘルメスに、ちょっと驚く。

「すげえ、本に描いてあったイラストみたいだ」

ヘルメスは、子供っぽいとしか感じられない笑みを浮かべて、紙を右から左、左から右へと忙《せわ》しなく眺める。わざわざ首を振らなくても、端から端まで見えるでしょうに。

アッシュと比べると、この子はわかりやすいわね。複雑怪奇なことを考えていた分、それが少しおかしく感じてしまう。

「それほどすごくはないわ。アッシュにやり方を教えてもらっただけよ」

「いや、十分にすごいぞ」

わたしの言葉を、ヘルメスはすぐに笑顔で、でも真面目な声で上書きしてしまう。

「俺は何度も飛行機の本を読んだけど、どうしてもわからないものがたくさんあった。イラストについている記号もそうだったんだが……これを見れば推測できる。あれは、翼の角度とか、湾曲の程度を示すやつだったんだな」

平面図だけじゃわかりづらいもんな、とヘルメスは熱心に頷く。

「だから、それをアッシュから教わっただけだよ？」

「教わってすぐできるってのがまずすごい。言うほど簡単じゃないぞ、言われたことを言われた通りにやるってのは」

「そうかしら？」

アーサーやマイカなんかも、アッシュから言われたことをすぐやれるけれど、そういうもの？

「アーサーもマイカも、今期の軍子会のトップじゃんか。普通に考えて、それと並べられるだけですごいだろ」

わたしが褒め言葉をいまいち呑みこめないでいると、ヘルメスに呆れられてしまった。なんていうか、この子に普通について諭される、というのはちょっと納得いかないわね。

わたしは少々の不満をこめて睨みつけるが、ヘルメスは紙を見つめてばかりで無視されてしまう。こっちが一方的に疲れていく感じ、アッシュを相手にしている時と同じものを感じる。

「ん？　どうした、レイナ」

「別に……。なんでもないわ。ええ、ちょっとずつわかってきただけよ」

ヘルメスもそういうタイプなのね。やっぱり、と言いたいところだわ。アッシュと同じ、まともにあなたと付き合うと疲れるんでしょう？

——それが嫌……というわけでは、ないのだけれど。

わたしが溜息を——かなり軽いそれを——吐くと、ヘルメスは紙を見るのに満足したのか、話題を戻した。

「まあ、アッシュが一番すごいよなぁ。こんなん作ろうってすぐ出て来るんだからさ。すごいよな。おかしいって言いたいくらいすごい。アッシュってー体どうなってんだろうな？」

「ヘルメスから見ても、やっぱりアッシュはすごい？」

空飛ぶ機械を造ろうなんて思っているヘルメスも、わたしにとっては十分すごいと思う。わたしには思いもよらない夢だもの。

そんな彼から見たアッシュは、一体どういうものなのか。少しばかり興味がある。

「すごい。ちょっと悔しいくらいだな」

悔しい、と言いながら、ヘルメスの声に暗さはない。むしろ、その暗がりを追い散らすため、煌々と燃える火をかざすように、どこか自慢げですらある。

「これでも、夢に向かって必死に進んでたつもりだけど、今まで一歩進むのも苦しんでようやく、って感じだった。それが今じゃ、馬で駆け足って感じかな？　アッシュに背中押されてるせいだ」

追い風にしたって強すぎる、とヘルメスは笑う。転びそうなくらいの風を楽しむ、無邪気な表情。

わたしは、その表現に驚く。

追い風、なのだ。ヘルメスにとって、アッシュは追い風。

じゃあ、わたしにとっては？　そう自問すれば、答えは明らかだ。

アッシュは引っ張る力だ。わたしは、アッシュに引っ張られる側の人間なのだ。

つまり、それは、わたしはアッシュの後ろをついていくだけだけれど、ヘルメスはアッシュの前を進んでいるということ。だから、追い風をその背に受けられる。

「すごいわね」

「ああ、アッシュはすごい奴だよな」

ええ、アッシュはすごい。けれど、わたしが今、すごいと思ったのは、そっちじゃないわ。

頬杖《ほおづえ》をついて、わたしは「すごい奴」を改めて眺める。この子の背中くらいなら、わたしでも支えられそうだ。

それなら、できそうならば、支えてあげた方が良いかもしれない。

なんたって、とんでもない風を受けて空を飛ぼうなんて考えている、やんちゃな男の子なのだ。

誰かが面倒を見てあげないと、大怪我してしまいそうじゃない？

わたしって、そういうのを放っておけないタイプみたいなのよね。

◇◇◇

【横顔　イッキの角度】

なんか飛行機造るってさ。

この計画を聞かされた時の俺の気持ちを答えよ。ちなみにシチュエーションは、プライベート全開の夕飯タイムとする。

正解は、「…………………………」だ。うん、絶句したよ。

「ものすごく簡単なやつ、らしいよ」

あ、小首を傾げて補足してくれるマイカ可愛い。うちの姪《めい》っ子《こ》は可愛いなぁ。最近は俺にも慣れたようで、砕けた口調になってきて割り増し可愛い。

――いや待て俺。しっかりしろ俺。我を失うんじゃない。ここで正気を手放したら最後、気がついた時には恐ろしいことになっている予感がする。

思い出せ！　農業改善計画を「まあどうせ大した成果も出ないし」と許可した時のことを！　フタを開けた瞬間に怪物が出て来たじゃないか！

俺は心を奮い立たせて、油断なく内容に踏みこむ。サキュラの領主代行には、怪物を相手に呆然としている暇などないのだ。

「かんたんな、ひこうきって、なに」

心はすでにぽっきりだがな！　大丈夫、二回目だからこの致命傷でも動ける。経験が活きている！

「簡単な飛行機っていうのは～、え～っと……」

そこまで言って、マイカが黙ってしまう。口の中に、本日のメインディッシュ、豚肉ステーキ

（リンゴソース）を押しこんだから、黙るのもマナー的に仕方ない。仕方ないんだが、俺の質問よりご飯の方を優先してない？　飛行機ってそんな軽く扱えるものじゃないよな？

「もう、マイカ。大事なお話なんだから、いくらご飯が美味しくてもどうかと思うよ？」

マイカの隣で、アーサーが苦笑している。

「確かに、ヤック料理長の料理は今日も美味しいから、気持ちはわかるけどね」

頬を膨らませてもぐもぐしながら眩《まぶ》しいくらいの笑顔を見せるマイカに、アーサーは仕方がないねという風に笑い返してから、俺に視線を向ける。

「兄様、続きは僕から」

「うむ、頼めるか？」

ていうか、アーサーも説明できるの？　え、すごくない？　アッシュはおかしいし、マイカも賢さ姉上《ユイカ》級だけど、アーサーもこの二人についていけるの？　ここに来た頃は割と俺の常識内の人物だったはずなんだけど。

「アッシュが言うには、現在飛行機を造る上で一番難しいのは、空を飛ばすだけのパワーを得るためのエンジン、という機械の製造なんだそうです。そのエンジンがどういうものかまではわかりませんが、とても複雑なものなんだとか」

「俺も、えんじん、とやらのことはさっぱり想像がつかんな……。まあ、とにかく、それで？」

「なので、複雑なエンジンの代わりができるものを探して、試作してみるつもりだそうです。代用できそうなものの力が弱いので、ほんの小さな、手で持てるくらいのサイズの模型を造る予定だと」

なるほど。わからん。

いや、言っていること、というか、やろうとしていることはわかる。つまり、いきなり鉄の剣を振るうのは重すぎて難しいから、軽い木の剣を振るうところから始めよう、みたいな感じだろう？

そういうのはわかる。けど、飛行機なんて誰も見たことがない代物、誰もがありえないと信じている代物だ。前人未到の目的地に向かって、いきなり辿《たど》り着けそうな道程を照らし出すなんて、どういう手品だ？

だから、わからん。アッシュという人物の、底が知れないという意味で。

「それで、その……アッシュは、なんて？」

おれ、なにすれば、いいの。

いい加減、膝から崩れ落ちそうな俺に、アーサーは笑う。くすくすと、控え目ながらもはっきりと、明るい声を響かせて。

「楽しみにしていてください、だそうです」

「は」

制御できない衝動に、息が漏れる。

そう来たか。予算をねだるでもなく、コネをねだるでもなく、楽しめと来たか。

アーサーが笑うわけだ。初めて会った時、礼儀だけで笑顔を取り繕っていた頃が嘘のように、楽しそうに笑うわけだ。声まであげて、ただの子供のように笑うわけだ。

俺だって笑う。制御できない衝動の正体は、笑いだ。

本当に、アッシュというのは底の知れない奴だな！　面白い、面白いぞ。呆《ほう》けている場合ではないな。俄然《がぜん》、空飛ぶ機械とやらを俺も見たくなってきた。小さい頃、俺も鳥のように飛びたいと夢見たものだ。いつからか、すっかりそんなことを考えないようになっていた。空を飛ぶと聞けば、バカなことを、と思うようになっていた。

ところがどっこい、バカは「そんなこと」を考えもしなくなっていた俺の方だと思い知らされるわけだ。

いいぞ、それはぜひとも思い知りたい。そういうの、大好きなんだ、俺は。

「良いだろう。今から楽しみでたまらん。アッシュにもそう伝えてくれ」

「はい、必ず」

温かい笑みを浮かべるアーサーに、俺は頷き返してから、豚肉ステーキにフォークを刺す。

「せっかくの料理が冷めてしまうな。食べるとしよう」

いやあ、愉快な気持ちで食べると、ただでさえ美味《うま》いヤックの飯がさらに美味くなるな。

「あ、兄様、お話はまだあって」

——嫌な予感が、走った。

「飛行機と関連する工業力向上計画というのが今度提出される予定なんです」

「なにそれ」

「そのうち本物の、人を乗せられる飛行機を飛ばすための大規模長期計画、だそうです」

本当に、アッシュは底が知れないなぁ……。

◇◇◇

【横顔　ヘルメスの角度】

アッシュが買って来た木材を使って、模型飛行機の翼を削り出す。

小刀を木に添えて、ぐっと力をこめる。途端に、隣のアムから止められた。

「ああ、ヘルメス、それじゃあダメだ」

「む、ダメか？」

「それじゃあ上手《うま》く削れねえのよ。木にはするりと刃が入っていく角度ってのがあってな。そこをなぞるように刃を滑らせないと、思った通りの形にならねえ」

見てな、と言ってアムが小刀を木に当てると、なるほどスルスルと刃が滑っていく。

「力はいらない、とまでは言わんが、ぐっと力むようじゃ思った通りの形にゃならねえ。木材は繊細だからな。女の手を握るように優しくするんだ」

「女の手を、握る……？」

そんな経験ないから、さっぱりわからねえぞ。

俺が首を傾げていると、アムがにやりと口元を緩める。

「なんだなんだ、さてはまだ女を知らないな、ヘルメス」

無性に腹立つことを言われた気がする。

「その通りだが、なんか問題あるかよ」

「はっはっは、拗《す》ねるなよぉ」

拗ねてんじゃない。お前の言い方がなんか気に障るだけだ。

ていうか、周りの連中もやたらニヤニヤしてやがる。

「おい、アッシュ。こいつらの様子がおかしいぞ。なんかすげえむかつくんだが？」

俺の横で同じく木材を削っていたアッシュは、いつも通りにこにこしている。

「う～ん？　まあ、大抵の物事において、経験者である先輩というのは、未経験の後輩に優越感を覚えるものですよ。ヘルメスさんだって、覚えがありません？」

「俺は別にそういうことはねえと思うが――」

「飛行機について知っていることを知らない人に教える時とかすっごく楽しいでしょ」

「ああなるほどわかったうわそれめっちゃ楽しいけどやられるとこんなむかつくのか」

アッシュのたとえから、猛スピードで理解できたので思わず早口になった。

「ご理解頂けたようでなによりです。ですからまあ、こういう時は後輩として大人しく自慢を聞いてあげましょう。下手に嫌がると余計に調子に乗りますよ。ことが色恋沙汰だと特にそうじゃないかと」

「そういうもんかぁ」

ていうか、アッシュはなんか余裕たっぷりだな。ひょっとして恋人とかいるのか。もしかして、いつも一緒にいるマイカとか……レイナとか？

俺の疑問は、囚人達も感じたらしい。ベルゴがなにやらつまらなそうな顔で顎を撫《な》でている。

「なんだ、アッシュはもう恋人いるのか。つまんねえな。まあ、別に意外じゃねえか。マイカの嬢ちゃんがあれだけ――」

「いえ、いませんよ」

「ぬぁ？」

ベルゴが妙な声を出して動きを止めた。いや、囚人全員が固まった。

なんだなんだ、皆してどうした。まあ、今のアッシュの話の流れはちょっと思ってたのと違うとは俺も感じたけどさ。そこまで驚くようなものか？

「え？　お前、マイカの嬢ちゃんは？」

「お友達です。ん？　幼馴染《おさなな》《じみ》と答えるべきでしょうか？　う～ん……まあ、とにかくそういう関係です」

「いや……お前、それは本気で言ってんのか？　あ、いや、そうか、嬢ちゃんあれでお偉いさんとこの子だっけ？　すっげえ気安いから忘れてたわ」

うんうんとベルゴが頷く。確かにそうだな。マイカはめちゃくちゃ気さくだけど、今期の軍子会で二番目の貴種らしいんだよなぁ。

寮館の中庭で土いじりとかしてるから、全然そんなイメージないのがちょっとすごいよな。

「それじゃあアッシュの身分じゃ、迂闊にそうだとは言えねえな。で、本当のとこはどうなんだよ、アッシュ。ここだけの話、絶対誰にも言わねえから」

「ここだけの話、本当に幼馴染でお友達ですよ」

きっぱり言い切ったアッシュを、ベルゴはなんだこいつ、みたいな目で見つめている。その目が、俺の方に向いた。

「おい、ヘルメス。こいつはこんなこと言ってるが、お前から見たところはどうなんだよ」

「ええ？　どうって言われてもなぁ……」

ついこの前まで、ほとんど話したこともなかったんだぞ。でもまあ、確かに目立つ二人——アーサーやレイナも含めて目立つ四人——ではあったから、なにも知らないってわけじゃない。

「普通に、仲よさそうだってくらいしかわかんねえけど」

「恋人的な話は？」

「聞いたことねえなぁ。ああ、そういう話とはちょっと違うけど、軍子会の男女別人気ランキングの話は聞いたことある。男の一位はアーサーで、女の一位はマイカだったたっけ」

男の二位は、誰だっけ？　女の二位がレイナっていうのは知っているんだけどな。

「それは私も聞いたことあります。若い男女が集まりますからね。そういう話は出てきますよね、やっぱり」

「暇な連中だよなぁ」

俺が呆れてみせると、アッシュは肯定成分多めの、興味薄そうな愛想笑いを漏らした。

「まあ、そんなことはどうでもいいのです。雑談ばっかりしてないで、手も動かしてくださいね。

そんなに時間があるわけではありませんよ？」

　ざわつく一座に、アッシュが作業を促す声を投げる。

　おう、そうだな。叙勲式までに作り上げないとな。

　俺とアッシュが真面目に木材の削り出しをしようというのに、野郎どもはなにやら集まってざわついている。

「あいつら若い身空で枯れすぎだろ」

「悪い奴等じゃねえとは思うんだがなぁ」

「ああ、悪い奴等じゃねえよ。でも、変な奴等だろ？」

「そこかぁ、それでかいなぁ、でかすぎるなぁ」

　なんか特大の溜息が囚人どもの間から吐き出されているんだが？

「なにやってんだ、あいつら」

「さあ？　人生の先輩として、なにやら思うところがあるのはお察しいたします。それより、ヘルメスさん、翼の長さなんですけど、こちらのメモを」

「おう、どれどれ」

　アッシュが差し出したノートの記述を確認する。

「へえ、ずいぶん細かい数字がわかったな？」

「本を調べたら書いてありましたので、それを写しただけですよ」

「え、マジか？　どの本に書いてあった？」

ひょっとして俺の知らない本が神殿にあったのか、とも思ったのだが、そうではなかった。

「ヘルメスさんが見ていたものに書いてありましたよ？　『航空機大全』の巻末の方」

「あれに？　う～ん、こんな細かい記述あれにあったかなぁ……。隅々まで何度も読み返したと思ってたんだが」

「ちょっと字が薄れていましたから、見づらかったんじゃないですか？」

「う～ん、そうかなぁ」

ちょっと納得いかない。他の本はともかく、俺が飛行機関連の本で見落としをするなんてショックだ。

後でヤエさんに頼んで見返してみよう。

「まあ、いいや。とりあえず、この数字が正しいかどうか試してみるってことだな」

「ええ、間違っているかもしれませんが、他に参考になるものも少ないですし、こちらヘルメスさんにお願いしても？　私は別な長さで試してみますから」

「おう、任せておけ」

とは言ったものの、木材の扱いは経験がないから、ただ削るだけでも楽じゃない。

「う～ん……力みすぎず、女の手を握るように、なぁ」

女、女ねぇ……。

思い浮かぶのは、ヤエさんとか、レイナとか？

あの手を握ることを考えて――おっ、なんか上手くいったぞ。

木工を終えた後、アッシュが見たという記述が気になったので寮の門限前に神殿に駆けこむ。

神官に頼んで、『航空機大全』を閲覧させてもらう。だが――

「う～ん……やっぱりないいな」

翼の長さの比率や、傾斜角といった数値の情報はない。俺にはわからない記号や言葉で書かれているのかもと思ったが、それらしきもの自体がない。

「だとすると、アッシュが別な本の情報と勘違いしてたか？」

「どうしました、ヘルメスさん。そろそろ寮の門限ですよ」

「あ、どもっす」

声をかけてきたのはヤエさんだ。思わず姿勢を正してから、丁度いいと思いつく。

「ヤエさんなら、アッシュが見ていた飛行機、航空機関連の本がどれだかわかるっすか？」

「はい？　ええ、丁度ヘルメスさんが見ている本でしたよ？」

「えーと、これ以外には？」

「ええ、いくつかありますが……どうしました？」

実は、とヤエさんに事情を話す。アッシュが見つけた情報を、俺が見落としたというのがどうにも納得いかないのだ。

「ああ、なるほど。それは恐らく、アッシュさんの勘違いですね」

よくあるのですよ、とヤエさんは笑う。

「この本に書いてある、とアッシュさんが示した本になにも書いてない、ということは他にもありましたよ。結局、情報源が見つからないものもいくつかありましたが、今までのところ情報自体が間違っていたことだけはありませんね」

「そうなんすか。まあ、あいつ頭良いっすからね」

多分、俺等とは頭の中身が違うんだよ。記憶した情報を整理して、自分の頭の中に一冊の本でも作ってるんじゃないか？　実際、あいつが持ち歩いている自筆本をちらっと見せてもらったが、整理された調査研究内容がまとめられていて、知識の塊みたいになっているからな。

何十冊分の知識がまとめられているんだってあの本を見ると、そりゃ多少は記憶がごちゃごちゃしてもしょうがない。

「う〜ん……だとすると、一体なにに書いてあったんだ？　俺が読んだことのない本があるのか？」

「ヘルメスさん、悩ましいのはわかりますが、そろそろ帰らないと時間が」

ヤエさんが苦笑するのと、閲覧室に新たな人影が入って来るのは同時だった。新たな人影は、俺とヤエさんを見ると真っ直《す》ぐこっちへとやって来て、熱い鉄を打つような声を鳴らす。

「やっぱりここにいたわね、ヘルメス」

「お、おう、どうした、レイナ」

「どうしたもこうしたも！　今すぐ帰らないと門限破りよ！」

がっしと手を掴まれる。手を繋《つな》ぐ、ではない。手首辺りを鷲掴《わしづか》みだ。

「ヤエさん、すみません！　お詫びは後日いたします。片づけをお願いしても——」

「はい、任されました。気をつけて、急いでお帰りください」

「ありがとうございます！」

礼儀正しく、しかし慌ただしく一礼したレイナが歩き出す。当然、手首を摑まれた俺はそれに引っ張られるしかない。

「ほら、早く帰るわよ、ヘルメス！」

「わ、わかった、帰るから引っ張らなくてもいいだろ」

「ダメよ。アッシュとマイカを見て、あなたみたいなタイプの扱いはわかっているんだから」

どういう扱いだ。

「目を離したらいけないし、手を離してもいけないのよ。すぐ夢中になってどこかに行ってしまうんだから！」

そんなことはないぞ。

言ってやりたいが、レイナがずんずん進んでいくから話がしづらい。

仕方なく、俺は溜息を吐いて引っ張られるに任せる。ほら、俺なんて大人しいもんだろう。どこかに行ったりしないんだ。

「まったく、帰り道でいきなりいなくなったと思ったら、もう遅い時間だっていうのに神殿に寄り道して！」

「しょうがないだろ。アッシュの言ったことが気になってしょうがなかったんだ」

「ほら！　目と手を離したらそんなことしてる！」

いやこれは違うだろう。これはあれだよ、あれ。うん。…………。

まあ、なんかレイナに迷惑かけたみたいだし、なにも言い返さず黙っておこう。なに、色々言われるのは慣れているし、レイナの使う言葉は手厳しいが冷たくはない。

「しかし、レイナ」

なによ、と睨まれたが、これだけは言っておいた方が良いかなと思う。

「お前が男の手を引っ張っているってのは、はた目には結構な事件だと思うぞ？」

お前、今期軍子会の女子人気ランキングの第二位だからな。

「しょうがないでしょう！　今は門限ぎりぎりなの、緊急の手段よ！」

俺はそれがわかっているけど、他の連中がどうかって話だよ。わかっている俺でも、お前とこの距離感っていうのは結構心臓に悪いぞ。

それにしても、と手首を握りしめて来る力を見る。

小さな手だ。俺なんか、鍛冶を仕込まれたから分厚く硬くなっちまって、とてもこんな柔らかさはない。

この手を握るように、か。明日の木工は、もう少し上手く削れる気がした。

動物の腱をよじり合わせて動力にした模型飛行機が、形になってきた。

翼を畳んでいた伝説の存在が、今ようやく、その翼を広げようとしている。

その興奮が、俺の中で荒れ狂っている。いや、俺だけじゃない。協力してくれたアムさんや他の職人達も、皆が盛り上がっている。

「とうとう、ここまで来た」

「長かったなぁ。あれ？　そうでもないっけ？」

「暦の上ではあっという間だぞ。かなり苦労したのは確かだけどな」

掘っ立て小屋の中、机の上の小さな飛行機を囲んで、思い思いの感想を口にする。

その誰もが、笑っている。こらえきれない、隠しきれないと、口を緩ませ、目を輝かせて。

そうだよ。やっぱり、空を飛ぶっていうのは、楽しいことだよな。ただそれだけなのに、ただそれだけが愉快でたまらない。

「しかし、これだけじゃちょっと寂しくないか？」

ふと、職人達の（本当は囚人なんだけど、俺にしてみりゃ立派な職人仲間だ）まとめ役であるベルゴが、笑顔に不満を混ぜた。

全員が、即座にその不満の理由を察して、ベルゴと同じ気持ちを抱く。

うん、俺もだ。さっきまでめちゃくちゃ楽しかったのに、今は大分楽しくない。ベルゴの一言で、こう思ったのだ。

——この飛行機、飾りっけがなに一つねえな、って。

「シンプルな美しさにゃ不満はないけど、もうちょっとこう、なんかしてもいいかもしんねえな」

一番にこの飛行機に関わっていたアムが、最初の火を放った。

「おう、それよ、それ」

「だなぁ。悪くはないんだけど、もうちっとひねりたいのはある」

「こいつはこの世に二つとないえらいもんだろ？　ちょっとくらいめかしこんでやらねえか？」

アムが放った火は、油をぶちまけた枯野に火が落ちるごとく、あっという間に燃え広がる。

「じゃ、どうする？　色つけるとか？」

「余計な細工物はつけられねえから、そうだな。絵とかどうよ」

「やっぱ鳥だろ。空を飛ぶぶっつったら鳥しかねえ」

「トンボだって形的に近いだろ」

全員が、隣や向かいの顔と意見を交わす。それぞれ自分のセンスに一家言ある職人ぞろいのせいで、すぐに意見のぶつけ合いになったけどな。

俺？　アムと鳥の絵が良いよなって意見を一致させて穏やかに過ごしているよ。

え、燕《つばめ》が良いって、本気かアム？　燕は確かに速いけど、鷹《たか》の方がカッコイイじゃん。やっぱ鷹だって、鷹で決まり。は？　いや、これ俺の飛行機だから、燕とかねえから。そりゃアムもすげえがんばってくれたけど、燕はねえって。

気がつけば、大炎上である。

隣の大声で聞こえないから自分も大声になり、顔を真っ赤にして楽しく怒鳴り合う野郎ども。

こうなると、もう収拾がつかない。俺達だけだとな。

でも、この掘っ立て小屋に入り浸るのは、俺達だけじゃないんだ。

喧騒《けんそう》にまぎれて、ドアが開く。新しくやって来たのは、小柄な影だ。影は、室内の様子を一瞥《いちべつ》すると額を押さえて、深い、ふかぁい溜息を吐いたようだった。

影は竈《かまど》のところまで耳を押さえながら移動して、綺麗に磨かれて置かれていた鍋を、お玉で力強く叩き鳴らした。

一回じゃない。十回以上の連打という大音量で、室内の大声を一気に鎮圧する。

それから、小柄な影――レイナは、一同を見下ろすような顔で睨みつけた後に、静かに言った。

「あなた達、うるさい」

硬い怒りの中、ほんのちょっとだけ、ひとつまみ分の柔らかさを感じさせる叱り方に、強面の職人達はそろいもそろって気まずそうな顔を見合わせる。

それから、一斉に頭を下げた。

「すんませんでした！」

迫力ある顔の野郎どもが、ずっと年下の（まあその、俺から見てもかなり綺麗な）女の子一人に頭を下げるっていうのは、中々すごい光景だ。

……俺も、もちろん声をそろえて謝ったぞ。他人事《ひとごと》じゃないからな。

「まったく、お母様に報告に行っている間にこんなに騒いで……。一体どうしたの？」

全員で頭を下げたことで、レイナのお仕置きは避けられたようだ。ほっとした気分を味わいながら、俺とベルゴが、一応責任者ポジションだから、さっきまでの騒ぎの説明をする。

「ああ、なるほど。確かに、ちょっとくらいは綺麗に見た目を整えても良いかもしれないわね」

お、レイナもそう思うか。話がわかるな。

「お母様から報告を受けたけれど、イツキ様にマイカとアッシュが話を持ちかけたところ、叙勲式で飛ばす許可が出たわ。せっかくのお披露目だもの、見栄えもよくないと」

「本当か！」

やったぜ。これを見れば、誰だってわかるはずだ。

空飛ぶ機械は、飛行機は嘘っぱちなんかじゃないと。もう誰にも、人は飛べないなんて言わせないからな。

逆に、皆に言わせてやる。人は、いつか空を飛べるって。

その時を思うと、熱い興奮がやってくる。ああ、これだ、これだ。アッシュの風を受けてから、しょっちゅうこの熱さがやってくる。

思わず叫ぶと、アムやベルゴも、皆そろって歓声を上げる。その声量といったら、さっきの騒動を上回るほどだ。

レイナは、耳をふさぎながら、仕方ないといった顔で笑っている。

ごめんな。お前が騒がしいの苦手っていうのは、わかってきたつもりなんだけど、このことになると我慢できないんだ。

ひとしきり叫んだ後、話は元に戻る。

「で、どういう絵にする？」

ベルゴが、真剣を抜いたような顔で切り出す。

きっと、歴史に残るような大大大イベントだ。誰だってそこにちょっとばかし自分の名前を付け加えたい。そういう欲深い者達が、視線で互いに牽制《けんせい》し合う。

もちろん、ベルゴは自分の案が一番良いと思っているだろう。俺や、他の奴と同じように。

一触即発の空気の中、一人外側に下がりつつ、レイナが釘《くぎ》をさす。

「騒ぎすぎないように。あと、絶対に暴力は許さないわよ」

わかってる。俺は力強く頷き、目配せして他の奴等も同意見であることを確認する。

だって怖いからな、喧嘩した後のレイナが。

あいつを怒らせると、その報告が巡り巡って飯に影響するんだよ。前に、寮の晩飯からおかずが全部なくなったことがある。一瞬、なにが起きたのかわからなかったな。

ベルゴにそのことを愚痴ったら、こっちでも食材の供給が絞られたらしい。アッシュに泣きついたが、「レイナさんを怒らせた方が悪いと思います」と却下されたそうだ。

わかるだろ。レイナは、おっかないんだ。

だから俺達は、激しい意見の衝突を、小声で、一切の暴力なしで交わす。

「燕が良い」

「燕は弱い。鷹にしよう」

「トンボじゃダメか」

「蝶《ちょう》だってモチーフとしては悪くないだろ」

…………全然まとまらねえぞ、これ。

しばらく、睨み殺すような視線を戦わせてみたが、決着の予感がしない。どいつもこいつも譲る気が一切ない。俺の飛行機だぞ、これ。

「なあ、レイナぁ」

「ん？　なぁに？」

あ、ちょっと油断してたな。椅子に座って頬杖ついていたレイナが、急に声をかけられて意外そうな顔をした。

「ちょっとは聞いてただろ？　お前が良いと思ったのはどの案だ？」

「わたし？　そうね、わたしが良いと思うのは……」

レイナは、首を傾げて少しばかり考えこんだ後、自分の荷物を置いているテーブルまで行って、何枚かある設計図の一つを持ち出して来た。

丸めていた設計図を、俺達の前に広げて——これは割と最初の頃の試作機のやつだ——その翼の部分を指さす。

「これがいいと思うけど？」

翼の部分に描かれていたのは、鳥の羽の絵だった。金属のようでいて、炎のような輪郭をしている、一枚の羽の絵。

「レイナ、それは、なんだ？」

「これはね、不死鳥の羽なんですって」

不死鳥。

少しだけ聞いたことがある。古い伝説で、死んでも蘇《よみがえ》る神様みたいな鳥が、そんな風に呼ばれていたとか。

それのことかとたずねると、レイナはよく知っているわね、と笑って褒めてくる。

「わたしも、アッシュに聞くまでほとんど知らなかったんだけれど……」

不死鳥は、炎の中から蘇る不思議な鳥なのだという。

たとえ老いても、殺されても、その亡骸《なきがら》を火に触れさせれば、灰の中から何度だって蘇る不死身の鳥。

「飛行機は、空から墜落してしまった。今では遠い昔の伝説でしかない。でも、蘇らせることはできる。これから皆の夢の火を持ち寄って蘇らせる。これは、そんな伝説を蘇らせる第一歩だから、伝説上の鳥の翼、その一枚の羽ですね――って、アッシュがね」

設計図の描き方を模索している時、教えてもらいながらそんな話をして、悪戯に翼にいれたシンボルマークがそれだという。

「ずるいぜ、アッシュ」

勝手に、唇から言葉が漏れた。ベルゴも、アムも、もうなにも言えない。

これ以上ない、シンボルじゃないか。

こうして、俺達の飛行機の名前が決まった。

〝不死鳥の羽〟号――俺達の夢の火じゃ、まだこの一枚の羽しか蘇らせられないけれど、これが俺達の、最初の一歩だ。

◇◇◇

先の人狼戦の勲章授与式は、都市の広場で行われることとなった。ちょっとしたお祭りだ。

魔物一匹だけとはいえ、戦闘を被害なし（私除く）で終わらせたことは、宣伝に値するそうだ。

魔物が近隣をうろついている、という情報のせいで、落ちこんでいた都市の経済活動を活性化する目的もある。

都市防衛の英雄を称《たた》えるという名目のお祭り騒ぎは、活気を取り戻す格好の口実というわけだ。

広場には、五十人ほどの領軍兵士が整列している。当日功を挙げた兵士以外に、式典を盛り上げるサクラとして駆り出された兵士も多い。

この兵士達の脇に、ちょこんと立たされているのが、軍子会の面々だ。

私が勲章を受けることになったために、巻き添えになってしまった。真《まこと》に申し訳ない。私だったらいい迷惑だと顔をしかめそうなので、真摯に謝罪する。

用事がある人や体調不良の人は、快く参列を免除されていることが、いくらか気持ちが軽くなる点だ。アーサー氏やレイナ嬢、ヘルメス君が、列にいない。

式典は、結構長かった。

広場にこしらえられた壇上のイツキ氏から、今回の魔物の襲来と戦闘過程の説明、対応した兵士達への賞賛が語られる。偉い人の長話はどこの世界でも嫌われるだろう、なんて思っていたら、聴衆の皆さんの反応が良い。皆さん、娯楽が不足しすぎているのでは？

「それでは、勲章を授与する。名を呼ばれた者は、前へ」

授与は、勲功順に、白功勲章から始まり、鉄、銅と来て、最後に銀だ。

ジョルジュ卿は銅功だった。トドメの一撃を放った弩砲の砲手と、門の指揮官も銅功だ。私が一番高い銀功を頂いても良いのだろうか。

「最後に、軍子会所属、アッシュ！」

返事をして壇に向かって歩き出すと、喝采が沸き起こった。やめてください、恥ずかしいです。

褒められるのは好きだけど、目立つのは苦手だ。寒村生まれの農民には、その辺の耐性が全くない。

とはいえ、顔を隠して逃げ出すわけにもいかず、無愛想に無表情というのもイツキ氏に悪いので、曖昧な微笑を浮かべて、壇上に登る。微笑といっても限りなく苦笑です。

そんな私を、イツキ氏は限りなく好意的に解釈してくれた。

「うむ、流石に落ち着いている。若いのに大した度胸だ。人狼を相手取り、一人でしのぎきる大立ち回りも納得だ」

「光栄なお言葉、ありがたくあります」

早く勲章をください。そして、すぐにこの目立つ場所から降りさせて。

「いまだ正式に任官していない身でありながら、都市防衛のために奮戦するその高邁《こうまい》な志、成功させる抜群の技量を称え、サキュラ辺境伯の名において、戦闘一種銀功勲章を授ける」

「ありがたく頂戴いたします」

もういいですよね。これでお役御免ですよね。

「なお、十一歳での銀功勲章の受勲は、王国中の歴史を探しても空前のことだろう。それが我が領の人材であることを頼もしく思う」

まだでした。イツキ氏、さっさと次に行きませんか、次。

次の予定があること、あなたにご相談してありましたよね。笑って了承してくださった御恩、私は忘れませんよ。

だから、早く次。

「また、軍子会の活動で見せた君の真摯な探究心と、そこから見出《みいだ》される深遠な学識、それを惜しげもなく友人達と分かち合う度量の広さは、刮目《かつもく》に値する」

絶賛の嵐のようだが、表面の薄皮一枚の下に農業改善計画の騒動があるので、いよいよもって気まずい。

その節は大変ご迷惑をおかけいたしました。今後もさらに大変なご迷惑をおかけする所存ですので、先行特典の謝罪（思念）を送ります。

届け、私の想《おも》い。

「サキュラ辺境伯家は、君が成人し、正式な官位を与える時を待ちわびている。今後も、その才気を思う存分発揮して欲しい」

「ご期待に添えるよう、全力を尽くします」

謝罪の念が届いたのか、にこやかな笑顔で差し出された手を握り返す。あらかじめ段取りを把握している司会のリイン夫人が拍手すると、広場中から拍手が起こる。

距離が縮まった隙に、イツキ氏が小声で囁く。

「この後、やるんだな」

「はい、準備万端です――多分」

イツキ氏が、おいおい、と言いたげに苦笑するが、仕方ないではないか。式に参加している私には、広場内で出番を待っている二人の様子を知れないのだから。

「まあ、なんとかなるか」

「ええ、なんとかします」

最終打ち合わせを終えて、イツキ氏が頷いて私の降壇を認めてくれる。

やれやれ、これで後もう一仕事だ。私達にとっては、このもう一仕事が本番だ。

壇を降りる途中、私はふと立ち止まって、視線を広場の端に向ける。私に注目していた視線が、釣られて同じ方向へと集中する。

そこは観客の最前列で、本日大事な用で参列を免除されたヘルメス君がいた。

彼の手には、ゴム動力紙飛行機――動物の腸や腱を使っているので、腱動力と言うべきか――が、すでに動力を巻き終えた状態で、歴史に蘇る時を待っている。

「飛べ、不死鳥」

ヘルメス君が、大勢の人々が見つめる中、子の背を押す親のような優しさで飛行機を空に放った。

軽やかにプロペラが回りだす。

ヘルメス君が飛行機を放った仕草は、投げるというより、押し出すという表現に近い。

その力の柔らかさに、それを飛行機と知らない誰もが、すぐに落下すると信じていたに違いない。

だが、その信仰は、三秒で打ち砕かれた。

試行錯誤を繰り返し、導き出した渾身《こんしん》の形状の翼が風を摑む。その風を、プロペラが力強く手繰り寄せる。

飛行機は、空を走るように前へ、前へと、広場を横断していく。

石のように落ちるのではない。木の葉のように風に乗っているのでもない。ブーメランのように投げられた力で滑空しているのでもない。

それは、自分の身に備えた力で、前へ、前へと空を進んで行くのだ。

鳥のように、飛んでいる。

その光景を見つめ、目の前でなにが起こっているのか理解した人の口から、一瞬の声が漏れる。

ある人は驚きの声、ある人は憧れの声、喜び、笑い、感動。だが、それらはほんの一瞬の音だけ発すると、静まり返る。

飛行機――ほとんどの人は、十歳になる頃にはその言葉を聞いたことがある。

鳥を見て、あんな風に飛んでみたいと、子供は願う。

どうして鳥は空を飛べるのかと、子供は問う。

すると、周りの誰かが教える。

大昔には、飛行機という人が飛ぶための道具があったらしい。まあ、物語の中の話、ただの伝説だ。鳥が飛べるのは鳥だから、人は決して飛べないよ。

——連綿と続いてきた、夢見る動物で、現実に生きる動物の営みだ。

歴史は人が飛べることを知っているのに、人々はその歴史を虚構の水面に沈めてしまった。誰かがその歴史を指摘しても、水面に映った幻影だと、人々は嘲笑《あざわら》い、確かめようとはさせなかった。

そして、空飛ぶ機械、飛行機は、歴史の空から墜落し、古代文明の夢のような生活にまつわる伝説の一つになった。

だが、それは、つい先程まで、ほんの数秒前までのことだ。

人々は、目にした。広場の端から端まで、飛んで行く飛行機を。

常識と良識を兼ね備えた都市の住民達だ。規律に従い、教育を受けた兵士達だ。教養を重ね、政に携わる領主一族だ。

彼等の目は、歴史書の最先端そのものだ。

その彼等が、見たのだ。

飛行機《でんせつ》が、空を飛ぶさまを。

今日の陽《ひ》が落ちる前には、いくつもの手紙、いくつもの日記、いくつもの報告書に、「私は空飛ぶ機械を見た」と書き記されるだろう。

虚構の水面から伝説が飛び立ち、歴史の空に、再び飛行機が舞い上がった瞬間だ。

歴史的に大きな、距離にしてほんの百メートルの飛行を堂々と行った〝不死鳥の羽〟号は、ヘルメス君の向かいで待ち構えていたレイナ嬢が優しく受け止める。

その場にいた全ての人々から、感嘆の叫びがあがったのは、飛行終了後、数秒経ってからだ。熱狂の歓声の中、ヘルメス君とレイナ嬢は、降壇した私の下へと駆け寄ってくる。予告にない段取り（ただし、イツキ氏は了承済み）を実施した、説明をしなければならない。

でも、本当に私がしていいの？　すごく目立つよ？　これまで飛行機を作ろうとがんばってきた、ヘルメス君がやるべきじゃない？

代わって欲しいなぁ、と思いながらヘルメス君を見ると、早く言ってやってくれ、とばかりに力強く頷かれた。

仕方がない。私は、大きく息を吸いこんだ。

「ただいまの機械は、軍子会の成果物として、本日発表させて頂きました！　ご覧頂いた通り、飛行機の小型模型です！」

また大きな歓声が上がる。絶対、聞こえていない人もノリだけで叫んでいると思う。

「人を乗せて飛んだという、前期古代文明の物と比べれば、ほんの小さい飛行機です。人を乗せて飛ぶためには、まだまだ足りない技術がたくさんあります！　ですが、人が空を飛ぶことを、不可能と言わせないだけの大きな飛行機でもあります！」

隣のヘルメス君が、ものすごく嬉しそうだ。

誇らしげで、楽しげで、そして泣きそうな顔をしている。

「人を乗せる飛行機を一羽の鳥だとするならば、今の私達の飛行機は、その羽の一枚に過ぎません。ですが、一羽の完全なる鳥も、この一枚の羽なしに飛ぶことはできません。最初にこの一枚の羽を作ろうと目指したのは、私達の友、ヘルメスさんです！　どうか、彼に惜しみない拍手を！」

レイナ嬢が、ヘルメス君の手へと飛行機を返すと、少年の手を取って掲げさせる。

その瞬間、大喝采が、飛行機を夢見、追い続けた少年へと与えられた。

実に、物語になるではないか。

私も胸が熱くなる。やはり、生きるためにはこういった感動が必要不可欠なのだ。人はパンのみにて生くる者に非《あら》ずとは、よく言ったものだ。

この後、あまりに皆さんが熱くなりすぎて、興奮がやまず、勲章授与式の閉会の宣言は取《と》り止《や》めになった。

ぐだぐだである。

ちょっと派手に飛行デモンストレーションをやらかして、工業力向上計画の認可と予算が下りやすいようにしたいなーと目論《もくろ》んだのは私です。

だから、その効果が行き過ぎて混乱を招いたのは、私の責任のような気はする。言い訳をさせて頂けるなら、この演出はイツキ氏も同意してのことだったので、私だけが悪いわけではない。

アーサー氏やリイン夫人からは、「もう少し演出は抑えた方が」と言われていたけど、私だけのせいではないのだ。

責任は、決定権を持っている上司が取るべきですよね。そして、それは私ではない。

◇◇◇

【横顔　ヘルメスの角度】

みっともねえなぁ。

鼻をすすりながら、心底そう思う。最近、飛行機絡みでなんかある度に、泣きそうになって困る。

いや、一度は人前だってのに本気で泣いてしまった。

今も、ちょっと油断すると涙がぼろぼろこぼれて来てしまいそうで、本当に困る。

場所は〝シナモンの灯火《ともしび》〟という名前の料理店、料理長のヤックさんの実家だ。

授与式の展覧飛行が終わったら、打ち上げしよう。その話は前からしていたんだけど、まさかこの店でやれるとは思わなかった。

この店は、都市内でもかなりの人気で、高すぎない値段で美味しいものが食べられるということで、いつも混んでいるから中々予約が取れない。今日なんか、勲章授与式があるから、最初から混むのはわかっていた。

模型飛行機のお披露目で盛り上がったから、興奮した人が集まってさらに混雑している。

奥の方にいつも空席はあるのだけど、そこは「お偉いさんが急に来店する時のための予備席」だとかなんとか。

で、その予備席が、今日の俺達の予約席だ。

「いいんすかね、こんな混んでる時に、こんな席使わせてもらって……」

明らかに特別な席とわかるテーブルに尻込みして、予約を取ってくれたヤエさんに聞く。

「もちろんです。それだけのことをあなた達はしたのですから、胸を張って座ってください」

ヤエさんが、自信たっぷりに断言して、人気店らしいざわめき——というには、いつもより大声で騒ぐ客達に、その綺麗な顔を向ける。

「そうでしょう、皆さん？」

突然の問いかけだったが、店内の客は返事に迷わなかった。

「もちろんだとも！　誰が文句なんてあるものか！」

「あんな素晴らしいものを見せてくれた若者に、この店で会えた。嬉しい限りだよ」

「ぜひ一杯奢《おご》らせてくれませんか。いや、年頃からすると、ご飯を一品の方が良いですかな？」

「それは良い。私からも一品奢らせてくれ。あんなに胸が弾んだのは、さていつ以来か」

笑顔が、火がついたように明るい言葉が、押し寄せて来る。

ついでに、頼んでもいないのに料理がどんどんテーブルに積み上げられる。他のテーブルで頼まれた料理を、奢りということでこっちに先に回してくれたんだ。

ヤエさんは、周りの反応のよさに自分でも少しびっくりした顔をしてから、俺に改めて笑いかけてくれる。

「ほら、これだけのことをあなた達はしたのですよ。これが、もう何年も前からずっとあなたが追い続けて来た成果なのです。しっかり胸を張ってください」

それは、ヤエさんが何年も前から、ずっと俺を気にかけてくれてたってことで——そんな人から、胸を張れるだけのことをしたと褒められたら、泣きそうになってしまう。

こみあげてくるものをこらえようとして俯《うつむ》いた俺に、ヤエさんはなにも言わない。

「お店の人に話を通してきますから、少し外します。遅れて来るアッシュさん達のことを伝えておかないと。レイナさん、よろしくお願いしますね」

やっぱり、ヤエさんは大人だ。気を遣ってくれるのはありがたいけど、また、そのお礼を言いそびれてしまう。

代わりに隣に座ったのは、レイナだった。

「すごいわね。こんなに多くの人達が、あんなにはしゃいでしまうんだもの」

この店は、いつも美味しい食事を楽しむ人達でにぎわうけれど、こんなに騒々しくはない。でも、今日だけはまるで別な店だ。レイナは、そう言いたいのだろう。

「お母様に聞いたけれど、イツキ様も大満足……というより、大興奮だそうよ。今頃、アッシュがベルゴ達に届けるお祝い用のお酒、イツキ様が奮発して倍ぐらいになっているかもしれないわ」

アッシュ一人だともう持ちきれないわね、とレイナが声を立てて笑う。

「皆がすごいって感じたのよ。ここに来るまでも、ここでも、あなたの飛行機を誰もがすごいって話しているくらいにね」

だから、とレイナは言葉を続けた。飛行機を交ぜてなお澄み渡る、青い空みたいな声だった。

「俯くなんて、すごいことをしたヘルメスには似合わないわ。胸を張って、泣いても良いのよ」

あのな。そういう問題じゃや、ないんだよ。

こっちにも、それなりに意地みたいなものがあってな。どれだけ優しくされたって、どれだけ嬉しくったって、素直になれない時があるんだよ。

ましてや、軍子会でも人気の女子に、こんなぐしゃぐしゃの顔、見られたくなんてないんだよ。

「もう、しょうがないわね」

全部わかっているみたいな声で、レイナはハンカチを差しだして来た。

「これで二回目ね、ハンカチを貸すのは」

そうだな。忘れてないぞ。忘れられるものか。

モルドと喧嘩した後、アッシュの夢を聞いて、俺の夢を皆が手伝ってくれるって話をしてた時のこと。

お前のおかげだったな。寮監の娘だからって、小さい寮監みたいに振る舞って、あっちこっちで起こる揉《も》め事《ごと》に顔を突っこんで、恐い目にも遭うだろうに、嫌なことも言われるだろうに、それでも突っ張って俺まで助けてくれた。

そこからだ。お前が俺を助けてくれたから、アッシュと話せたし、マイカとも、アーサーとも話せた。

だから、ヤエさんにも言えてなかったのに、俺はお前が差しだしてくれたハンカチに、素直に言えたんだろうな。

「ありがとう」

これから、どれくらいこの言葉を使うことになるんだろうな。

数えきれないくらい、ってことは、すぐにわかった。

俺はもう、一人じゃないんだ。

勲章授与式から一週間ほど経《た》ち、私は自室にやって来たマイカ嬢から、煉瓦《れんが》計画チームの報告を受けている。

私のベッドに、二人で腰かけながらである。さらにいえば、ちょっとマイカ嬢の密着度が高い。

今世常識的に言えば、結婚適齢期とは言わないものの、婚約者を決めていてもおかしくない年頃の男女である。幼馴染《おさなな じみ》ゆえの気安さといえばそれまでだが、誰かに見られると外聞がよろしくない。

「マイカさん、報告はよくできていると思いますが、ちょっと近くありません？」

「大丈夫だよ」

マイカ嬢は力強い頷《うなず》きで、私の発言を押し潰す。

「確かに、なにか問題があるとは言いませんが……アーサーさんがいつ帰って来るかわかりませんので」

「大丈夫だから」

真っ直《す》ぐ見つめてくるマイカ嬢の顔は、やっぱり近い。

お年頃なのだから、もうちょっと男女の距離感を覚えた方が良いと思う。

「あんまり、男の人と距離を縮めてはいけませんよ？」

「大丈夫、アッシュ君だけだから」

「なら、いいのですが」

私もどこまで紳士でいられるかわからないお年頃だけど、まあ、あと数年は大丈夫だろう。マイカ嬢の顔に残るあどけなさを見て、三年より後は危ないかな、と推測する。

じっと見つめていたせいか、マイカ嬢の顔がみるみる赤くなる。女性の顔を凝視するなんて、ちょっと紳士的ではなかった。

「そ、そんなに、心配してくれるんだ？」

「当然です。マイカさんは魅力的な女性なのですから、気を付けてくださいね」

好かれやすい人柄で、文武両道、顔立ちも良いし、家柄もある。改めて考えるとすごいスペックだ。

「みりょっ、みりょくてきっ……だだ、大丈夫だから！　こ、こんなこと、アッシュ君だけだから！」

「ええ、そうしてくださいね」

「もちろんだよ！　えへへ……そっかそっか、他の男の人にしちゃダメか～」

頬を押さえて、マイカ嬢がくねくねしている。可愛《かわい》いけど、褒めた部分より注意事項を意識して欲しい。可愛いけど。

心配しつつも、煉瓦計画チームの報告書を見直す。

煉瓦は、基本的な技術と資源で作製可能であり、応用範囲も広いことから、都市の蔵書に相応《ふさわ》しいと考えられていたようだ。資料が十分あったらしく、一月《ひとつき》も経たないうちに、試作に取りかかるところまでまとめられている。

ここから先の問題は、専門用語が現在では使われていない場合が多いことだ。一度途絶えた技術の復興は、かくも難しい。

「では、これを基に、モディさんに相談してみましょう」

囚人職人衆の一人モディさんは、元は陶芸職人の弟子だったというので、今回は適任だ。使える粘土を見分けられる、というだけで大きな助けになる。

高温の炉に使える耐火煉瓦の製作までは遠いだろうが、調理用の竈《かまど》の性能にはすぐに効果が出るだろう。

「しばらくは、私も煉瓦計画に参加しますね」

「ほんと!?」

私の台詞《せりふ》に、マイカ嬢が前のめりになって確認して来る。額がぶつかって、ごつんといったよ。

私はすごく痛いんだけど、マイカ嬢はきらきらした目で痛みなんて感じていないようだ。

「いいの？　飛行計画の方は、アッシュ君いなくて平気？」

「ええ、とりあえず、すぐにできる目標は達成しましたし、これ以上となると他の技術の発達が必要です」

木材と布で有人飛行機を造るにしても、それを飛ばす力を持った動力が必要だ。

流石《さすが》に、ゴムや動物の腱《けん》では賄いきれない。内燃機関が必要だ。超高効率の蒸気機関を研究し、スチームパンクの可能性を模索するのもロマンだが、どちらにせよ基本的な金属技術が足りない。

今回の飛行機の作製は、遠い目標をわかりやすく示し、士気を高めることが目的だ。ここからは、高めた士気の下、地獄のように地味な行軍が始まる。

「それに、クイドさんがあの飛行機にものすごく食いついてきまして」

試験飛行の直後、クイド氏から腱動力飛行機の量産と販売について猛烈アピールを受けた。

私が最初に玩具《おもちゃ》と言ったせいで、技術研究用の試験機ではなく、販売可能な嗜好品《しこうひん》として見ているらしい。確かに、技術以外は極端に希少な物は使っていないので、販売できるかできないかでいえば、できる。

ただ、技術だけは伝説級の代物なので、リイン夫人が待ったをかけた。

現在は、執政館に勤める商工政策の担当者や、商工ギルドの責任者なども一緒になって話し合いをしている。

ええ、とんでもなく面倒……もとい、大事になってまいりました。

私達《たち》チームからは、開発責任者としてヘルメス君に話し合いに参加してもらっている。彼のサポートとして、レイナ嬢も付けた。私も参加を求められたのだが、控え目な意見だったので、そこまで必要ではなかったのだろう。だから断った。

クイド氏のことは村で色々あって信頼しているし、イツキ氏一派の官僚達も腐敗がひどいということはない。ヘルメス君はともあれ、レイナ嬢がこういった方面の経験を積む練習には丁度良いだろう。

自分がやるのは面倒だという以外に、これほど立派な理由があるのだ。私が断るのも当然である。

「そんなわけで、私の手が空いているのですよ」

私の手を空けたとも言えますけどね。

「じゃあ、久しぶりにアッシュ君と一緒だね！　あたしがんばるよ！」

「はい、一緒にがんばりましょう」

それに異存はないけれど、ずいぶんと嬉《うれ》しそうだ。

「当然だよ！　アッシュ君と一緒なんて久しぶりだもん！」

「昔は、なにをするにもほとんど一緒だったんですけどね」

「そうだよ、だからちょっと寂しかったんだから！」

一年や二年前だというのに、もう懐かしく感じる。

畑をいじるのも、ハチの巣をいじるのも、勉強するのも二人だった。

都市に来てからは協力者も増え、やれることも増えたので、マイカ嬢には別動隊の指揮を任せることが増えた。その分、負担をかけてしまっていたようだ。

「マイカさんは一番信頼しているので、ついつい甘えてしまっていたようです。すみません。それ以上に、ありがとうございます」

誠心誠意、お礼を述べると、マイカ嬢は頬が落ちるのではないかというほど表情を緩めた。

「あたし、頼りになってる？」

「それはもう」

「一番？」

「ぶっちぎりですね」

マイカ嬢ほど私のやりたいことについて来てくれる人はいない。基本的に賛成してくれるし、私の手の届かないところを支えてくれる。能力も最も信頼している。

後はお説教の方を、もうちょっと手加減して頂ければ。

「えへへ、アッシュ君にそう言ってもらえるなんて、あたしも成長したね！」

「私なんかの賞賛で良ければ、マイカさんにはいくらでも言えますよ」

「アッシュ君なんかじゃないよ。アッシュ君だから嬉しいんだよ」

そうかな？　まだまだ子供の十一歳ですよ。

「だって、アッシュ君は史上最年少で銀功取ったもん。ノスキュラ村の英雄だよ、他に村で持っているの、お父さんくらいだもん！」

「そういえば、お祭りの挨拶の時なんか、クライン村長もつけてましたね」

自分でもらうまで、あの勲章がなんなのかさっぱりわからなかった。

ちなみにあの人、金功も持っているんですよ。銀でも相当にすごいと周囲から言われるのに、その上の金なんてなにやらかしたんだ。

「そうなの。勲章は結婚式とかにもつけて、やっぱり持っていると立派な人なんだって皆がわかってくれるの。位の高い勲章持ちとの結婚は、すごい自慢できるんだって！」

「ほう、そうなのですか。正装に使うアクセサリーにもなるのですね」

「あ、あたしも！　結婚するなら、そ、そういう人が良いなって！」

今世女子の理想の結婚相手の要件なのだろうか。高収入とか、高学歴とか、ステータスの一種というか。その辺り大らかそうなマイカ嬢も、やはり気になるか。

あ、いや、それ以上に、マイカ嬢の立場的には、結婚相手の最低条件にも必要なのかもしれない。大変気さくに接してくれるが、都市有力者の血を色濃く引いているのだ。その上、才色兼備とくれば、辺境伯家としても放ってはおけないだろう。

そんなマイカ嬢の結婚相手には、周囲を納得させられるだけの格が必要にもなる。

マイカ嬢の伴侶探しも大変そうだ。

「マイカさんの結婚相手は、立派な人物ということですね」

「も、もちろんだよ！　特にあたし、頭が良い人が……！」

恋話《コイバナ》は世界を問わず女子の関心事か。マイカ嬢が、手ぶりを交えて一所懸命に語りだす。言葉の津波にさらわれて、ちょっとなにを言われているのか理解しきれない。

こういう女子の力を味わうのは久しぶりだ。

「そ、それで、だからそういうの考えると、アッシュ君は銀功勲章を取ったし……ちょ、ちょうどいいし……」

急に小声になったマイカ嬢が、視線を室内にさまよわせる。視線がある一点を通り過ぎ、すぐにまた戻る。

なにか気づいたのか、ころっと表情が変わった。

「……あれ？　ねえ、アッシュ君、勲章、どこかにしまった？」

「いえ？　机の上にありますよね？」

特に飾る場所もないので、机の上に置きっ放しにしてある……はずだったのだが。

「ない、よ？」

「ありませんね……」

おかしいな。持ち歩く物でもないし、今日は机を使っていないので、どこかに行くはずもない。

「なにかの弾みで落ちましたかね」

机の周りを捜してみるが、見つからない。

念のため、部屋中を捜してみるが、見つからない。

途中、アーサー氏が戻って来たので行方をたずねてみるが、やはり知らないらしい。アーサー氏が部屋を出た時はあったはずとのことだ。

その後、私とマイカ嬢が来るまで、この部屋は無人。

もちろん、物が勝手に消えるはずはない。流石にそこまで人類に不利なファンタジーは、今世にもない。恐らく。とすると、考えられるのは一つだ。

「盗んだ人がいる」

マイカ嬢が、月のない夜の死の谷の底みたいな暗い眼《め》で断言した。

なんだか私より怒っている。

アーサー氏も、珍しく不機嫌な顔で同意する。こちらも、地獄の溶けない氷のように冷たい眼をしている。

「状況的にそれしか考えられないね。というより、アッシュの物が無くなると、失《な》くした可能性より、盗まれたって可能性の方が高いよね」

そうなの？　私、そんなに恨まれているのだろうか。

まあ、盗まれたとしたら誰が犯人かというのは、私も思い当たる節がある。この寮館に部外者が入るのは難しいし、内部の人間となると事あるごとに嫌がらせをしてくる人が最有力だ。

つまり、モルド君ご一行だ。

「モルド達さ――」

マイカ嬢が人を呼び捨てにするのを、初めて聞いた。

「神様の御許《みもと》に送ろ？」

ぶっ殺すの婉曲《えんきょく》表現が投入されました。物騒な物言いに、アーサー氏が迷わず首肯する。

「狼神《ろうしん》様に？　それとも猿神様に？」

「竜神様に決まってるよ」

お待ちなさい、お二人とも。あんまり物騒なことを言うものではありません。

落ち着いて、深呼吸をして。

「アッシュ君は、優しすぎるよ」

「そうだよ。やる時はきっちりやらないと」

だって、所詮は子供の嫌がらせだから、死刑執行まで目くじら立てる気になれないというか。

「そんなことないよ！　勲章を盗むなんてとんでもないことだよ！　あれは持ち主の栄誉の証《あかし》なん

だから！　持ち主のやったすごいことを世間から隠してやるって喧嘩《けんか》売ってるのと一緒だよ！」

私はあんまり気にしないけれども。金一封は別途保管してあるからね。

「そうだよ！　贈り主にとっても、勲章をぞんざいに扱われると侮辱されたってことになるんだから！　失くしただけでも、面子《メンツ》を潰したって罰せられることもあるんだよ！」

それは怖い。でも、イツキ氏もあんまりその辺は気にしない人物だと思う。きちんと事情を話して謝罪すれば、むしろ正直者だと笑って褒めてくれるタイプの人だ。

私が、イツキ氏は良い人ですよね、なんて笑っていると、二人は互いの顔を見合わせる。

「アーサー君。そんなわけで、勲章を取り返すのはもちろん、モルドをこらしめる必要があるよね」

「そうだね。これは、アッシュの友人としても、軍子会の一員としても、政《まつりごと》に携わる人間としても捨ててはおけないよ」

自然な感じで、当事者の私が省かれてしまった。

「特に、秋の武芸大会、あれの前に勲章は取り返さないと」

「そうだね、確実に勲章をつけて登場しないといけないから」

「うん、最年少の銀功ということで、注目されてるもんね」

「注目の的だよ、すごいことをしたんだから当たり前だね」

二人が盛り上がっていく、やや関係ない方向へ。

とりあえず、二人だけに対策を任せると過激な結末になりそうなので、レイナ嬢やヘルメス君も巻きこんでおこう。濃すぎる液体は、とりあえず薄めるのが吉だ。

それから、きちんとリイン夫人を通して、イツキ氏へも今回の件を報告しておかねばなるまい。失態はきちんと報告するのが、社会のマナーだ。ただし、上司が生産的な対応をしてくれる場合に限る。

報告の結果、私の管理能力にマイナスがつくのは致し方ない。すぐに盗める場所に置いておいたのは私だ。きちんと評価は受け入れよう。

もちろん、窃盗犯の方にはより厳重な評価が下るだろうが、それは私の関知するところではない。私は私の失態を報告するだけだ。別に、ちょっとくらいはイラッとしたから、痛い目見たら良いですよ、なんて考えていない。

この手の悪事って、被害者が泣き寝入りしないと仕掛けた側が終わるんですよ。悪いことはできませんね、って話です。


「やはり、人狼《じんろう》を討伐したほどの人物が、舐《な》められているのはよろしくないな」

イツキ氏が、ワインをあおった後に、そう一般論を述べた。

「人狼にトドメを刺したのは私ではありませんが」

ナイフとフォークを手に、私が事実を返す。

場所は、領主館の食堂だ。本日は恐れ多くもイツキ氏からお招きを頂戴し、ヤック料理長の絶品料理のご相伴にあずかる。実に美味《おい》しい。

「食事をしている時は、普通に年頃の少年だな」

私の表情を見て、イツキ氏が微笑《ほほえ》ましそうに頷く。私の隣では、マイカ嬢がにこにこしている。

「アッシュ君は、昔からこうなんです。御飯の時は可愛くって」

そうなのか、とイツキ氏がたずねるので、私は正直者として苦笑する。

「食べている時は子供っぽいと、よく言われます。お恥ずかしいことですが、美味しい食事はなにより好きでして」

豊かな生活というのは、結局のところ美味しい食事をお腹《なか》一杯食べることにあると思う。前世らしき記憶で、なにが一番取り戻したいって、美味しい食事で満腹になることだ。

「そうかそうか。この後は、クレープが待っているぞ。ヤックが、ぜひアッシュに食べさせたいと言っていた。お前が教えた料理だそうだな？」

「ほほう！　それは楽しみです。ヤック料理長のアレンジが加わって、さぞ美味しくなっているでしょうね！」

「うむ、ヤックも自信がありそうだったぞ。アッシュを唸《うな》らせてみせる、と」

ヤック料理長の自信作というのなら、ますます楽しみだ。心なしか、同席しているマイカ嬢もアーサー氏もそわそわしている。

「イツキ様、お話がずれております」

すまし顔で注意を促したのは、リイン夫人だ。

流石は仕事ができる女性。その隣のレイナ嬢は、クレープという単語に若干の動揺を見せ、今も口元を緩めているというのに、そんな気配は微塵《みじん》も見せていない。

内心では、リイン夫人もクレープを楽しみにしていると思うんですよね。以前、遠回しにクレープを作ってくれないかとお願いされたことがある。もちろん、たくさん作った。

「ああ、すまない。ええと、そう、アッシュが舐められているのはよろしくない、という話だ」

「そうはおっしゃいましても、十一歳の子供ですから、やはり年相応に低く見られるのは致し方ないのではありませんか？」

私は、見た目に貫録があるわけでもない。腕力もないので、門の警護についている衛兵の皆さんからは、顔を合わせる度に気を付けるよう注意される。

そんな私の見解に、イツキ氏は、その通りなのだが、と眉をひそめる。

「だが、魔物と戦って功を挙げた人物が舐められるというのは、ひいては魔物の脅威を侮ることに繋《つな》がる。現に、子供でどうにかなったのなら、魔物なんて大したことがないという認識が流布し始めていてな」

リイン夫人が、認識が流布している例を具体的に補足する。

「イツキ様のおっしゃる通りです。軍子会の面々は、アッシュさんと実際に試合をして勝った人物も多いので、自分でも難なく相手できると、いささか増長しております」

それはありうる、と私は渋い顔をする。

私の実力は、軍子会で中の下程度なので、そういう発想になるのも頷ける。だが、実際に対峙《たいじ》してみた感触では、人狼はそこまで生易しい相手ではない。

今期の軍子会屈指の実力者、グレン君やマイカ嬢でも、一対一では時間稼ぎができるかどうかといったところだろう。

私が曲がりなりにも相手をできたのは、防御に専心したことと、切り札の催涙投擲《とうてき》瓶があったこと、そしてなにより、命のやり取りに慣れていたことによる。

私の表情に理解の色を確認して、イツキ氏が続ける。

「軍子会でもそんな考えがはびこるというのはー、看過できんなー。とかくー、新兵は自分の実力を把握できずに無謀なことを行うものだがー、指揮官候補である若者がそうなっては悲劇が起こるー、なー」

おっしゃることはごもっともですが、なんだかイツキ氏が棒読みだ。

さては、あれか。すでになにか決まっているな。決まった上で、晩餐会《ばんさんかい》に招いて、打診しようというわけか。

まあ、そうでなければ、マイカ嬢やアーサー氏はともかく、私なんか晩餐に呼ばないですよねー。

「ということは、だなー。アッシュ、君の実力がー、軽んじて良いものではないとー、知らしめねばならないというわけだなー」

そう来ますかー。にっこり笑顔で、ハイともイイエとも決して口にしない。

「このままではー、将来有望な若者がー、儚《はかな》くも命を散らしてしまう可能性が高いなー。それにー、領民もー、最年少の銀功受勲者の武勇を見たがっているのだよなー。その期待に応えてやらねばーなー」

面倒事ですねー。そんなことする暇があるなら、一冊でも多く本を読みます。

主に私のために、なにか他の手段を考えましょうよ。

にこにこ笑顔に、そんな意志をこめて無言を守る。そんな全く後ろ向きな私の隣で、マイカ嬢が身を乗り出す。

「叔父上、具体的には、どんなことを考えているのでしょう」

そんなこと聞いちゃダメです。どんどん泥沼にはまってしまうから。

「それなんだよ。知らない奴《やつ》から見れば、人狼を一対一で仕留めた奴なら、軍子会の同期を相手に勝ち抜けても当然って話で終わりだ」

「いえ、それ無理ですよ」

早々に私が両手を上げて降参を主張すると、イツキ氏が片目を閉じて私を見定める。

「そうか？　バレアスは、お前さんが本気になったら、軍子会の誰も敵《かな》わないだろうと言っていたぞ。あのバカ真面目の言うことを、俺がどれだけ信じているか、わかるよな、アッシュ」

「皆さんの朝食にご馳走《ちそう》をご用意差し上げて、一回戦から決勝まで不戦勝にしても良いというルールなら、ありえなくはないですね」

つまり、実質不可能ということだ。だというのに、イツキ氏は手を叩《たた》いて喜ぶ。

「はっはっは！　バレアスの言う通りだ。間違いなく、今期の軍子会、いや、歴代軍子会でお前が最強だろうな！」

褒めて欲しいところはそこではない。

「そんな歴代最強を、軍子会の小さな枠内で挑ませるわけにはいかないだろう。同じく、今回の人狼戦で大功のあった、バレアス……ジョルジュ卿《きょう》が相手をしようと名乗りを上げているぞ」

今期の教官じゃないですか。そんなの相手にしてどうしろってんですか。

あの人、生真面目さに見合った相当の実力者ですよ。実技の教導を見ていれば、なんであれで備品の管理人やっているんだってくらい強い。

私が驚いているうちに、マイカ嬢が険しい顔で席を立つ。

「叔父上、それは反対です！」

流石は私が最も信頼する仲間である。私よりも先に抗議してくれるなんて。

「今回悪いのはモルド達ですよ！　お仕置きするならあっちです！　痛い目見せるならあっちです！　神様に会わせるならあっちです！」

抗議の矛先が、ちょっとずれている気がする。

「ああ、勲章を盗んだと思われる奴等《ら》か。確かにそちらも問題だが……そうやってアッシュの実力を見せたり、今回のように俺が目をかけているとアピールしてもダメか？」

ああ、今回の晩餐会に招待されたのは、領主代行殿と親しい人物ですよ、と知らせる意味もあるのか。そのことには全く気付いていなかった。マイカ嬢のオマケで呼ばれたのかと思っていましたよ。

イツキ氏の問いかけに答えたのは、リイン夫人とレイナ嬢だ。

「それは難しいかと。それがわかるようであれば、アーサー様やマイカ様がこれほど親しく接する人物という時点で、彼等の攻撃は止《や》んでいるはずです」

「母の言う通りかと。残念ながら、そういった想像力に欠けたところがあると思われます」

二人の進言に、イツキ氏は背もたれに体を預けて嘆息する。

「残念だ。今期は非常に優秀と聞いていたが、やはり影は存在するものか」

「影というより、当然の心理でしょう。負けず嫌いと嫉妬は紙一重です」

私がモルド君一行をフォローすると、周囲から視線が集まった。

そんなびっくりした顔で見ないでください。私だって腹が立っていますとも。ただ、これ以上、事を大きくして私の夢見る時間を奪わないで欲しいなと、そう思っているだけです。

「大したものだ。竜は小鳥に咆《ほ》えない、ということか」

「アッシュ君は優しすぎるよ」

満足そうなイツキ氏と、不満そうなマイカ嬢である。心の中では、小鳥に咆えまくりですけどね。

「ともあれ、アッシュが乗り気ではないのだ。彼自身に直接手を下せというのは、俺は取りたくない」

「でも、叔父上、このままなにも罰がないのは、モルド達にとってもよろしくないかと」

「それもそうだが、正直そちらは後日の人事評価に影響させれば問題ないなと……」

イツキ氏は流しかけたが、可愛い姪《めい》の眼差《まなざ》しに失望が混じったことを感じて、慌てて意見を変えたようだった。

「いや！　それはよくないな！　そうだ、武芸大会でマイカが直接お仕置きしてはどうだ？　義兄《あに》上直伝《うえ》の剣さばきで、思う存分、痛い目を見せてやるというのは！　マイカが良いなら、対戦順をいじって場は整えられるぞ！」

運営によるインチキ宣言が、堂々と飛び出した。そんなことを言って、お怒りのマイカ嬢が納得するわけが――

「う～ん、それなら……まあ、良いかな」

納得なされた。

審判の試合終了判定も甘くして欲しい、などと具体的な意見が飛び出す始末。アーサー氏も、今から応援に力が入っている。自分の分も思い切りやって欲しい、とのことだ。

この流れは、私がジョルジュ卿と戦うことに障害がなくなっていっている気がする。

予感は、間もなく証明された。唯一反対らしき意見を述べていたマイカ嬢が、満面の笑みで私の手を握る。

「アッシュ君！　ジョルジュさんとの戦いがんばって、本当の実力見せつけちゃおうね！」

「ふふふ、ぜひともご遠慮したいところですね」

マイカ嬢の天真爛漫《てんしんらんまん》な笑みには、私の笑みも盛大に引きつりますよ。

どうやってここから逃げるかな、と動き出すより早く、イツキ氏がわざとらしく手を打った。

「あー、そうだった、そうだった。言い忘れていたことがあったー。今回、アッシュが特別に戦ってくれるなら、その健闘を称《たた》えて金一封を追加で贈ることができるんだったー」

「イツキ様のご心配はごもっともです。ここは私が一肌脱いで、ご懸念を払しょくいたしましょう」

欲望充填百パーセントですよ。お金はいくらあっても良いですからね。

「おお、やってくれるか」

「お任せください。私自身、人狼殿と戦って死線を潜《くぐ》った身です。その手強《てごわ》さは骨身に染みています。油断して対峙すれば、無駄な損害が増えてしまうことを知りながら、黙っていることなどできません」

さっきまでは除く。話がまとまってイツキ氏は嬉しい。お金がもらえて私も嬉しい。誰も損をしない結果で、素晴らしい。

「あの、お話がまとまって大変喜ばしいのですが」

リイン夫人が、肝心要《かなめ》のことについて手を挙げて意見を述べる。

「アッシュさんの勲章が、いまだ盗まれたままなのですが、そちらはいかがなさいますか」

忘れていた、という顔をしたのは、私とイツキ氏だけだった。

レイナ嬢は、どうしようか、という表情をしていたし、アーサー氏とマイカ嬢は、どうとでもなる、と考えている顔だった。

「取り返すだけなら、簡単だと思うよ。ね、アーサー君」

「マイカの言う通りだね。上手《うま》くいけば、無くなったことにも誰も気づかないかもしれない」

なんだか上手くやってくれそうだし、その辺はお二人にお任せします。

ジョルジュ卿との試合をどんな風に盛り上げるか、段取りを考えておかないといけない。上手くやれば金一封の厚みが増すかもしれないから、力も入る。

都市で行われる武芸大会は、秋のお祭りのメインイベントである、らしい。

都市に来たことのない私はもちろん初体験だが、武芸大会の噂《うわさ》は村にも届いており、死ぬ前に一度は見てみたい、と憧れる村人は多かった。

私はそんな噂話に全く興味なく、貧困生活に絶望していたか、生活向上に打ちこんでいたかのどちらかで、つまりは忙しくしていた。

そんな自分が武芸大会に参加することになるとは、人生というのはよくわからない。

あと、なんか村から父上と母上がやって来た。息子の晴れ姿を見たいんだとか。

秋のお祭りはすなわち収穫祭であるため、畑仕事は一段落しているのだろうが、よくここまで来たものだ。と思ったら、クイド氏が連れて来たようだ。

あの人は、腱動力飛行機の独占販売権を獲得してからというもの、ちょっとはしゃぎ過ぎていると思う。

武芸大会の式典の時に、ぜひ着て欲しいと外套《がいとう》まで頂戴している。見るからに頑丈な刺子の外套で、なんか火の鳥の意匠が入れられていた。

火の鳥、つまり不死鳥である。

曰《いわ》く、「アッシュ君といえば殺しても死なないことで有名ですからね！　フォルケ神官もおっしゃっていましたよ、死んでも灰から蘇《よみがえ》る鳥がいるよなって！　アッシュ君にぴったりですね！」

どうも、飛行機〝不死鳥の羽〟号の翼に遊びで入れていた意匠を、私のシンボルかなにかだと思ったようだ。

これは、歴史の中で一度は失われた技術が蘇る、という願いで不死鳥を持ち出したのだが、そういえば私の名前は灰《アッシュ》ですものね。そう連想されてもおかしくない。

でも、私は殺せば死にますからね。

まあ、農民上がりの私は、あまり良い服も持っていなかったので、クイド氏の贈り物は非常に助かった。

無事に戻って来た勲章もつけて、母上と父上に挨拶したところ、母上に号泣されました。父上も声が震えていたので、親孝行できたようだ。

勲章の奪還方法？　勉強会のメンバーやリイン夫人の力を借りて、ちょっと噂話を流しただけでした。「もしこの寮内でなにか盗まれたりしたら、領主一族の威信にかけて徹底的に調べ上げて、犯人を厳罰に処す」とか、そういう噂。

盗みがバレている。それも、内々の処分ではなく、正式に法を適用されかねないと脅《おび》えた窃盗犯達は、こっそり勲章を元あった場所に返したようだ。

犯人は誰だったんでしょうねー。

ちなみに、モルド君一行は、武芸大会の軍子会部門で、マイカ嬢に滅多打ちにされていました。審判もやたら試合を止めるのが遅かったため、最終的に泣かされていた。

剣を振り回すマイカ嬢の朗らかな笑顔が、恐《こわ》かったです。

さて、そんな軍子会部門が終わった後に、いよいよ私の出番となった。

「続いて、軍子会最後の成果発表として、特別演武を行います！」

司会の兵士さんの大声に、広場に集まった人々の喝采がかぶさる。

「先に起こった、突然の人狼の襲来！　そこで活躍した二名の戦士による、実戦形式の試合となります！」

革と布の防具をつけた状態で、ジョルジュ卿と並んで試合場に入る。防具は訓練用で、頭部までしっかり守られている。

ただし、それぞれ装備している槍《やり》は、刃引きしてあるとはいえ本物の鉄製なので、これで防御力が十分かといわれると、やや怪しい。

他の軍子会のメンバーは、布を巻いた棒で試合を行っていたことと比べれば、実戦形式との言葉に偽りはない。

「対戦するのは、史上最年少の銀功勲章の受勲者、アッシュ！　幼いながら人狼と一対一で戦い抜いた、手堅い守りにご注目ください！」

紹介に応え、私のやる気に比例して控え目に手を振ると、さらに盛り上がる。

最前列でかじりつくように声援を送って来る女の子なんて、柵を越えてきそうだ。誰かと思ったらマイカ嬢である。

「若い挑戦者を受けて立つのは、バレアス・ジョルジュ卿です！　先の人狼戦では銅功勲章を受勲、領軍でも確かな実力者として尊敬される人物です！」

ジョルジュ卿も手を振って応えると、若い女性の声援が多く聞こえる。今は防具で隠れているのに、ジョルジュ卿の美形っぷりは、都市内では評判のようだ。

こちらも最前列に押しかけている熱心な応援がいる。意外でもなんでもないが、ヤエ神官である。

「才能あふれるお二人の戦いは、先程も申し上げた通り実戦形式！　禁じ手なしという恐ろしいものです！　実戦で使用する戦術を思う存分に使った戦いに期待しましょう！」

紹介を終えた司会が下がり、ジョルジュ卿と向かい合う。

あとは、審判が試合の開始を宣言すれば試合開始――ただし、これは実戦形式と銘打った特別演武である。

審判が、試合場の中央、私とジョルジュ卿のところまで歩み寄って来る、その途中。

突然、ジョルジュ卿が半歩を踏みこみ、私の顔面めがけて刺突を放った。私は咄嗟《とっさ》に後ろ足を大きく滑らせて腰を落とし、鋭い刺突を頭上にすかす。

ジョルジュ卿が追撃を仕掛けて来ないうちに、私は一気に後退して間合いを離す。

あれだけ盛り上がっていた会場が、いまはしわぶき一つ聞こえない。完全に静まり返っていた。

それも当然で、頭部の防具はフルフェイスではあるが、刺突はすり抜けて来る程度の隙間がある。この防具は、鍔迫《つばぜ》り合いの時や受け損なった刃先が、目や鼻に滑って来ることを想定したものであって、顔面への刺突を防ぐようにはできていないのだ。

いくら穂先が丸めてあるとはいえ、直撃すれば死亡もありうる。その事実に、会場が硬直したのだ。

今も、少しでも油断したら襲いかかるぞ、とジョルジュ卿の槍は私をぴたりと捉えている。それは私も同じだけれど。

冷え切った会場に、これはまずいと思ったのか、司会の解説が入る。

「こ、これはいきなりえげつなーい！　ジョルジュ卿、審判の到着を待たずに奇襲をしかけて試合開始ー！　反則、通常の試合ならば反則です！　しかし、これは実戦形式の特別演武！　禁じ手なしの言葉に偽りはありません！　不意打ち、奇襲なんでもあり、油断した方が悪い！　問題なく試合続行です！」

ナイスフォロー。思った以上にダーティな試合になると気づいた観客が、感嘆のような呆《あき》れのような悲鳴のような声を漏らす。

ジョルジュ卿の奇襲を非難する声も聞こえるが、問題ない。私だってえげつない物をきちんと仕込んでいる。

武器は同じでも、体格の差でやや間合いに勝るジョルジュ卿が、再び先手を取る。

今度は下段の薙《な》ぎ払いから、それを受けた私の右手首を狙う二連撃。槍から右手を放してかわすが、代償として武器のコントロールが鈍ってしまう。

そうなると、こちらの反撃がないと踏んだジョルジュ卿が一気に猛攻を仕掛けて来る。この人、こういうところが本当に容赦ないのだ。

必死になって防御し続けると、わずかに、ジョルジュ卿が息を切らして攻撃が鈍る。

攻守交替だ。

早速、腰のところの隠しポケットに手を突っ込んで、指に挟んだ小瓶を手首のスナップで投擲する。咄嗟に柄で防ごうとしたのは見事な反応と言えるが、割れて中身をまき散らすことが前提の武器なので、意味はない。

「ああっと!? これは……目潰しだー！ ジョルジュ卿もジョルジュ卿であれでしたが、アッシュ君もアッシュ君でえ・げ・つ・な～い！」

失礼な。これでも慈悲と寛容に満ちた選択をしているというのに。

あくまで試合ということもあり、中身はきちんと手加減してある。ただの砂だ。特製催涙液だと、失明の危険もあると思うんですよ。

ジョルジュ卿の顔に砂がかかったところで、槍を下段に振り抜く。ここで転倒させて勝負を決めるつもりなので、強振だ。

が、その計画は踏み潰された。下段に振った槍が、ジョルジュ卿の足に踏まれて止められる。力をこめ過ぎた強振が仇《あだ》になった。手から、槍が滑っていく。

「ちいっ！」

慌てて後ろに退くと、ジョルジュ卿が片目を涙で潰しながらも、片目はしっかり開けていることを確認する。あの一瞬で、片目だけは閉じて目潰しを回避したのだ。

私の槍を奪ったジョルジュ卿は、それを私から遠ざけようと、蹴り飛ばす動きを見せた。

そこに勝機を見出《みいだ》して、私は跳ね返るように突っ込む。今のジョルジュ卿は、片足を遊ばせた不十分な体勢、突っ込むには悪くない隙だ。

案の定、ジョルジュ卿が取った行動は、私を止めようと狙った突き一つ。出は速いが、腰が入っておらず、手打ちの軽い一撃だ。

対して、私は間合いを詰めた勢いのまま一歩を踏みこみ、腰を回しながらジョルジュ卿の槍を摑《つか》み、ジョルジュ卿の槍で突き返した。

体格差はあっても、それを無視できるほど体勢に差がある。

ジョルジュ卿は、槍を保持することをあきらめて手放す。実に素早い判断だ。

状況が逆転し、私が槍持ち、ジョルジュ卿が素手となったのも束《つか》の間《ま》、ジョルジュ卿は先程自分が蹴飛ばした私の槍に飛びついて、摑む。

追撃の隙もなく、状況が振り出しに戻って睨《にら》み合う。

「お、恐ろしい攻防だ～！　どちらも本当に試合をする気があるのか疑いたくなるガチンコっぷり！　まさしく実戦、実戦の勝負！　というか、この二人に特別演武を依頼してよかったのでしょうか！」

司会のがんばりで、歓声が戻って来た。

よしよし、上手く行った。

ここまで全部、仕込みである。別の言い方では、八百長という。

事前にジョルジュ卿と打ち合わせして、何回かこっそり練習もした。

あくまで特別演武ですからね。きっちりお客様を楽しませるよう、またイツキ氏の目的に添うよう、実戦は生半可じゃないぞとアピールできたと思う。

ただし、打ち合わせはここまでだ。あとは時間がなくて、できなかった。

お互いに見せ場は作ったと思うし、後は流れで適当な感じでお願いしますとなっている。

そのことを私が視線で確認すると、ジョルジュ卿も小さく頷いてきた。

ここから先は、台本なしのガチンコだ。お互い怪我《けが》をしないように、上手に頑張りましょう。


結果、上手に負けました。

いや、実際のところ勝てるわけがないのですよ。大人と子供、体格と体力の決定的な差があるわけで。

ともあれ、勝敗は別として、イツキ氏が期待していた特別演武の効果は十分だったらしく、私とジョルジュ卿の二人に金一封が出た。

予想より多い額を頂戴したので、私は村へ帰る両親にお土産を持たせてあげることができた。前回の帰郷の折に不足していた、布製品や鉄器の追加である。

より一層の村の発展を願う。

両親が去り、都市中から秋祭りの熱気が去っていくと、入れ替わりに冬を運ぶ風が都市をうかがい始める。

再び村からの旅客が訪れたのは、そんな晩秋のことだった。

私は、ヤエ神官から来客ありとの連絡を受けて、神殿へと顔を出した。

「こんにちは、ヤエ神官。段々と風が冷たくなってきましたね」

「こんにちは、アッシュさん。ええ、もうすぐ冬ですから。お体に気を付けてくださいね」

不死鳥の紋章入りの外套は、寒風に対してやや戦力不足である。生地の目が粗いので、風がかなり通り抜けてくる。その分、夏は涼しいのだろうが、冬用の外套は別途用意した方がいいかもしれない。

「それで、私にお客様ということですが……一体どなたでしょう」

銀功受勲からこちら、武芸大会などで目立ったので、結構私の顔は知られている。

ただ、十一歳の子供（しかも貧農）である私と接触しても、目に見える利益があるわけもなく、積極的に交流を持とうとする人は珍しい。

そもそも、そういう交流が必要な人々は、軍子会にきちんと子供を送りこんでいる。街中で出会った時に、挨拶される程度だ。

わざわざ呼び出して会おうとする、しかも神殿経由でとなると、心当たりがない。

不思議そうな顔をしているだろう私に、ヤエ神官は、声を立てずに笑ってみせる。

「きっと、驚かれると思いますよ」

「ほう、なるほど」

それで、驚いた私の顔を見てみたい、と。

ヤエ神官め、期待のこもった目をして笑いおって。美人のこういう表情は大好きです。

神殿の応接室へ通されると、確かに驚くべき人物が待っていた。

「どうして、あなたがこんなところに!?」

驚愕《きょうがく》の感情で、こんな大声を上げるのはきっと生まれて初めてだ。

そこで私を待ち構えていたのは、村の教会を治めているはずのフォルケ神官であった。

「おうおう、やけに驚いてくれるじゃないか。俺の名前を出さないで呼んでくれるよう頼んだかいがあったな」

「驚くに決まっているではありませんか！」

私は彼に駆けより、急いでフォルケ神官の体をぱたぱたと触れて確かめる。

「実体がありますね。幽霊や幻ではなさそうですが……はっ!? まさか偽者!?」

「おいおい、いくらなんでも大袈裟《おおげさ》じゃないか？」

「本物のフォルケ神官がこんなところにいるなんて、そう簡単に信じられるはずがないでしょう！」

ヤエ神官が、そんなに懐かしいのだろうかと、心温まるエピソードを連想していそうな表情をしている。

残念ですが、ヤエ神官、私とフォルケ神官との間に、そんな優しい笑顔で見守るような関係は存在しないのですよ。

「本物のフォルケ神官が、都市に出てくるなんてありえません！ そんな暇があるなら引きこもって古代語解読に勤《いそ》しむ研究バカですよ！ そんな引きこもり研究バカが遠出なんて一体どんな怪奇現象ですか！ 頭ですか！ 頭を強く打ったんですね！」

自分から外出するフォルケ神官なんて、金属でできた人狼よりファンタジーだ。夢だ。幻だ。伝説だ。

「このクソガキ、相変わらずの口の悪さじゃねえか」

「その切り返し、すごくフォルケ神官っぽいですね！　この偽者すごいですね！」

「本物だ！　俺だって用事がありゃ外出ぐらいするわ！」

いくらか神官の職にあるまじき口の悪さを堪能して、どうやら本物に間違いないらしいことを確認する。

「ふうむ、どうやら本物と認めざるを得ないですね。それで、なんの用で教会を出られたのです？」

「なんの用で村を出たのか、と聞けよ。教会って……教会はしょっちゅう出てただろ」

「三日に一回くらいですよ」

「三日に一回もだろ？」

熟練の引きこもりであるフォルケ神官の認識に、ヤエ神官が口を押さえて驚いている。三日に一回の外出なんて、今世では想像を絶する少なさなんですよ。

「まあ、細かいことは良い。お前が、俺の外出を納得するくらいに大きな理由があるんだよ」

「フォルケ神官の外出が納得できるほど、ですか。……世界が滅ぶとか？」

恐ろしいですね。

私が真面目な顔で推測すると、フォルケ神官が、腰をかがめて目線を合わせてくる。

こんなフォルケ神官の仕草は珍しい。真面目な話をする時しか、こうして私と同じ目線になったりはしないのだ。

基本的に、フォルケ神官は悪ふざけが好きな不良中年ぶるところがある。真面目な態度というのは、年間を通しても多くない。

「王都に、戻ることになった。冬になる前に、ノスキュラ村から出て行くことになる」

「そうなのですか？」

初耳だった。

フォルケ神官とは、クイド氏の行商を通じて割と頻繁に手紙のやり取りをしている。先日帰郷した際も、大いに語り合ったものだ。

しかし、王都に戻るとは、大きな事態にもかかわらず全く知らなかった。

「いきなりの話ですまない。隠してたわけじゃないんだ。俺も、昨日届いた手紙で知ったばかりなんだ」

なぜだか、フォルケ神官は申し訳なさそうに言い募る。

「お前にはすぐに知らせなきゃと思ってな。クライン村長に伝えて、その後すぐにこっちに来て……俺が直接伝えたのは、お前が二人目だ」

「そうですか。ずいぶんと急なお話ですが……ひょっとして？」

フォルケ神官は、元々王都で古代語解読をしていた研究者だ。長いこと成果を出せず、研究支援が打ち切られ、渋々ノスキュラ村へやって来たという経歴を持つ。

そんな彼が、急に王都へ戻ることになったとすれば、思い当たる理由がある。

「古代語解読の研究の進展が、王都で認められたんだ。また研究費を出してくれるらしい」

「ほほう！　それは素晴らしいではありませんか！」

環境としては、王都の方がずっと優れている。

語り合える仲間も、王都にはたくさんいると懐かしんでいたフォルケ神官だ。彼にとっては、どれだけ急いでもつらくはない慶事ではないか。

「やりましたね！　これでもっと研究が進むではありませんか！」

「お、おう。まあ……なんだ、お前がそこまで喜んでくれるとは思わなかったよ」

「喜ぶに決まっているではありませんか。フォルケ神官には色々とお世話になりましたからね。その念願叶《かな》って……ああ、いえ念願は古代語解読ですから、その大きな一歩というところですか。とにかく、なにかお祝いの品をご用意しなければ！　今日の夕飯をご馳走しますよ！」

ハンバーグとかクレープとか、豪華な食事をご用意しよう。

「ありがとよ、アッシュ」

「いえいえ、これくらいなんてことありませんよ！　せっかくの王都への凱旋《がいせん》ですからね、ぜひともお祝いさせてください。実は牧場や食品加工をしている方に伝手《つて》がありまして、村にいる頃より美味しい物を作れるようになったんですよ」

「いや、そうじゃなくてな、アッシュ」

手元にある食材から作製できる料理一覧に集中していると、フォルケ神官が両肩を摑んで、意識を引き戻す。

古代語と向き合っている時と同じくらい真剣な顔が、私を見つめている。

「アッシュ、俺はお前に、とてつもなく感謝している。その、感謝の気持ちだ」

「お気持ちは嬉しいのですが……？」

なんだか贈答品を断るような台詞が、口から出てしまった。

「私、なにか感謝されるようなことしましたっけ？」

「どんだけ感謝しても足りないくらいだ。お前のおかげで、俺は王都の連中が認めるような成果を挙げられた」

「ああ、古代文字には音を表す文字と、意味を表す文字があるというあれですか？」

懐かしい話だ。あれからフォルケ神官との共同研究が始まったのだ。

都市に来てからはあまり協力できていなかったが、それでも、手紙の中で意見交換をしていた。

「そうだな。それも大きかった。あの手がかりのおかげで、一部分の解読に成功したと思われる。これから他の文に当てはめて検証しないとわからんが……まあ、それが認められて王都に戻れることになったからな」

だが、それだけではないと、フォルケ神官は大事そうに一音一音を発声する。

「なにより感謝したいのは、ちょっとばかり研究が上手くいかないからって絶望して、腐っていた俺を立ち直らせてくれたことだ。お前がいなきゃ、俺はあのままなにもせずに死んでいくだけだったろうよ」

確かに出会った頃のフォルケ神官は、ひどいありさまだった。生気がなく、痩せ衰えていて、亡者神官とのあだ名に違和感なくおさまっていた。

それが今では、殺したって死にそうにない、口の悪い立派な神官として立っている。

「間違いなく、俺は一度、死んでいた。手前《てめえ》の夢に押し潰された、ただの死体として腐っていた。そんな俺を蘇らせてくれたのは、アッシュ、お前だったんだよ」

会話の半分が辛口の応酬になるフォルケ神官に、こうまで柔らかく言葉を使われると、なんだかこそばゆくなる。

「フォルケ神官に、そのように思って頂けるのは嬉しいことです。でも、それほど大層なことはしていないと思いますよ？」

照れ隠しに謙遜するが、フォルケ神官は一層、熱心な感謝をこめて私を抱きしめてきた。

「俺の夢が、こんなに楽しいものだと教えてくれたんだ。おかげで俺は、こんなにも幸せに夢を追っかけていられる。夢を追っかけているからこそ、俺は今も生きていける。これ以外に、この世のどんなものが大層なことになるって言うんだ」

夢を想《おも》い過ぎて視力の狂った生き物で、夢を追ってしか生きられない男は、私の背に入れられている不死鳥の紋章を叩く。

「俺にとっても、俺の夢にとっても、お前は本物の不死鳥だよ。お前に出会えて、本当によかった」

なんだ、目の前のこの恥ずかしい中年神官は！

そんなことを言われたら、嬉しくてたまらなくなるじゃないか。

同じ夢追い人として、この世知辛い世の中をより長く生き抜いてきた人物を、私が敬意もなにもなく眺めているとでも思っているのか。

なにを言って良いかわからない。胸の内にあるのは感謝の気持ちだ。

しかし、感謝の言葉に対して、感謝の言葉を返したって訳がわからなくなるだけだろう。

前世らしき記憶の持ち越し分があっても、気持ちを正確に言い表すことは、難しすぎる。

結局、私の口から出てきたのは、よくわからない思考のままの、よくわからない言葉だった。

「あなたの夢は、私の夢と同じです。どうか、あなたの夢が叶いますよう、あなたの全力を祈ります」

フォルケ神官は、屈託なく笑って、いつも通り、私に言い返してきた。

「お前もな、アッシュ」

心温まる激励を終え、フォルケ神官が抱擁を解いて離れる。

フォルケ神官としばし見つめ合うという、気持ちの悪い時間が流れていく。

耐え切れなくなったのは、私の方が早かった。

「で？　このとてつもなく気まずい空気をどうしてくれるのです？」

「お前な、ここでそんな台詞を言うか、普通！」

「それ以外のなにを言えと？　模範解答の提示を要請します」

「いや、まあ、そりゃ……」

なにをどう考えていたのかはわからないが、いきなり思いのたけを言い募るから、こんな凄惨な事故が起きるのだ。

恥ずかしい台詞のご利用は計画的に。

「大体ですね、雰囲気だしして述べてくださった感謝は受け取りますが、王都に行ったたって連絡は継続して頂きますからね？」

「お、おう。まあ、そうだよな。手紙が届かない距離じゃないいし」

「そうです。それに、契約書を忘れたとは言わせませんよ」

「あんな衝撃的な契約は絶対忘れられないだろうな……」

私のにっこり笑顔と、フォルケ神官の苦笑いは、どことなく似通っていた。

『根拠なく人を嘘吐《うそつ》きと言った罰として、神官フォルケはアッシュに対し、今後管理下にある全ての本の貸与を、無制限に認めるものとする』

フォルケ神官と私の間に交わされた、本の貸し出しに対する契約は、わざと期限を設けていない。

つまり、死ぬまで逃れられない極悪非道なものなのだ。

「契約は王都でももちろん適用されますからね。フォルケ神官は、王都にしかない本をどんどん手に入れてくださいい」

実にめでたい話だ。王都に行く前から、王都の蔵書を堪能できる。

「いや、流石に王都の神殿の本を、この辺境都市まで貸し出すのは、普通にはできないいんだが」

「普通にできないなら、普通ではない方法でできるようにしましょう。知恵は絞るためにあるのですよ。契約に基づいてなんとかしてくださいい」

フォルケ神官の悪知恵を期待します。

「いやあ、実に楽しみですね。フォルケ神官が王都にいるなら、私の希望の書物が手に入りやすくなります。これは餞別《せんべつ》も弾まなければいけませんね！」

「お前は悪魔か」

さっきは不死鳥だって言ってたくせに、ひどい掌《てのひら》返しだ。

「純真な子供を嘘吐き呼ばわりした次は、悪魔呼ばわりですか。ひどく傷ついてしまいました。泣きそうなくらい傷ついたので、契約を上乗せしてしまいましょうか？」

「毛ほども傷ついていないくせによく言うぜ。文字通り、魔物並みに強くなってんだろうが、お前」

フォルケ神官の言い返す顔には、懐かしさが含まれていた。最初に契約をした時も、こんな会話をしたことを覚えていたらしい。

その記憶力に免じて、追加契約は勘弁して差し上げよう。

「ま、いいでしょう。それで、古代語の解読はどんな具合なのです？」

フォルケ神官が一番話したいであろうことに水を向けてみると、あからさまに中年神官の機嫌が上向くのがわかった。

「お、聞くか？」

話したいくせに、とからかう暇もなく、高速で説明が流れ出す。

「前にも言った通り、固有名詞と思われる単語を探してたんだが、三つそろって出て来ることの多い単語があってな。これが、三神である狼《おおかみ》・猿・竜を表しているんじゃないかと思ってあれこれ聖句なんかと対応する文章を探してな」

「良いアプローチだと思います。それが功を奏したと？」

「一応、意味が通るような文章になったんだ。といっても、文字の種類が多いだろう？　他の部分もそれですぐ読めるかというと、遅々として進まなくてな」

「誤読している可能性はまだまだ高いと」

「少なくとも、細かな間違いは絶対にある。もう地道にやっていくしかねえなと思っているよ」

表音文字だけなら簡単だったろうに。全く、この地道さには頭が下がる。

「そもそも、肝心の三神が――いや、これもそもそも合っているかどうかあやふやだけどさ……その三神も、どうも今とは違う呼ばれ方をしているようで、俺もまだまだ自信を持てていないんだよ」

「神様の別な呼び方ですか。偉大なる存在とか、始まりであり終わりであるとか、そういうことですか？」

「それともちょっと違う感じ……いや、そうなのか？　いまいちわからん。復活する者《リザレクショナー》と呼ばれていたようなんだ」

「リザレクショナーですか。確かに、今ではそのように神様を表現しませんね」

三神はそれぞれ、生命の神と、知恵の神と、戦闘の神だ。

それぞれの権能にあった尊称はあっても、三柱まとめて復活や蘇生《そせい》にちなんだ呼び方はしていない。

生命を司《つかさど》る狼神に、唯一そういった側面があるといえばある。重症や重病からお救いくださいい、というようなものだ。

「ふうむ。ひょっとすると、今とは神様の捉え方が異なる可能性もありますか」

前世らしき記憶では、時代の経過とともに、権能が変化する神々というのもあったものだ。他の神の伝承や能力を取りこんで、より強大で有名になった神は多い。

現在信仰の対象となっている三柱の神々にも、そういった歴史の流れがあったのかもしれない。

そんな意見を述べると、フォルケ神官もヤエ神官も感心して頷いてくれる。

「お前は本当に面白い考えをしているな。なるほど、神の側の変化か」

「思いもよりませんでしたが、確かに二千年も前の人々がなにを信仰していたかと問われると、今の私達と同じものを古代人皆が崇《あが》めていたという確証はありませんせん」

この人達、一応は宗教指導者の立場なのに、肝心の信仰に対する言動が気さくすぎる。悪くいえば不信心すぎると思う。

もちろん、フォルケ神官の現状の翻訳に誤りがある可能性も高いので、私の意見は仮説の上に仮説を重ねることになる。これはあまり健全な議論でない。

「もし間違いが見つからなかった場合の検討事項というところでしょうね。現在の時点であまり考えても仕方ありません」

「そうだな。覚えておいて、行き詰まった時に改めて考えよう」

フォルケ神官は、ポケットから取り出したメモ紙に、いそいそと今の会話を書き留める。

「やっぱ、王都に行ってもアッシュとの連絡は絶やさないようにしなきゃな。思いがけない意見が聞けるのは、大事なことだ」

「いえいえ、感謝の言葉は必要ありませんよ」

お礼は物で示して頂きたい。私が欲しい物がなんなのか、付き合いの長いフォルケ神官ならよくわかっているだろう。

「フォルケ神官の王都での暮らしが楽しみですね！」

「なんでお前が楽しみにしてんだよ。……答えなくても理由はわかるけどよ」

フォルケ神官が、苦笑しながら私の頭を叩く。

「でも、ちょっと前に聞いた王都の情勢が不穏だったんだよな。荒れてなきゃいいが」

「おや、そうなのですか？」

王都の情報なんて私には全然入って来ないので、ちょっと気になる。

この都市は王国でも辺境で、王都の騒乱の影響はほとんどないようだが、それでも王都が荒れれば無関係とはいかないだろう。

都市の経済が乱れるのは、私の将来の計画が乱れることだ。看過できない。

「なんか、王位継承権絡みのゴタゴタがあったんだとか。継承権の低い王族が、下克上を試みたようだな」

又聞きの又聞きといった情報なので、本当かどうかはよくわからない、とフォルケ神官は断る。

「ふうむ。それだけだと、どこまで警戒すべきかわかりませんね」

「そういう段階で収まっているってことは、警戒しなくていいってことだろう。王家絡みのいざこざが本格化していたら、誰が見てもやばいってことになってるだろ」

フォルケ神官の楽観的な見解にも一理ある。

「どちらにせよ、今の私にできることはありませんか。いえ、なにかしたいというわけではないのですけどね」

「そりゃそうだ。王女様をめとりたいってんなら話は別だがな」

貧農の息子が？　それこそ夢物語というものだ。古代文明の復興の方がまだ現実味がある。

「そんなことになったら、ぜひとも私の物語を作って頂きましょう」

フォルケ神官と二人で、声をあげて笑った。

冬になり、私は十二歳になった。

今世の医療衛生を考えると、蜂蜜くらい甘く見ても、人生の四分の一は越えたと思っていい。平均寿命（未計測）と比較すると、三分の一くらいかもしれない。

私が夢を追いかけられるのも、あと二十年や三十年そこらということだ。夢のため、健康にも気を遣いつつ、効率的かつ大事に今生を酷使していきたい。

十二歳の酷使第一弾として、私は領主代行殿の業務をお手伝いしている。

一年前、初めて都市に来た時もイツキ氏が忙しそうにしていた、領内各地から集まる年間報告の処理業務だ。

真面目な領主の寿命を削る、と言われるくらい過酷な業務だけあり、私に回された分だけでも後悔できる量が積まれている。他の文官の様子を見て来たけれど、彼等《ら》と同じ分量だった。

私はお手伝いを申し出ただけなのですけど、正式業務量とはこれいかに。

私が嘆息すると、お手伝いの私のお手伝いとして駆り出されたアーサー氏が、隣で苦笑する。

「アッシュが、去年の領軍の備品管理を手伝って以来、執政館では話題になっていたからね。そんなことができるなら、こっちの業務も手伝って欲しいって、何回か聞いたことがあるよ」

「侍女や執事の皆さんからですか？」

「僕はイツキ兄様から直接聞いたよ」

領主代行殿、犯人はあなたか。

なお、他のプロジェクトメンバーも、それぞれ仕事に駆り出されている。

マイカ嬢は、イツキ氏たっての希望で直属の手伝いをしている。過酷な業務ゆえに、溺愛する姪《めい》御《ご》という癒しが欲しいのだろう。

将来この仕事を行うであろうレイナ嬢は、母親であるリイン夫人の下でお手伝いだ。レイナ嬢とペアを組んで動いていたヘルメス君も、ここにいる。

他に、昨年私が行った軍の備品管理は、グレン君など勉強会のメンバーのうち、希望者が手伝いとして参加している。今年からは年四回に分けるという計画案が通ったので、ジョルジュ卿《きょう》も快く、研修としてグレン君達《たち》を受け入れている。

「ご期待くださるのはありがたいのですが、私はこういった業務に慣れていないので、いきなりここまで任されても不安ですよ」

「アッシュも、不安なんて感じるんだ」

「アーサーさん？」

私を無神経で空気の読めない自己中かなにかと思っていませんか。

眉根を寄せて隣を見ると、楽しそうな笑顔が目に入る。私をからかえて嬉《うれ》しいらしい。そんな顔をされたら、文句を言う気もなくなってしまう。

多分、私を手玉にとって弄んだユイカ夫人の影響だと思う。初恋の特殊効果で、異性のこういう顔に弱くなってしまった。

「私だって、やったことのないものや苦手なことがたくさんあって、それをやろうとすると気が重くなりますよ」

「ふふ、当然だよね。アッシュだって、僕と同じ年頃だからね」

でも、とアーサー氏は楽しそうなまま首を傾《かし》げる。

「アッシュはそんなことを感じさせないくらい、次から次へと動いちゃうから。なにか、そういう不安とか、躊躇《ためら》いとか、感じないのかもって思ってしまうよ」

「実際に動く前に、綿密な調査を行い、計画を立てていますよ？」

「あ、なるほど。そう考えれば……いや、そもそも、その調査や計画自体、普通は動く人がいないくらいのものじゃないかな」

調査にも手間がかかりますからね。

私だって、疲れたとか面倒だとか、そんなことを感じずにいつも動き回っているわけではない。どうして先行文献が手に入らないのだとか、こんな前世的常識を一から説明しなくてはいけないのだとか、適度に爆発しているつもりだ。

だから、なにも感じていないわけではない。

「いつも助けてくださる人がいて、とてつもなくありがたいな、と思う程度には負担も感じていますよ。もちろん、アーサーさんにも、いつも感謝しています」

「それは……どういたしまして。僕も楽しいから、感謝なんて必要ないけど……でも、嬉しいよ、アッシュにそう言ってもらえると」

はにかむアーサー氏の表情が、いつもよりちょっと私的に見える。演技を含んだ公人の顔の下には、やはり少女なのだなと感じさせる素顔がある。

「でも、そうすると、アッシュはどうしてそこまであれこれやれるんだろう。後学のために教えてもらっても良いかな」

「むぅ、難しい質問ですね」

考えたこともない疑問だ。

私だって今世に生まれた時は、あまりの絶望感に無気力だった。亡者神官と良い勝負だったかもしれない。

だから、持って生まれた意欲が、人と比べて特別に高いわけではないだろう。

そんな私が、面倒臭さや怠け心にも負けずに、あっちこっち動けるのはなぜか。

――前世らしき記憶で、いつかはそれができることだとわかっているから。

この影響はありそうだ。古代文明を神話のように感じないだけ、やる気は起きやすい。

だが、これは他人には説明しづらい。前世らしき記憶を持っている人間なんて都市でも聞いたことがない。別な理由を考えた方が無難だ。

――あまりに今世の状況がつらいため、夢の一つや二つ、追いかけていなければやっていられないから。

こちらの方は、私の本音にしっくりくる。物語の本を読みふけるのは、私にとって変わらず大事な生活だ。こちらで説明しよう。

「じっとしていてもつらいこと、苦しいことばかりですからね。なにかしようとしても苦しくて、なにもしなくても普通に苦しい。それならせめて、将来少しでも楽になるために、今動いた方が未来に希望を持てますよね？」

それを恰好《かっこう》つけて言うとしたら、こうだ。

「つまり、私が生きる希望を繋《つな》ぐためには、夢追う時間が必要なのです」

アーサー氏が、きょとんとした顔で私を見つめている。

しまった。外した。猛烈な恥ずかしさが私の内心に吹き荒れる。

どうして私は、時々似合いもしない伊達男《だておとこ》を演じてしまうのか。いつもいつも、やっておいて後悔しているのに、ちっとも学習していない。色んな意味でお恥ずかしい。

私が、見栄《みえ》を切った姿勢からしおしおと脱力していくと、ようやくアーサー氏が反応してくれた。

「希望って？　え？　アッシュに希望なんて必要なの？」

私には希望も与えないとおっしゃるか。この人、実は魔王かな？

私が愕然《がくぜん》としたことに気づいたのか、慌ててアーサー氏が言い募る。

「あ、ご、ごめん、多分アッシュが考えている意味とはなにか違う。えっと、アッシュって、その、今さら希望なんか必要なのかなって……あ、これも言い方がちょっとひどいね」

アーサー氏は、必死に言葉を選び直し、ぽんと手を打った。

「そう！　アッシュって、いつも前向きだから、絶望とか感じていないいんじゃないかと思っていたんだよ」

せっかく言い直して頂いたけれど、あんまり心癒される内容ではない気がする。

「いえ、まあ、私だって普通の血と神経の通った人間ですので、絶望くらい割としょっちゅう感じていますよ」

ようやく見つけた本の、肝心の部分が欠損していた時なんかこの世の終わりだと思いました。

「そうなんだ……」

可愛《かわい》い着ぐるみの中身がおっさんだった、みたいな驚愕《きょうがく》の真実を知った子供のような顔をされてしまった。いや、アーサー氏は十分子供だから、良いのだけれど。

「まあ、そんなわけで、絶望を振り切るために、夢を追いかけ全力疾走しているんだと思ってください。私だって生きるために必死なんですよ」

「必死か……。今まで、あんまりアッシュから感じたことがないけど、それなら、次々と新しいことを始めるのも説明がつく、のかな？」

「つきますよ、多分」

ていうか、説明をつけよう。そろそろお仕事の続き始めますよー。

各地からの年間報告の中身は、主に生産量の報告になっている。

今世の文明レベルからいって、それも農業生産量がほとんどだ。一部、畜産や加工品の報告が交じっているが、それは例外に入る。

この報告量に応じて、各村や都市の税額が決まり、領の予算が組まれることになる。

非常に面倒な作業ではあるが、領の予算ということは、私の計画への予算にも関わってくるため、やる気を出さないわけにはいかない。

「しかし……前年度と比べて増えた減っただけでは、問題が起きそうですが」

報告書から読み取れるのは、今年度の収穫量だけだ。そして、私が指示された処理方法は、昨年の報告書と比較して、増減幅を求めることである。

どうやら、納税額は慣例によって決まっているらしい。昨年の収穫量は百で納税は百だった、今年は収穫量が八十なので納税も八十。そんな感じだ。

私の指摘に、アーサー氏は訝《いぶか》しげだ。

「そう？　問題は……思いつかないけど。どこも、やり方はこんなものだと聞いているよ？」

「比較するのが一年前だけだと、大きな問題が見えない……あ、そうですね。問題が起きそう、ではなく、問題を見つけにくいと言うべきですね」

昨年と比べると収穫量がちょっと増えていたけど、十年単位で見ると実は年々減少していた、五十年前の半分だ、なんてよくある話だ。漁獲量とか。

「十年単位……そういうことって、ありえる？」

「あるはずですよ。畑の土は、毎年使っていたら作物が育つための力がなくなっていきますから。そのために、違う作物を順々に植えて行く農法で、それを緩やかにしています」

ありとあらゆる資源は有限なのだ。無尽蔵に見えたところで、一歩離れた視点で数えれば限界が見つかる。太陽だっていつかは死ぬ。

「長期の単位で物事を見ておくと、そういった問題に気づきやすいです。逆に、年々収穫量が増えて行っているなら、なにか順調に発展する理由があるかもしれません。それはそれでぜひ調べたいですね」

「言っていることはなんとなくわかるけれど……そんなことできるかな？」

前世らしき記憶では普通に行われていたので、できるのだ。

こういった情報をまとめるとすれば、折れ線グラフが良い。

過去の資料は、近年のものなら執政館の中にあるはずだ。古くなったものは神殿に保管されている。一年間、都市で活動した経験が、私の中でしっかりと生きている。

「とりあえず、今年と昨年の変動が大きな地域だけでもやりましょう。三つくらい、ですかね。それ以上は難しいでしょう」

「よかった。全部に手を付けるって言いださないか、ドキドキしちゃったよ」

アーサー氏が、胸に手を当てて息を大きく吐きだす。

流石《さすが》に、この修羅場にさらなる修羅場を突っこもうとは思えない。今はまだね。

「できれば全部やりたいのですが……。その方が、税金の効率化ができて、結果的に収入が増えるでしょうからね」

結果的に税金が増えれば、予算が増える。予算が増えれば、私達の計画に優遇をお願いしたり、神殿図書館へ増額をお願いしたりできる。だから、できるだけ丁寧に仕事をしたいところだが、あらゆる資源は有限だ。労働力と時間という資源だって、もちろん有限だ。

悔しいが、今回の予算計画には間に合わないだろう。

「もう少し早くこの辺りにも根回しできていれば……」

「いやいや、この一年、これだけあちこち動き回って、さらに他に手を出されたら、誰もアッシュについていけないよ」

「ううむ……それもそうですね。やろうにも私も手一杯でできなかったでしょうし、ここは素直に力不足だったと諦めるしかありませんね」

これは来年の課題だ。でも、来年もそこまでできる時間があるかどうか。

「煉瓦《れんが》造りが、思いのほか順調なのですよねぇ。そちらに時間を割きたいのですが、こういった領の財政関係にも手を出そうとすると、やはり体がもう一つ欲しいです」

「アッシュがもう一人か。確かにすごいことに……」

アーサー氏は、私の言葉に笑おうとして、途中で表情が引きつる。なぜか声を低めて、私の冗談に冗談を重ねてくる。

「その場合は、マイカももう一人必要だね」

「あ、それは良いですね。マイカさんももう一人いたら最強です」

「うん。そうじゃないとバランスが崩れる……僕だとまだまだ力不足だよ」

ちょっと悔しい、とアーサー氏は口元を押さえて呟《つぶや》く。

アーサー氏のことも、とても頼りにしていることを伝えると、苦笑された。

「力不足を感じているのは、多分アッシュが考えていることとちょっと違うんだ。……それはともかく、煉瓦の方、思ったより順調なんだ？」

「ええ。石工職人の皆さんが、これほど協力的だとは思わなかったもので」

「あ、なるほど。そういうことか」

煉瓦職人が断絶している今世では、もっとも近い技術を持っている集団として、石工職人へ相談することになった。

この時に憂慮されたのは、職人さんが煉瓦という今までにない新規素材に、拒否反応を起こさないかであった。

というのも、石工職人は、今世ではかなりの高給取りだ。なにしろ、石材自体が貴重な高級品で、王家が管理している。そして、石工は領主から依頼を受けて、市壁や領主館などの建築修理を行う。上流社会と密接に関わっているのだ。

自然と、石工職人は礼儀作法にも気を配り、エリート意識が芽生えている。そんな誇り高い職人に、珍奇なネタを持ちこんでも、良い顔をされないのではないかと心配していた。

ところが、いざ「こんなんありますけど」と試作煉瓦を見せたところ、ものすごい勢いで食いついてきた。本に書いてあった積み方や、消石灰から作った接着用セメントを見せると、雄叫《おたけ》びが上がったほどだった。

現在、試作煉瓦をどんな設備に利用できるか、石工職人の皆さんは嬉々《きき》として、あるいは鬼気として検討している。

「もうちょっとこう、こんな訳のわからないモノを扱うために石工の修業はあるんじゃない、みたいな反発があるかと思っていたのですが……」

高級品を扱う頑固な職人というのは、そういうものだとイメージしていた。

なんたって、その技術で名誉や誇りを重んじる上流階級に認められているのだ。守るべき伝統や生き方というものも、彼等の商品だ。

今世だと違うのかな、と首を傾げていると、アーサー氏が教えてくれた。

「アッシュの言うとおり、王都だったら、きっとそういう反発があったと思うよ」

「そうなのですか？」

「王都で見かけた職人は、そういう人が多かったと思う。なんというか、名のある工房の作る物が良い物だ、という決まりきった雰囲気があったんだよ。だから、新しい工房ができても、見向きもされないところがあって」

高級ブランド化されていた、ということだろう。安定した高級品を製造している、ということで、それが悪いこととは言えない。

ただ、新しい技術が生まれにくい土壌となってしまうと、問題だ。アーサー氏の憂いを帯びた眼《まな》差《ざ》しを見ると、王都の技術現場は、その悪弊に冒されているのかもしれない。

「僕も、王都にいた頃はそれが当たり前なんだと受け取っていた。だけど、ここに来て、アッシュに色々教えてもらって、あの王都の風潮はどうなんだろうって疑問に思うようになったよ」

王都だったら、畜糞《ちくふん》堆肥の実験も、腱《けん》動力飛行機の展覧飛行も許可されなかっただろうと、アーサー氏は実家の不満を述べるように唇を尖《とが》らせる。

アーサー氏の整った顔立ちは、怒っていても綺麗《きれい》だが、笑っていた方が魅力的だ。冗談で和ませようと、合いの手を入れる。

「トマトも食べられなかったですかね？」

「もちろん！」

食用実験の第一期が終わったトマトは、まだ正式に食用宣言は出ていない。が、アーサー氏は好奇心に負けてこっそり食べている。その感想はと言えば、目の前の満面の笑みだ。年相応の弾《はじ》ける笑顔に、微笑《ほほえ》ましさを感じて笑い返す。

そんな私の対応は、どうやらアーサー氏の恥じらいを引き出してしまったようだ。

「あ、いや……そ、その、と、とにかく、王都はそういう、新しいものを受け入れないところがあるから……アッシュの心配も間違っていないよ」

咳払《せきばら》いをする仕草も、照れ隠しが露骨だと可愛いものだ。

「きっと、ここが辺境だから、上手《うま》くいっているんだと思う。こういってはなんだけれど、王都や中央で安穏と生活できる人は危険な辺境には来ない。言うなれば、訳ありや地位の低い人達がここにいて、その人達は新たな生活を求めて、未知へ踏み出す気概を失っていない」

「なるほど。冒険者の一族というわけですね」

好奇心旺盛で新し物好きな人が多いのだろう。

そういう土地柄なら、アーサー氏にとっても居心地が良さそうだ。この人、我慢強いのでかなり抑えているけれど、本質的には好奇心旺盛でやんちゃな一面がある。そうでなければ、禁止されているトマトにはまったりはしない。

「そうすると、アーサーさんも、ここへ来られて良かったですね」

「うん、そう思っているよ。ここに来て気づいたんだけど、僕は、王都のあの、内側だけの狭い世界しか見ていない人達が、気持ち悪く感じていたんだ」

アーサー氏が、性別を偽ってまで抱えている事情は、どうやら王都絡みのようだ。この国の首都を語る口調には、明るい色が一切ない。よほど嫌なことがあったと見える。

話題を変えた方が良いようだ。紳士を目指す私としては、会話術も欠かせない努力項目だ。

「アーサーさんは、冒険者気質ですからね。囲いの外側が気になるタイプですよね」

「そうかな？　そう見える？」

私の人物評に、アーサー氏は表情を変えて、嬉しそうに問い返してくる。

「ええ、とっても。例えば、今日のお昼なのですが、市壁の外でピザが焼かれる予定なのですよ」

アーサー氏は、まだ囚人との接触を禁止されているのだが、囲いの外の宝物情報に、真剣な表情になる。

「僕の分、ある？」

もちろんご用意してありますとも。しかし、即座に参加の意思を示すとは。

「それでこそ冒険者です」

「ふふ、こういうのも、王都では絶対に無理だったよ。ここに来られて、本当によかった」

辺境だからといって、損をするばかりではないようだ。今まで意識したことのない故郷の良さに、神に感謝する気持ちが湧いてくる。

今度、神殿に行った時にお祈りでもしよう。本を借りに行くついでですけど。

「その前に、今思いついた調べ物ですね」

領内各地の報告のうち、特に変動の大きな地点はどこだろうか。

こんな時は、いきなり調べる前に頼りになる先輩に聞いてみよう。私は室内にいるもう一人の人物、私達のようなお手伝いではなく、本職の侍女殿に声をかけた。

「レンゲさん、少し確認したいのですが」

「は、はい？」

昨年の夏から色々お世話になっている先輩は、小動物みたいにびくっと震えて顔を上げた。

◇◇◇

【横顔　レンゲの角度】

わたしがアッシュさんと初めてお会いしたのは、去年の夏のこと。

軍子会を修了して二年、侍女見習いからようやく新米侍女になれたかという頃でした。

「将来の勉強のために」と執政館にやって来た軍子会の参加者二人のうち、一人がアッシュさんだった。

先輩侍女達の反応は、やる気のある子達ね、というものだ。これが冬の忙しい時であれば、皆さん渋い顔をしたと思うが、幸いなことに、夏はそこまで立てこんでいない。それでも、軍子会に領主一族の子弟が二人も入っているため、そのしわ寄せで例年より忙しいらしいけれど。

「初めまして、アッシュと申します。お忙しい中、お手数をおかけいたしますがよろしくお願いいたします」

折り目正しく一礼した男の子に、目を見張る。なんというか、すごく大人びた子だ。軍子会を卒業して、侍女として採用されたばかりのわたしよりも、しっかりしている気がする。

「へ～、あの子が噂《うわさ》の子か～」

隣で、アザミ先輩がそんなことを呟いた。

「う、噂、ですか？」

「レンゲも聞いたことあるんじゃな～い？　ジョルジュ卿のとこの備品管理、今年はやけに順調に片付いた～って話」

そういえば、キキョウ先輩とアザミ先輩が、そんなことを話していた記憶がある。こくこくと頷《うなず》くと、アザミ先輩は赤髪の男の子に改めて視線を送る。

男の子は、キキョウ先輩から書類を受け取って、「仕事のお手伝い」の説明を受けているところだ。

「ジョルジュ卿のお仕事が片付いたのは、お手伝いにやって来た赤髪の男の子のおかげ～っていうのが、もっぱらの噂だよ」

「そう、なん、ですか？」

「そ～なんです」

先輩方から、ジョルジュ卿の冬のお仕事、備品管理業務は地獄のようなお仕事だと聞いたことがある。侍女の人達が、地獄のような、と口にする時、それは冬の執政館で見られる光景に匹敵するという意味だ。

つまり、ええと、突然叫びだして倒れるような人も出て来るくらいつらい、という意味でして……。そんな状況に、軍子会に入ったばかりの男の子がついていったということになる。

「す、すごい、ですね」

あんなに若くて大人しそうな子なのに、と思わず呟いてしまう。

「お～？　レンゲも、先輩みたいなこと言うようになったじゃん？」

侍女の中ではわたしが一番年下なので、アザミ先輩がからかってくる。

「そ、そういう、つもりじゃ、ないんですけど、ご、ごめんなさい」

「ん～、いいと思うけど？　実際、年上のお姉さんなんだし～、胸張ってればいいんだって。年も近いし、面倒見てあげたら、レンゲせんぱ～い？」

アザミ先輩のからかいの声は、ちょっと大きかった。そのせいで、キキョウ先輩と男の子も、こちらを見る。

「ああ、そうね。確かに、レンゲちゃんが適任かもしれないわ」

え？

「は～い、あたしもそう思いま～す」

え？

「じゃあ、そういうことで、アッシュ君。あの前髪の長い子が、レンゲちゃんよ。侍女になりたてではあるんだけど、真面目でしっかりした良い子なの。お手伝いの内容でわからないことがあったら、あの子に聞いてね」

「わかりました、キキョウさん」

わたしがうろたえている間に、全てが決まってしまったみたい。赤髪の男の子、アッシュさんが、笑顔を向けて来る。

「よろしくお願いします、レンゲさん。……侍女の皆さんは、先輩と呼ぶんですか？　レンゲ先輩の方が、よろしいですか？」

「いっ、いいえいいえ！　そ、そのまっ、そのまま、そのままで、だっ、大丈夫でしゅ！」

一瞬で、たくさん噛《か》んでしまいました。

恥ずかしい。ただでさえ口下手なのに、初対面の人だと余計に緊張して言葉がダメダメになってしまう。

その上、その……アッシュさんの笑顔は、わたしにはちょっと、眩《まぶ》しすぎます。

直視できないくらいのアッシュさんの笑顔に、顔が熱くなるのがわかって、必死に俯《うつむ》く。恥ずかしい恥ずかしいとひたすら悶《もだ》えるわたしに、アザミ先輩が、囁《ささや》いてくる。

「レンゲ、しっかりがんばんなよ～。……アッシュ君、農家の出なんだって。レンゲのお婿さん候補にはぴったりじゃない？」

「ぴみゃ――っ!?」

自分の唇から発せられたのは、我ながらどこから出した音なのか突っ込みたくなるような高音でした……。

な、なんてはしたないことをしてしまったのでしょう。絶対、絶対に変な人だと思われてしまいました……。

わたしが顔を押さえてしゃがみこんでいると、

「じゃあ、お仕事、始めますね」

ごく平然とした声で、アッシュさんが仕切り直した。

え、と声をあげたのは、わたし――ではなく、アザミ先輩とキキョウ先輩だ。

わたしが恐る恐る顔をあげると、涙でにじんだ視界の中、アッシュさんは机に座って、すでに書類に目を落としている。

これは……わたしが恥をかかないようにと、気を遣ってくださっているのでしょうか。まだ若いのに、なんとできた人なのでしょう。無意識に、きゅっと手に力が入る。

「あ、レンゲさん。早速なんですけれど、ここの数字、計算の詳細を教えて頂けませんか？」

「え？　あ、は、はい！」

慌ててアッシュさんの隣に行くと、ここ、とアッシュさんの指が示しているのは、軍部の携行食料用の予算についての記述だ。

「複数の商会からの請求を合計していることはわかるのですけれど、商会ごとの明細は見なくてよろしいのですか?」

「あ、はい、そ、そうですね。ここは、そ、そこまで見ていなくて、軍部で納入を確認した量を、担当文官と商会の方で照らし合わせる、という形で、か、確認しているはずです」

「なるほど。ありがとうございます」

アッシュさんは、しっかりとわたしの方を見つめてお礼を述べる。

うぅ、本当に眩しい笑顔をする人です。近くに寄ると、顔立ちが整っていることがよくわかってしまいます……。

ただでさえ人の顔を見て話すのが得意ではないわたしにとって、アッシュさんは一際直視しづらい人です。目に毒です、心臓に悪いです。

わたしが顔を伏せていると、先輩方がなにか呟いている。

「アッシュ君……第一印象とまた一味違って、とんでもない人材かもしれないわね……」

「隣であんな可愛い顔してる女の子がいるのにね~……脇目も振らないとか、やるね~」

「これで噂通り、ジョルジュ卿のお仕事も手伝えるほどの力があるなら……」

「だね~。冬も、こっち手伝ってくれないかな~。イツキ様に頼んでおこうよ~」

先輩達《たち》が、地獄を制圧する戦力の確保について、話していますね……。

それで、その戦力として見られているアッシュさんは、アッシュさんで――

「このやり方、どこかで抜かれてそうですね。ジョルジュ卿のところで聞いた話より、請求金額が大きい気がします」

薪《まき》がゆっくりと燃えていくような音を立てて、なにか呟いていた。

そしてこの冬、アッシュさんはばっちり戦力として確保されました。

当人も打診されて即快諾、ということで、わたしは内心少しほっとした。嫌々手伝うには、冬の執政館の業務量はえげつないので……。

諸先輩方が代々「地獄」と呼び習わして伝えているのは、伊達ではないのです……。

しかも、アッシュさんは、夏の手伝いに一緒に来たマイカ様の他、アーサー様にレイナさんまで連れて来た。

……おかしいとは思うのですが、この表現が正確らしいです。アッシュさんと組むことになって、同じ部屋で作業しているアーサー様自身がおっしゃっていました。

「アッシュに一緒にやりましょう、って言われたから来たけど、これは流石にしんどいね」

イツキ様の弟君を、アッシュさんが連れて来たんですよ。寮で相部屋だから、と言えば納得しやすいですが、領主一族の末っ子と農民の息子のお二人です。

「でも、良い勉強になりますよ。アーサーさんなら、どんな立場になっても、書類をさばくのは役に立つと思いますし」

「確かにね、それは否定できないかな。うん、将来のために、もうひとがんばりするよ」

二人とも、作業の合間に会話を挟んで、笑顔を交わし合う。

アッシュさんもそうですけど、アーサー様もまた柔らかい笑顔が素敵な方でして……先輩方から、この二人の担当になったことを恨めしそうに見られたことも、やむなし、と思えてしまいます。

「ところで、レンゲさん」

「は、はいっ、なんでしょう?」

少しぼうっとしてたところに声をかけられ、声が上擦る。

隣を見れば、アッシュさんがわたしの顔をじっと見つめている。

「レンゲさん、無理なさらないでくださいね」

「い、いえ、これくらい、だ、大丈夫ですからっ」

わたしの答えに、アッシュさんの笑顔が仕方なさそうに眉を下げる。その向こうでは、アーサー様もなにかに気づいた顔をされている。

あ――今のわたしの返事だと、なにか我慢している、と言っているのと一緒だ、と気づいたけれど、後の祭りだ。

「す、すみません。大丈夫です、大丈夫、ですから」

こういう時、気弱な自分の声が嫌になる。大丈夫と伝えても、全然説得力がない。

本当に大丈夫なんです。確かに、ちょっと悩み事はありますけど、個人的なことで、侍女の業務をする以上、我慢しなきゃいけないことだから。

わたしは手元の収穫量の報告に視線を逃がす。

アデレ村の収穫量の数字は、去年の同じものと比べると無残に減っている、と表現していいだろう。そしてもう一つ、アジョル村の収穫量もまた、アデレ村ほどではないがひどく減っている。元々の収穫量が少ない分、アジョル村の方が数字は低い。

片方は、わたしの生まれ故郷。もう片方は、幼馴染《おさななじみ》のいる村の報告だった。

知り合いの顔が、収穫量の少なさに重なって思い浮かぶ。きっと、苦しい冬を過ごしていることだろう。

胸の奥に氷ができたような、重く冷たい気持ちになる。

なにかできることがあれば——そう思ってしまう。

すぐに思いつくのは、備蓄食料の配布だ。

領都を始めとした都市には、緊急時のための備蓄はあるが、それは一農村の苦境程度で軽々しく放出できるものではない。領地全体の飢饉《ききん》や、魔物の大発生による籠城戦のために必要なものだ。

簡単に納得できるものではないけれど、執政館で領地全体の報告を受けていれば、理解せざるを得ない。百人単位の人間のことよりも、一万人単位の人間の安全を考えなければいけないのだ。

でも、やっぱり、納得はできない。なにか、できることがあるはず。領地全体が飢饉というわけではないのだから、サキュラ辺境伯領自体には余裕がある。その余裕を上手く使えば、故郷や幼馴染の苦しみを少しくらいは和らげてあげられる。

そのために、なにか、できることが——

「レンゲさん、少し確認したいのですが」

「は、はい？」

いけない。まだ仕事中だというのに、自分の考えに埋もれてしまっていた。

「今年と去年の収穫量で、大きく減っている地点の目星はつきますか？」

「はい？　え、ええっと……それなら、はい、きっとこの二つが……」

アッシュさんの問いは、丁度考えていた報告書が答えとして返せる内容だった。

なにやらアッシュさんとアーサー様で会話が交わされていたようだけれど、聞いていなかったわたしはなにもわからないまま、手元の書類を差し出す。

ありがとうございます、とアッシュさんは相変わらず、わたしなんかにも丁寧にお礼を述べてから、パラパラと、ベテラン侍女みたいな手つきで中身を確認する。

「うん、レンゲさんは流石ですね！　確かに、この一年で収穫量が大分違うようです。アーサーさん、この二つからまず取りかかりましょう！」

「わかった。名前を教えて、以前の報告を探してみるから」

「お願いします。えーと、アデレ村とアジョル村、です。名前が似ていますね？」

「村の開拓者が親戚とかなのかもしれないね。村がある程度大きくなったら、近くの別な開拓候補地に親戚を送る……そうすると、元の村と似た名前をつけるんだ。結構あるらしいよ」

「なるほど。馴染《なじ》みのある名前の方が、開拓者も愛着を持ちやすいですもんね」

流れるように会話を交わして、アーサーさんが席を立って行ってしまう。

話について行けなかったわたしは、ぽかんとしながらアッシュさんに視線を送る。

「え？　あ、あの、アッシュさん？　なにを、その、なんで……？」

「ご心配なく。レンゲさんには負担が行かないように作業しますから」

アッシュさんの笑顔の奥には、ぼうっとしていたわたしへの気遣いが灯《とも》っているように見えた。

「いえ、それは、ぜ、全然、か、構わないのですけど……」

「アーサーさんとお話をして、変動の大きい地点をいくつか詳細に調べたいと思いましてね」

事情を聞いて、原因を調べて、次年度以降に回復が見込めるならば、なんらかの援助を提案できるかもしれない。

アッシュさんは、そう笑顔で語った。

「そ、それ……！」

こんなわたしにも、なにかできることがあるはずで、そのできることがそこにあった。

「て、手伝わせてください！」

アッシュさんの眩しい笑顔は、灯火《ともしび》のようにわたしの探し物がそこにあることを、照らしてくれていた。

「よろしいのですか？　私が言うのもなんですが、今の業務の上に重ねるのは中々負担になると思いますが」

「大丈夫です！　やります、やらせてください！」

やっと見つかった探し物、絶対に見失ってはいけないと転びそうな前のめりで摑《つか》み取る。

「そうですね。レンゲさんも大変お元気になられたようですので……では、お願いしてしまいましょうか」

「ま、任せてください！」

「はい、よろしくお願いしますね」

ところで、とアッシュさんは眩しい笑顔を傾げる。

「誰かに見られると、レンゲさんが困ったことになるのではないかと思うのですが、この状況」

わたしが前のめりに摑み取ったのは、アッシュさんの手だった。それはもう、抱きつくような体勢だった。

「レンゲ～。追加の報告書が届いたよ～……って」

アザミ先輩がやって来たのは、本当に、本当に困ったタイミングでした。

「あ～らま……」

アザミ先輩の驚いた顔が、呟きの後に見る見る邪悪さを含んだ笑顔に緩んでいく。

「おっじゃま～！」

ドアが、閉められた。盛大な誤解を招く現場を、訂正する前に。

「ぴみゃ――――っ!?」

どうやら、極度の恥ずかしさに襲われた時、わたしはこの高音で鳴いてしまうらしい。

知りたくはなかった、自分の一面でした……。

◇◇◇

内政のお手伝いをした冬を越え、日に日に春が深まっていく。

熱気を増していく陽射《ひざ》しに、あっという間に夏になりそうだと、いつもと同じことを考えさせられる。

冬の間にも、色々な物事を学んだ。

地域の生産量については、今年と去年とで変動が大きかった四地点を抽出して十年単位の動向を調べてみた結果、うち二つは河川の氾濫と害獣の被害のために生産量が落ちただけだとわかった。

この被災二地点については、他の年は生産力が優秀だったことがわかり、復興予算を組み立てて――と言っても、実質は税の減免をして――支援することになった。

残る二地点は、ここ二十年、徐々にではあるが収穫量が減っていることがわかった。

その不作が、農村生活を維持する一定ラインを割ってしまったため、病気や離散が発生、一気に今回の収穫量が減ったものと思われた。

こちらの不作二地点については、現在原因究明のために動いている。

私としては、土地の地力が損なわれたのではないかという説を推しておいた。地力を回復させる要である豆類をしっかり植えていないのではないか、と報告をまとめた。

煉瓦の方も、あれこれ試験が行われている。

現在の粘土の配合では、鍛冶炉や陶芸窯にするには耐火性に難があることが判明している。ただ、そもそも同じ粘土を使っている（比較的低火力の）竈《かまど》や炉もあり、これらについては耐火能力が変わらない、むしろ扱いやすい代替品として有望視されている。

実験として、ヘルメス君も交えて、ベルゴさん達の市壁外住居に試験炉や試験窯の設置が行われた。炉はまだ実用段階にないが、窯については、煉瓦で作って次の煉瓦を焼くために使われている。

そして、目下一番大きく動いているのは、クイド氏絡みだった。

「お邪魔します、クイドさん」

「やあやあ、アッシュ君、ようこそいらっしゃいました。本当ならこちらから足を運ばなければならないところを、ありがとうございます」

深々と頭を下げるクイド氏に、整列した店員さん達もならう。

小さな店舗とはいえ、店主以下従業員一同に出迎えられるとお大尽になった気分だ。

「それで、商品用の腱動力飛行機が完成したそうですね」

「ええ、職人の皆様には大分ご負担をかけましたが、この出来ならばそれ以上の報酬をお支払いできますよ」

クイド氏が取り出して見せたのは、ヘルメス君とアムさんが作った物より洗練された見た目の飛行機だ。技術開発用の試作機と違い、商用であるため、木材の仕上げや木材の柄などに美しさを意識している。

そして、目立つ不死鳥のシンボルマークだ。

「結局これを正式採用してしまいましたか」

「ええ、アッシュ君にぴったりですよ」

クイド氏は嬉しそうに頷く。

製品化途中にも、何度かこのマークを使うことに反対意見を述べておいたのだが、最後まで受け入れられなかったようだ。私に感謝を示している割に、私の要望が通らないのはどうしてだろう。

いや、別にマークを使うのは良いのだ。

模倣品が出て来た時、わかりやすく見た目で区別できることは大事だ。不死鳥のシンボルを使うことも、技術の復興という意図があるので、良い象徴だと思う。

ただ、不死鳥すなわち私、という認識の下で使うとなると、ちょっと待って欲しい。

「すでに、アッシュ君の軟膏《なんこう》にもこのマークを入れていますからね。これからはアッシュ君の発明品だとすぐにわかりますよ」

「うん、私一人で作った物でもないので、私の発明品と言われると……」

あと、新たに発明したわけではなく、失われた知識の再生だ。そういった点も含め、私個人と結び付けられると居心地が悪い。

「まあまあ、ヘルメス君を始め、皆様も納得していましたから。イツキ様もぜひ使おうとおっしゃっていました」

丁寧な物言いだけれど、言外に、あきらめろ、とトドメを刺された気がする。周囲からの圧力がすごい。

「私自身は、不死鳥を自分のシンボルにする気は全くなかったのですが……」

嘆息してせめてもの抵抗を試みるが、この上なくお似合いですよ、と苦もなく返されてしまった。

「そうそう、アッシュ君のお耳に入れておきたいことがありまして」

せっかくなのでと倉庫に誘われて、新しく仕入れた素材や商品を見ていると、クイド氏が改まった声で切り出す。

いつもと微妙に声音が違うことに、私も意識を切り替えて顔を向ける。

「実は近頃、妙な行商人の噂があるのです」

「妙というと？」

「商売よりもよほど熱心に人を捜しているようなのです」

もちろん、そういう商人もいる、とクイド氏は断る。

「各地を旅する数少ない人種ですからね。どこかで頼まれて、代わりに人を捜すということはありえます。時折、人を捜す旅をするために行商人になったという人もいるくらいです」

「それを踏まえても妙なのですね」

「ええ。その商人の売り物の中には、王都の高級品がいくつかあるのですが、こんな辺境ではほとんど売れません。売るとしたら、領主クラスに声をかけるべきですが、紹介しようとしても断られました」

クイド氏の語り方からすると、噂と言いながら、自身でも会ったことがあるようだ。

「人の捜し方も奇妙で、具体的な特徴がないのです。会話の中で途切れ途切れに探りを入れてくるのですが、まとめると、ここ一年か二年で、目立つような人がこの都市にやって来なかったかを知りたいようですね」

「人捜しをしているということも、ある程度隠そうとしているのですか？」

「わたしはそう思いました。知り合いの商人からも、妙な奴《やつ》だという意見が上がっています」

クイド氏は言葉を選んでいるが、つまりはなんらかの密偵ではないかと訝しんでいるようだ。

証拠がないので、公式ではなく非公式の打診、雑談という形で私に話したようだ。

「気になる噂ですね。今度、ジョルジュ卿にもお話ししておきます」

多分、それを私に求めて、倉庫まで誘ったのだろう。私なら、日常の雑談として自然と衛兵にも情報を流せる。クイド氏も中々策士だ。

だが、それが本題ではなかったようで、クイド氏は困ったように眉をひそめる。

「ええ、それもお願いしたいのですが」

「なにか？」

「実は……ここ一年か二年で目立つ人という条件で、アッシュ君のお名前が挙がっているようで」

「あ、なるほど」

銀功の件で大いに目立ったものだから、そういう流れで名前を知られてもおかしくない。

クイド氏の本題は、怪しい行商人が接触する可能性があるから気を付けて、ということだったらしい。

「わかりました。それも含めて、皆さんと相談してみますね」

「ええ、なにかわたしに手伝えることがあれば、なんでもおっしゃってください」

クイド氏が、真面目な顔で……それこそ、雛を守る親鳥のような顔で言い切る。

これほど真剣に心配してもらえると、気恥ずかしいやら頼もしいやらで、嬉しくなってしまう。

今度、クイド氏が売りさばけるような物をさらに作れないか、少し文献を調べてみようと思う。

好意には好意を、いつも通りだ。

それはそれとして、今回の怪しい行商人に関しては、私に危険はないと推測している。

ただ、私が狙われる以上の厄介事の予感もしている。

ここ数年で都市に来た、目立つ人物――普通、王都で生まれた当代領主の末っ子が都市に来たら、目立つ人物筆頭ですよね。

これはジョルジュ卿より、イツキ氏の耳に入るように情報を流した方が良いだろう。

アーサー氏の事情は、恐らく執政館でもごく一部しか正確には知らされていないはずなので、直接イツキ氏と話ができた方が良い。

多忙を極める領主代行殿と直接の面会となると、正式な官位を持たない貧農の倅《せがれ》には難易度が高すぎる。普通は無理だ。

ただし、私にはイージールートがある。マイカ嬢とお菓子を作れば、あら不思議。イツキ氏への差し入れという名目がポンとできる。

「えーと……クイドさん、小麦粉とか砂糖とか、見せて頂けます？」

「もちろん構いませんが……」

話の流れからどうして食料品を求めるのかと、クイド氏は不思議そうな顔をする。

「クイドさんだって、接待の時にお茶やお土産を用意するでしょう？　それと同じことですよ。お茶菓子程度は用意しようかと思いまして」

「あ、なるほど。いや、これは失礼しました。アッシュ君のことはきちんと大人として扱うよう心がけているのですが、まだまだ年下だとどこかで思っていたようです」

「実際に年下ですから、お気遣いなく」

いくらか食料品を見せてもらいながら作るお菓子を考えるが、流石に都市に来て一年も経《た》つと、簡単なレパートリーは作ってしまっている。どうしましょうか。

「あ、なにもお菓子にこだわる必要はなかったですね」

というより、甘いお菓子というくくりを外せばなんとかなるなと思ったのだ。

小麦粉に卵、出汁《だし》を混ぜた生地を作って、葉物野菜にベーコン辺りを交ぜて焼けば、お好み焼き的ななにかを作れるだろう。お菓子というより、おやつですな。

◇◇◇

【横顔　イツキの角度】

赤髪の少年（結構可愛い）。お菓子の子。ジョルジュ卿の副官。寮館の副料理長。裏番長。トマトヘッド。囚人頭《がしら》。人狼《じんろう》殺し（殺してない）。不死鳥。

これらの言葉が全て、たった一人の人物を指していると聞けば、驚くべきことだろう。

なので、俺は驚いている。本来なら、ノスキュラ村のアッシュとなんの変哲もなく呼ばれる相手に。

いやしかし、トマトヘッドっていうのは面白いな。ははは、赤髪だもんな、ははは。

頭を病んだ某王子にかけた悪口らしいが、言いだしっぺを叱ったリインも、九割くらい「なるほど」みたいな顔をしていた。石鹸《せっけん》事件の時はマジで毒を食わされたような気持ちになったもんだ。腹の中がでんぐり返りそうになったというか。

ところがどっこい、どうやらトマトに毒はないらしい。ということは、単なる偶然だろうが、トマトヘッドと珍妙な二つ名をつけられた少年も、はた目には毒持ち気狂いのように見えたとしても、実際には――。

「イツキ様、アッシュさんが差し入れをお持ちになりました」

侍女から告げられた来客に、俺は机の上の書類を眺める。

冬の最盛期ほどではないがまだ忙しいわけで、ただの差し入れなら――

「お通しいたします」

断ったものかどうか悩んでいるうちに、侍女が勝手に決めてしまった。

「おい、ランよ。流石にそこは俺の意向を確認しないか？」

「差し入れは、マイカ様の手作りだそうです」

「早く通せ」

侍女は「ほらな」って顔で一礼して、ドアを開けて来客を通した。その来客は、うちの手厳しい侍女に幼さの残る顔で微笑むと、なにやら囁く。

「ランさん、お取次ぎありがとうございました。キキョウさんの部屋の方に余った材料で作ったお菓子が、はい」

「ではイツキ様、わたくしは所用で外しますので、なにかあればお呼びください」

その所用って絶対にお菓子を食べるだけだろ。堂々と買収するんじゃないし買収されるんじゃないよ、お前等。

顔を引きつらせていると、小さな侵略者はなにも不正はなかった、という顔で温かそうな料理を差し出してくる。

「こちら、マイカさんと一緒に作ったお好み焼きもどきです。ヤック料理長から聞きましたよ。お昼ご飯を抜いたそうではないですか。そんな体に悪いことをして、皆さん心配していますよ」

「あ、はい。ごめんなさい」

……なんで、侍女を買収された俺が謝ってるの？

でも、反論しようにも昼食抜いたのは事実だし、アッシュの持ってきた料理は美味《うま》そうな、香ばしい匂いをさせているのでどうでもよくなってきた。

どうぞ、と言われたので、遠慮なく木製スプーンに巻き付いたパンみたいなものにかじりつく。

「おお、これは美味いな！」

香り高く焼けた小麦生地には、しっかり塩気のある味がついている。生地の中には葉物野菜や豚肉も入っているようで、食べ応えもあるのが空腹の身には嬉しい。スプーンを持ち手にしているから手を汚さず食べられるのも良い。

「これ、なんていう料理だって？」

「お好み焼きもどきです」

「ほう、聞いたことがない……なんでもどき？」

「材料がレシピ通りではないので、思っていた味と少々違いまして」

いつか完全版を作ります、と拳を握るアッシュの目には、並々ならぬ熱意がみなぎっていた。

ヤックなんかも時々そうなるから俺は知っているぞ。下手に「これでも十分だぞ」なんて口を挟もうものなら、めちゃくちゃ怒られるパターンだ。酸味のバランスがどうだとか、食感の滑らかさがどうだとか、俺にはわからないこだわりがあるらしい。実際、その辺を克服した料理は、俺の舌にもわかるくらい美味《おい》しくなっているので、俺は黙って今後に期待しておけば良いんだ。がんばってくれ。

いやしかし、本当に美味いなこれ。人狼事件の療養後辺りから、アッシュはマイカやヤック経由で新作料理を色々持ちこんでくれたし、大抵珍しくて美味しいものばかりだったが、好みでいえば今回のは当たりだな。シンプルな濃い味が美味い。

そんなことを考えながらがつがつ食べていたら、

「そうそう、イツキ様、これはクイドさんから注意されたのですが」

アッシュがさり気ない様子で、だがなにやら妙に慎重なニュアンスで切り出してきた。

「どうやら見慣れぬ行商の方が、商売以外に熱中しているようです」

「ふむ？　まあ、よくあることだ」

どこぞの密偵だろう。中央貴族の連中など、しょっちゅうそういうことをする。

まあ、こちらは隠し立てするようなことはほとんどない。つい最近、空飛ぶ機械ができたり、石鹸ができたり、堆肥なるものができたり、トマトの食用証明なんかが始まってしまったが……あ、いかん、ちょっと対策しないとダメじゃないか？

しまったな。今までこのド田舎、密偵が覗《のぞ》きに来たところで魔物の出現数以外に見どころがなかったせいで、そういった諜報《ちょうほう》関係は無防備だ。それで問題なかったのでうっかりしていた。

そちらに割く余力も、対魔物用に振り分けていたから仕方がないといえばそうなのだが、流石に近頃の動向を見るに、このままでは不用心がすぎるな。

「ですが、人捜しをしているらしいですよ。ここ最近、そう一年、二年の間にこちらへやって来た人間がいないかという条件で。ああ、扱っている商品から、王都辺りの商人だろうということです」

呑気《のんき》に考えていた俺に、するすると続きの情報が差しこまれてくる。

人捜し。ここ一、二年。王都。

思い当たる節にガリガリとぶつかるような情報が耳を通っていき、表情が強張《こわば》るのが自分でもわかった。急いで、アッシュから顔をそらす。

こういう時、顔にはっきり出てしまうのが俺の悪いところだ。自分でもわかってはいるし、直そうとがんばってはいるのだが、ご覧の有様である。

これだから、こういったことに強い姉上の方が次期領主に相応《ふさわ》しかったのだ……ああ、いや、今はそれは関係ないな。

「とりあえず、先の銀功で一時有名になった私の名前が、その行商の耳に入ったようです。クイドさんは気をつけた方が良いという風に教えてくださいましたが、リイン夫人やジョルジュ卿にもご相談した方がよろしいでしょうか？」

「う、む……」

くそ、中央の連中め。アーサーのことを嗅ぎまわりにこんな田舎までやって来たのか。いい加減にあきらめれば良いものを。

大体、あんな若者を爺《じじい》どもが寄ってたかって利用しようなどと、恥ずかしくないのか。なにをやっても腹の立つ連中だが、今回は一際腹の虫が治まらん。

だが、怒ってばかりでは領主代行の仕事にならんな。義兄上《あにうえ》のように冷静に、姉上のように悠然とした態度を示さなければ。

とりあえず、そう、アッシュの言う通り、リインとバレアス、それからヤエにも連絡を回して、アーサーの身の回りに近づかせないように――うん？

今、目の前の少年は、二人に相談した方が良いかと聞いた。ということはつまり、まだ今の件を二人に相談していないということだ。

不審人物に声をかけられた、というだけならば、まず身近な相談相手を頼るものだ。この場合、軍子会のメンバーなら、軍子会の教官役に行くべきだ。今さら相談しにくいなどということはあるまい。なんたって、我が信頼厚き見張り三人衆は、アッシュに籠絡済みなわけだからな。

そんなアッシュが、わざわざ俺に、こんな手土産を持参して話をしている。

しかも、今のこの部屋にはアッシュと俺の二人きりだ。侍女のランは見事にお菓子に釣られてどこかへ行ってしまった。誰がどこまで秘密を知っているか判別がつかない状況ならば、最良の条件が整っている。

もしやと思って、アッシュの顔を見つめる。大人びた印象はあれども、年相応のあどけなさが十分に残っている少年は、自分はなにも知りませんよ、という顔をしている。

これだけ合図を場にそろえておいて、なにも知りませんよ、だ。

それは逆に、ある程度以上……いや、ほとんど知っている、ということではないか。

「この話を、バレアスやリインにする前に、俺に話したのか？」

「ええ。なんとなく、イツキ様がお好きだろうなと思いまして、真っ直《す》ぐこちらへうかがいました。

アーサーさんも、こういうの好きそうですよね」

やはりそうか！

俺は、驚きよりも喜びを感じた。

こいつは、知っているのだ。我が領が抱えた隠し事、アーサーの秘密を、知っている。

その上で、なにも聞かないとさっきから合図していたのだ。隠したいなら、秘していたいなら、そのままで良い。こちらはなにも知らないフリをして、ただ黙っています、と。

初めてアッシュと出会った時を思い出す。

俺は、自分自身の得難い経験を噛みしめながら、こう言った。

『完全に身分から解放されることは難しいが……同年代の友人を得られる貴重な機会でな』

そしたら、この少年は気前よく返事をくれたのだ。

『弟君の話し相手になれないか、お声をかけさせて頂きます』

あの時、俺は感心したものだ。怖《おじ》けるでもなく、打算だらけでもなく、楽しそうだと笑みを浮かべる様子は、堂々としていた。

こいつは、あの時の自分の台詞《せりふ》を、今この瞬間も守っている。

アーサーをあくまでアマノベ家の末の弟として扱い、自分はその友人として俺の前にいるのだ。

おい、我が弟よ。あなたは今、とても贅沢《ぜいたく》な立場にいるぞ。こんなにもあなたを気遣って立ち回ってくれる友がいるのだと、懇切丁寧に教えてやったら、あなたはどんな顔をするだろうな。

見てみたいが、今はできない。口惜しさに、奇妙に歪《ゆが》んだ笑いがこみあげてくる。

姉上と義兄上が推薦するわけだ。アーサーと同室にさせるべきと言うわけだ。

ここに来たばかりの頃、あんなにも冷たかった我が弟の顔が、今はあんなにも明るく笑うようになったのも、納得だ。

友達が、こんなにも優しくしてくれていたんだな。

「今回の軍子会に、アッシュが参加したのは僥倖《ぎょうこう》と言って良いだろうな」

「私も、自分のやりたいことを色々とやらせて頂いていますので、幸運だなと思っています」

苦労しているとは一言も漏らさず、むしろ運が良いと。ますます面白くなってくる。

この友達は、この上まだ、あなたを守るために黙って手伝ってくれると遠回しに言っているぞ。本当に、なに一つ聞いてこない。なぜ正体を隠しているかも、どんな事情があるかも、本当の名前も、敵がなにかすら、あなたの友は聞いてこない。

良い友達だな、我が弟よ。あなたは、少なくとも俺と同じくらいに幸せ者だ。

よし、弟のためだ。この頼りがいのある弟の友達を通じて、俺も一つ兄らしく動くとしよう。領主代行としてではないぞ。あくまで、兄としてだ。

「そうか、これからも好きなだけ楽しめるよう、手を回しておこう。とりあえず、今まで通りに過ごしてくれ。〝彼女〟もそれを望んでいるだろう」

「ええ、それについてはご安心ください」

打てば響くような返事、本当に気の利く奴だ。話がとんとん進む。まるでノリの良い音楽だ。

「その怪しい行商人については、軍子会の教育上よろしくないな」

「そうですね。商人であればクイドさんがいらっしゃいますから、少しでも不審な点がある行商人と接触する必要はないでしょう」

アーサーには絶対に会わせない、という共通見解。いいぞ。あとはもうちょっと密偵どもの目をアーサーから遠い場所に置いておきたいところだ。

アッシュも同じことを考えたらしい。

「そういえば、クイドさんが飛行機の販売を始めるそうですね。またお披露目なんか行うのでしょうか？」

そんな話は聞いていないが、そんなことが行われたら、アーサーの話題なんてしばらく街から消えそうだ。

それをアッシュから口にしてくれたということは、やってくれるか。

叙勲式の時に感じたが、お前、やることが派手な割に目立つのは苦手なんだろう。それなのに、悪目立ちする役を買ってくれるとは、ありがたい。

「それは面白いな。クイドに聞いてみよう」

密偵どもめ。うちの弟に簡単にちょっかいを出せると思うなよ。

弟には、なんと兄貴と友達がいるんだぞ。


商品用腱動力飛行機の発表は大盛り上がりで、叙勲式以上のお祭り騒ぎとなった。

そうなるように開催日を早馬で触れ回ったんだが、予想以上の盛況さで衛兵達には苦労をかけてしまった。ポケットマネーから酒樽《さかだる》を振る舞って労《ねぎら》ったのは良いが、そろそろ俺のポケットが空だぞ。まあ、バレアスに奢《おご》ってもらえばいいから問題ないが。

ともあれ、中央の密偵どもはさぞや困っていることだろうな。いい気味だ。

共犯者であるアッシュにそう伝えたところ、満面の笑みで「かわいそうですね」と同意していた。真面目一本のバレアスとはこういうところが違うな。ちょっと恐《こわ》い。でもまあ、中央の性悪どもとやり合うにはずいぶん頼もしい。

そんな頼もしい奴が、最近は俺の執務室に気軽にやってくる。

「イッキ様、こんにちは」

はい、こんにちは。

今日はどうした、アッシュ。ああ、侍女のランは気にしなくて良いぞ。前回は気を回してくれたが、こいつは知っている人間だからな。

「そうでしたか。では、簡潔に行きましょう。例の密偵と思《おぼ》しき人物から接触を受けました」

「んんっ」

むせかけたのは俺じゃない。侍女の方だ。

俺は落ち着いているぞ。アッシュが目立つということは、そういうことだからな。単刀直入すぎて心臓に悪かったのは否定しない。

「そうかそうか。それで、どうだった？」

「やはり怪しいですね。交友関係をあれこれ聞かれたので、王都からやって来て人目を避けるように引きこもっている人物として、丁度いいのでフォルケ神官を囮《おとり》にしました。見当違いのノスキュラ村を調べに行くと思います」

ハキハキとした口調で、密偵への対処を報告するトマトヘッドに、俺は再びそうかそうかと頷く。

いや、それ以外にどうしろと。

俺の隣で、侍女が「頷くだけじゃなくて仕事しろ」みたいな眼光をしている。言いたいことはわかるんだが、言葉を挟む隙がないんだこれが。

密偵とわかっているなら呑気に会話するな、と文句を言うか？　アーサーのことを嗅ぎまわっている胡散臭《うさんくさ》い連中を煙《けむ》に巻くため、アッシュが協力してくれるのは、前もって交わされた約束だ。

アッシュはそれを忠実に履行してくれただけだ。

まさか、その協力の中身に、自分がアーサーの代わりに悪目立ちするだけでなく、密偵と情報合戦を始めることも含まれていたとは、俺が想定していなかっただけだ。しかも、すでに事態は進んでおり、結果は推定だが良い塩梅《あんばい》らしい。

はははぁん？　軍子会の見張り三人衆からの報告も、問題ない、で統一されていたのはこういうことか？

「恐らく、暴力的な行動はしないと思いますが、ノスキュラ村へ伝令を走らせた方が良いかもしれません」

「うん。じゃあ、そうしよう。義兄上が村にいてくれれば、万一暴力沙汰になっても、一人や二人の密偵風情どうとでもなるからな」

アッシュから提案を差し出されると、するりと呑《の》みこんでしまう。

リイン、ヤエ、バレアス。わかってきた、お前等の気持ちがわかってきたぞ。

起承転結が最初っから決められているんだろうな。

アッシュが問題を起こす。アッシュが問題を承る。アッシュが問題を転がす。アッシュが問題を結する。で、結果だけ見せられれば問題なしとしか言いようがない――と。

なんだろうな。問題が起こると身構えていたはずなのに、問題を察知した時には解決済みというこの速さ。

頼もしい。実に頼もしい——はずなのだが、暴れ馬に乗っているような不安が拭えない。ものすごい疾走していてすさまじい馬だと感嘆する一方、全く命令できていないので明後日《あさって》の方向に行きすぎているのではないかという不安が……。

いや、今は考えるまい。頼もしい、頼もしいのだ。信じているぞ、姉上の人物眼を！　この暴れ馬はきっと目的地へ一直線に向かっているのだ。

気を取り直して、目先の問題だけに集中する。

「しかし、あの密偵連中、中々粘るな」

「そうですね。滞在費もバカにならないでしょうに、長逗留《ながとうりゅう》していますね」

時間が経てば経つほど、アーサーのことを気取られる確率は上がっていく。王都帰りの末っ子だからな、連中からしても怪しいと思われるだろう。

「いっそ、領都から離すか？」

俺が呟くと、アッシュが首を傾げる。ああ、流石にいきなりすぎて話についてこられないか。

「いや、軍子会の教導内容に、野営訓練がある。丁度夏にやるんだが、予定を早めて今やったらどうかと。領都から調査対象がいなくなってしまえば、また少し時間が稼げるだろう？」

「なるほど。確かに効果は見込めると思いますが、領都から外に出ると一時的に警備が薄くなりますね」

うむ、そうなのだよな。メリットとデメリットがある。

「だが、今のところ密偵がアーサーの周囲に近づいたという報告もない。気取《けど》られていない今のうちなら、安全性は高いと思う」

「アーサーさんの周囲に密偵が現れていない、というのはその通りですね。ああ、このタイミングで警備が薄い外に出すというのは、厳重に守る誰かさんは軍子会内部にいませんよ、と密偵にブラフを突きつける効果もありますか」

ん？　あ、ああ、そうだな。うん、もちろん俺もそこまで考えていたぞ。

……姉上ならちゃんとそこまで考えていたはずだ。本当に、こういう時だけで良いから領主代行を代わってくれないかな、姉上。

内心で泣き言を漏らしていると、アッシュが考えをまとめたのか大きく頷く。

「イツキ様。もし、野営訓練を行うなら、いくつか提案をしてもよろしいですか？」

「うん、なんだ？　万全を期したい案件だ、どんな些細《ささい》な意見でも言ってくれ」

正直、うちはこういう謀略だの諜報だのが苦手なんだ。サキュラ辺境伯領は、対魔物に政治も軍事も特化している。そして、魔物は謀略も諜報もして来ないからな。

「随伴にジョルジュ卿やその部下を優先的に配置すること、私の狩猟具を持ちこむこと。それと、場所をノスキュラ村近くの森にできますか？」

最初は問題ない、元よりバレアスに任せるつもりの仕事だ。二番目も問題ない。狩猟も立派な野営訓練になる。

最後も、これといって問題はない。野営訓練では過去に使ったことがある地点だ。なにかあったらノスキュラ村にいる姉上と義兄上の助力も得られそうと思えば、ますます問題ない。

「一応確認するが、ノスキュラ村の森を指定する理由は？」

俺の問いかけに、赤髪の少年はにこやかに――侍女達が「結構可愛いお菓子の子」と噂する顔に笑みを浮かべる。

「あそこなら熟知していますから、なにかあっても森の中を走り回ってノスキュラ村まで逃げこむことくらい、なんとでもできるかと」

なるほど。村まで逃げられれば、義兄上を始めとして助けを得られるな。それは良い選択だ。

「まあ、今の完全装備なら、狼《おおかみ》の群れや熊のご家族くらい狩りきる自信がありますから、逃げる前に狩猟具を使いますけどね」

急にこいつの笑顔が怖くなってきたぞ。

いや、頼もしい。頼もしい……はずだ。

◇◇◇

【横顔　マイカの角度】

アッシュ君があたしのお部屋にやって来た。それ自体珍しいし、なんだか真面目な顔をしているので、きっと大事なお話があるんだってわかった。

「マイカさんに、お願いしたいことがあるんですけど」

「任せて！　なんでもするよ！」

アッシュ君のお願いならお話を聞く前からオッケーだよ！

態でも人狼でも！　オール！　オッケー！

心の扉全開放でお出迎えしたら、アッシュ君が嬉しそうに微笑んでくれた。

「流石はマイカさん。とても頼りになります」

んん～！　アッシュ君の笑顔がたまんない！　今の笑顔は間違いなく、ずっと一緒にお手伝いしてきたあたし専用！

でも、ごめんねアッシュ君。心の扉は全開放してるんだけど、乙女心は別口保管してあるんだ。お母さん直伝、乙女心に隠し部屋隠し金庫は基本作戦。なんだっけ。秘密があった方が駆け引きは有利なんだって。なるほど。アッシュ君が強いわけだよ。わかんないことだらけだもんね。そもそも次になにするかわかんないもん。強い。

えーと、それで、なんだっけ？　あ、そうそう、お願いがあるって話だね。

「お願いってなに？　煉瓦の進捗は……昨日伝えたばっかりだね。イツキ叔父上にお願いごととか？」

アッシュ君があたしにお願いするってなると、その辺のことだと思ったんだけど。

「万が一に備えてと言いますか……今度、軍子会で野営訓練を行うことになるんだそうです。多分、割とすぐ。明日からもう準備を始めるとかそういうレベルです」

「へえ、そうなの？」

夏頃にそういう行事があるっていうことはレイナちゃんから聞いていたけど、こんな急に始まるとはレイナちゃんも知らなかった様子だ。

それをアッシュ君が知っている辺り、多分普通の行事じゃなくなったんだね。普通のことでも、アッシュ君ルートを通ると普通じゃなくなるからね。あたし知ってる。

「その野営訓練、ノスキュラ村近くの森に行く予定なんですが、当然都市育ちの方には不慣れな環境なので、問題が起こった時に慌てる人が多いと思います」

「そうだね。いつもは頼もしいレイナちゃんもグレン君も、都市育ちだし。頭が良いアーサー君もヘルメス君も、流石に森の中だと経験が足りないよね」

「そうです。その点、マイカさんは山菜採りに毎年参加していましたし、私と一緒に森のお散歩もしたことありますね」

「当然だよ」

だって、アッシュ君が猟師の修業をして、一人でも山菜採りエリアよりちょっと奥まで散策に行けるようになったんだもん。一緒に行きたいじゃない？　ふ、二人きりで、その、デートみたいなこと？　できるんだもん……。

「ですので、マイカさんは他の人より森林内行動に慣れています。なにかあった時、できれば助ける側に回って欲しいんです。特に――」

アッシュ君は、柔らかい表情のまま、真剣な眼差しであたしをじっと見つめてくる。

「アーサーさんとか」

「うん、わかった」

ちゃんと伝わったよ、アッシュ君。

そういうことなんだね。

アッシュ君はなに一つ言葉にはしていないけど、あたしにははっきり伝わる。

アッシュ君の眼差し、言葉にしていない声、なにを見ているか、どう接しているか。いつもいつも見てきたからね。些細な違いもよくわかる。

「ね、アッシュ君。アッシュ君が、人狼とやらかした時のこと、覚えてる？」

「え、あ、はい、もちろん記憶にございます」

あ、アッシュ君が背筋を伸ばして反省モードに入った。大丈夫だよ、叱ったりしないから。お母さんもたっぷりお説教したみたいだし。うん、今はね。

「あの後さ、アーサー君のこと、気にかけてあげてって言ったのも、覚えてる？」

「――もちろんですよ」

アッシュ君の表情が変わる。蜂蜜を通して輝く陽ざしみたいな笑顔は、あたしが難しい問題を解いた時に見せてくれる、嬉しい笑顔だ。

これを見せてくれるということは、あたしは難問に対して、正しい答えを出したことになる。

「あたしね、アーサー君にはちょっと色々複雑な気持ちがあるんだけど」

アッシュ君と同室のこととか、アッシュ君と同室のこととか、アッシュ君と同室のこととか？

「でも、そういう複雑な気持ちがあっても、それでもアーサー君のこと、好きだよ。優しくて、丁寧で、ちょっと引っ込み思案なところは見ててもどかしいし、思い切って手を引っ張ってあげると、すごく嬉しそうについてくるところは可愛い。放っておけない気持ちになるの」

あと、このアッシュ君のことを力一杯助けようとしているんだから、一見大人しそうだけど、すごい強さを隠し持っているよね。

いつでも予測不能に全力疾走のアッシュ君を助けるなんて、軽く眩暈《めまい》がしそうな難問だもん。助けるために、まずアッシュ君がなにをしようとしているか理解するところから始めるんだよ？　そこからしてこの幼馴染マイカの眼力をもってしても至難の業……！

だから、そんな難問に、あたしと同じくらい前のめりに挑もうなんて人、あたしは放っておけないんだよ。

「アッシュ君にお願いしたんだから、もちろん、あたしもアーサー君のことは気にかけてる。万が一って時、どうなっているかわかんないけど、全力でがんばるよ」

「ありがとうございます。頼もしいです、マイカさん」

とっても、とアッシュ君がとびきりの笑顔をくれる。

こちらこそ、ありがとうございます、だよ。

◇◇◇

「やっと着きましたねぇ」

一日と半分の行軍を経て、我が家に帰って来たような言葉が出てしまう。

いや、実際、気持ちとしては帰宅に近い。たとえ、目の前に広がっているのが鬱蒼《うっそう》とした森林だったとしても。

私達軍子会の面々は、都市を離れて、行軍と野営、森林活動訓練ということで、はるばる大自然へキャンプにやって来た。場所は、ノスキュラ村に程近く、バンさんの下で狩猟生活していた私にとって、ホームグラウンドと言って良い森だ。

「あ、山菜を発見。ちょっと摘んでいきましょう」

通りすがりに目についた、肉の臭みを消してくれる素晴らしい山菜をぷちぷちと摘み取る。

「アッシュ君、そういうのは後にしないか」

引率のジョルジュ卿が、やんわりとたしなめてくる。

あまり強い調子でないのは、ジョルジュ卿も気づかなかった山菜を即座に発見した私に、キャンプ生活の食事の充実を期待しているからだろう。

道中食べてきた保存食は、三食目にしてすでに食欲が失《う》せるひどい出来なので仕方がないと思う。

これまで、ジョルジュ卿のお手伝いで備品管理をしていたため、何度も巡回する兵士の皆さんに配布してきたが、これほど不味《まず》いとは思わなかった。私が悪いわけでもないのに、思わず罪悪感が湧いたほどだった。

だから、私はジョルジュ卿に真っ直ぐ顔を向け、神に祈るように真摯に語りかける。

「ジョルジュ卿、この山菜があれば、干し肉と一緒に煮込んで割とマシなスープにできるのです。他にも、目当てのついている木の実や野草があれば、大分美味しいスープにできます。そのスープがあれば、このガリッゴリの堅焼きビスケットを浸して柔らかく食べられます」

アーサー氏やレイナ嬢を始め、軍子会の面々が私の言葉に固唾を呑む。

マイカ嬢は、私の代わりにせっせと山菜を摘んでいる。

私の熱意溢《あふ》れる論理的な説得に、ジョルジュ卿も胸を打たれたようだ。

「そ、そうか。言っていることはもっともだと思うのだが、私としても先に野営地点を確保したいのだ。誰もが皆、アッシュ君ほど元気ではなくてな」

「ふむ……そのご意見もごもっともですね」

確かに、村育ちのメンバーは平気そうだが、都市育ちの面々は、一日半の行軍で疲れが見えている。アーサー氏やレイナ嬢も、中々つらそうだ。

「では、私は食料調達をしながら行きますから、ジョルジュ卿は先に野営地点で準備して頂くというのはいかがでしょう。作業分担すると効率がよろしいかと」

「そうは言っても、森ではぐれたら厄介だぞ。野営地点がどこか探すのは大変だろう」

「いえ、別に。失礼ですが、ジョルジュ卿、私がノスキュラ村で猟師生活を送っていたことをお忘れではありませんか？」

二度目になるが、ここは私のホームグラウンドと言って良い場所だ。

極端な話、ここで携帯食料や装備品の全てを喪失したとしても、単独でノスキュラ村まで帰る自信があるし、三日三晩くらいサバイバルしたって余裕です。

「それに、野営地点はどこかわかりませんが、そこまで歩いて行く皆さんの足跡をたどるのは簡単です」

ろくに獣道もない森の中、十人以上の団体様が移動した後を追いかけるなんて山菜を見つけるより簡単だ。こちとら、バンさんに野生の獣の追跡術を習ったという自負がある。森林内逃走術に心得のない都会人なら、夜でも追跡してみせる。

そのように自信満々に言われては、ジョルジュ卿も反対できなくなったようだ。

「むぅ、中々反対しづらいな……。マイカ君、同郷の君なら、アッシュ君のこういった場合の能力も把握していると思うのだが、どう判断する?」

マイカ嬢は、目についた山菜を摘み終えてほくほく顔だったが、質問の内容に表情を引き締める。

「アッシュ君の単独行動かぁ……。純粋に能力だけを見たら、多分、なんの心配もいらないと思うんだけど……」

猪《いのしし》にさらわれてもひょっこり帰って来たし、と懐かしいことをマイカ嬢が呟く。

常々、ご心配をおかけしております。

「でも、一人でなんてやっぱり心配は心配だよ。なにが起きるかわからないんだから、ここは大人しく――」

「では、マイカさんも一緒に行くというのはどうでしょう」

「は~い、ジョルジュさん、全然問題ないと思います!　アッシュ君とあたしに任せてください!」

無事、そういうことになりました。

軍子会の皆と別れて、マイカ嬢と二人、さくさくと森の中を歩いて行く。

都市にいては味わえない豊かな森林の空気に、マイカ嬢の笑顔がいつもより楽しげだ。

「ふふ、久しぶりだよね。こうやって二人で森を歩くなんて」

「ええ、とても楽しいですね。こういう時間は大事にしたいですね」

「うん！　あ、あれも確か食べられるやつだよね」

お互い、季節ごとに森の幸を収穫していたので、手慣れたものだ。ついでに、薪《たきぎ》になりそうな枝や、罠《わな》に使えそうなツル・ツタの類いも回収して行く。

この森には三日間滞在する予定だが、その間ずっと塩気と臭みのきつい干し肉をかじり続ける気はない。バンさんの名にかけて、新鮮な肉で美味しい食事を作ってみせる。

しばらく、二人で食材その他を回収しながら、軍子会の後を追う。

皆さんが、草木を折りながら、土を掘り返すように乱暴に歩いているせいで、どちら側に移動しているか匂いだけでもわかってしまう。獣はこんなに匂いを出しながら歩かない。

「あたしは、流石に匂いはわからないかな？」

「マイカさんは森林で狩りをしたことはありませんし、仕方ないですよ。それに、私の五感は鋭い方らしいです」

嗅覚や聴覚については、バンさんに勘が良いと褒められたことがある。

それに、不思議なことに、人狼殿と一戦交えた後から、自覚できるくらいより鋭敏になった。もう少し今世がファンタジーしてくれていれば、魔物を倒してレベルが上がったとか思うのだろうが、そんな気になれない世知辛さである。死にかけた時に、脳内でなにかのスイッチが入ったのかもしれない。

　匂いをたどって、無事に足跡を見つけて、テント設営中の面々と合流する。

テントを張るのに苦労している面々を見ながら、私は合流した旨をジョルジュ卿に伝えに行く。

「思った以上に早かったな」

「私はもちろん、マイカさんも森歩きにはそれなりに慣れていますから」

　収穫物を一旦預けると、ジョルジュ卿の真面目な顔がほころぶ。

「これは大量だ。今晩の夕食は期待しても良いかな？」

「少なくとも、今日のお昼よりは美味しい物を作れますよ」

　付き添いのジョルジュ卿の部下が担いできた大鍋が大活躍するぞ。ただし、現状では薪《たきぎ》が全く足りないだろうから、竈の設営と並行して枯れ枝集めが必要だ。

「このまま薪集めに行ってもよろしいですか？」

「アッシュは話が早くて助かる。何人か連れて行って、できるだけ集めてくれるか？」

　ジョルジュ卿の呼び方が、軍子会の子供向けではなく、私的関係者あるいは部下に対する言葉遣いになった。つまり、教え子のアッシュではなく、副官候補にしている身内のアッシュへの対応に切り替えたようだ。

　扱いづらかったのだろう。ごめんなさい。でもやめられない。

「了解。最低限、明日の朝食の煮炊きに使える分までは集めたいところです」

テント設営を終えていたマイカ嬢、アーサー氏、レイナ嬢といつもの面子《メンツ》を集める。男手としては、ヘルメス君とグレン君を加えれば、ひとまず足りるはずだ。

この辺りは薪を拾いに来る人も少ないので、案の定、丁度良い枯れ枝があちこちにある。

私は、皆が集めた枯れ枝を持ち運びやすいようツタを使って縛り上げるかたわら、同じツタを使って、鳥や小動物を引っかける罠をあちこちに設置していく。

仕掛けは簡単で、ツタで輪っかを作り、首や脚が引っかかると締まる、というのが基本原理だ。これに、しなる木の枝や重りの石なんかをつけていくと、踏んづけただけで締まる、樹上に吊《つ》り上げる、といった面白仕掛けが作れる。

流石に吊り上げるような大仕掛けは、手間がかかりすぎるので私も使ったことがないけれど。

私の仕掛けを見たアーサー氏が、感心したように罠を眺める。

「器用なものだね」

「原理は簡単ですから、慣れてしまえばいくらでも作れますよ」

アーサー氏に見えるように、一番簡単な「輪っかに引っかかった」ことに気づかず、そのまま進もうとすると締まる」という罠を作ってみせる。

他の面々も興味をそそられたのか、こちらをちらちらうかがっている。

「薪集めも順調ですし、皆さんで一つ作ってみますか？」

丁度良いので、皆にも協力してもらおうと声をかける。

狩猟用の罠というのは、どちらかというと、獲物が通る場所を見つけることが最難関だったりする。私はバンさんほどの眼力がないので、数でカバーする必要がある。

作り方をすぐにマスターしたのは、流石というか、ヘルメス君だった。グレン君はすぐに飽きて枯れ枝集めに行ったが、ツタを縄代わりに使えればこんなに便利なのかと感心していた。

あとは、飲用・生活用水確保のために川も近くにあるので、魚を獲《と》るための罠も作っておこう。

マイカ嬢ではないが、初めての遭難の時を思い出す。

あれこれやっていたら、森に差しこむ陽射しが朱色になり始めた。

「そろそろ時間ですね。戻らないといけません」

もう少し罠を仕掛けたかったのだが、仕方ない。早く食事の支度を始めないと、すぐに真っ暗になってしまう。

「よくこの短時間に、これだけ作ったわね」

レイナ嬢が感心してくれるが、罠はどれだけ獲物を獲ったかで評価されるべきだ。私の罠だと、労力の十分の一でも報われれば良い方だと思う。

が、はたと気づく。魚はもう少し効率が良いので、どちらかといえば魚用の罠を最初に作っておけばよかったかもしれない。夏なので沢蟹《さわがに》の類いも獲れるはずだ。ちょっと失敗した。

気づいた事実を、頭をかきながら皆に告げると、アーサー氏が呆《あき》れた表情で笑う。

「これだけできてもまだ上があるなんて、アッシュは森でもすごいね。いつもいつも、すごいと思ったさらに上を持っているんだから」

「まあ、食欲のなせる業と言いますか……村でお肉を食べようと思ったら、森で獲るのが一番良かったんですよ」

今世最大の肉供給源でしたからね。そりゃ必死で猟師技術を覚えるってものですよ。

バンさんという良い師匠にも恵まれましたし。

そんな師匠に仕込まれた野営での調理技術によって、質の悪い干し肉は、野草スープのそこその具として昇華することができた。

いい加減干し肉は飽きたので、明日は魚のツミレ鍋にでもしたいところだ。


翌日に仕掛けを見回ってみたが、案の定、鳥や小動物はかかっていなかった。猪や鹿のような大型獣については、当然のごとく皆無である。

一方、川に仕掛けた罠は大漁だった。

円錐状《えんすいじょう》になるように木の枝で作った罠の中に、夏が旬の川魚がごろごろ入っていた。沢蟹も何匹か捕まえられたので、今日のお鍋は美味しいぞ。

せっかくなので、菜の花やベリー系果実も添えて食卓を豪華にしてやろうと、昼食後に山菜採りに出かけることになった。

私とマイカ嬢を中心に、いつものメンバーで森林内を探索していると、妙な気配に気づく。

狼なんかがこちらをうかがっている感覚に近いが、その割に歩き方が乱暴だ。草木を折って移動している、緑の匂いがする。

野生の獣ではありえない。消去法として、人間の暗殺者ですかね、と当たりをつける。

普通に生きていて、「命を狙われているのでは」なんて考える人はあまりいないだろうが、アーサー氏の件がある。

このキャンプに来たのだって、アーサー氏の身辺を探られないようにするためだったのだから、大袈裟《おおげさ》ではない。私達が逃げるより早く、どこかでアーサー氏の正体を気取られたのだろう。

結果的には、護衛が減ったところを狙われる羽目になってしまった。

これは明らかにこちらの失策だ。情報の機密保持より、護衛重視の都市内で活動すべきだったようですよ、領主代行殿。

「アーサーさん、ちょっと一緒についてきてくれませんか？」

「うん？　僕が？　良いけど」

どうしたの、とアーサー氏が首を傾げて私に近寄ってくる。

「猪が最近ここを通ったようなので、少し追跡してみようと思いまして」

「へえ、よくわかるね」

アーサー氏は、私が見つけた痕跡を探してみようと地面を調べるが、残念ながら真っ赤な嘘《うそ》なので見つけられるはずがない。

アーサー氏と一緒に、刺客を引き付けるための方便だ。

「でも、一緒に行くのが僕で良いのかな？　マイカとか、グレンの方が良くない？」

「マイカさんがいないと、この班で山菜採りの監督をする人がいなくなりますし、グレンさんは体格がよすぎてちょっと追跡には向かないので」

本当は一人の方が良いのですが、と言いかけると、話を聞いていたマイカ嬢がものすごい勢いで駆け寄ってきた。

「絶対ダメだからね！　アーサー君、アッシュ君をしっかりお願いね！」

「なるほどね。わかった、マイカの分もがんばってくるよ」

心配性のマイカ嬢に、アーサー氏はくすくすと声を立てて笑う。楽しそうにされると、嘘を吐《つ》いてアーサー氏と皆を引き離そうとしている自分が、ひどく悪人に思える。

私は短弓に弦を張って、狩猟用の毒粉を入れた小瓶に飲用水を混ぜ、いつでも矢に塗って使用できるように準備する。

空をちらりと見上げると、雲がかかっているが当分雨は降りそうにない。

「マイカさん、この後は雨になるかもしれません。私もちょっと探したら戻りますので、マイカさん達も早めに戻ってください」

「え、本当？」

マイカ嬢が、さっきまでそんな様子は、と呟きながら雨の降りそうにない空を見上げる。

「あれ？」

「マイカさんなら、わかるでしょ？」

疑問の声をあげた幼馴染に、私は目を合わせて頷いて見せる。

「あ――うん」

戸惑いはわずか、理解は迅速、対応は的確。一瞬浮かんだ真顔は見間違いだったかのように、力一杯の笑顔に変わる。

「わかった。きりの良いところで皆のところに戻るね。ジョルジュさん達には、アッシュ君は別行動って伝えておくから」

マイカ嬢は、私が吐いた嘘を見抜き、なぜ嘘を吐かなければならなかったかを察してくれた。持つべきものは優秀な幼馴染ですね。

これで、私とアーサー氏がここを離れたら、すぐにジョルジュ卿と合流して助けを呼んでくれるだろう。

「アッシュ君は、どっちの方角に行くの？」

「そうですね……」

剣呑《けんのん》な殺気を放つ輩《やから》を、軍子会の皆に近づけるのはまずい。

ジョルジュ卿や兵士の援護が得られるのは心強いが、子供を人質に取られる危険など、不利な点も多い。私はアーサー氏の保護を最優先、ジョルジュ卿とマイカ嬢には軍子会の他の面々の保護を任せてしまおう。

「猪は北西の方角、キャンプとは反対の方角ですね」

「わかった」

マイカ嬢は、すでに帰り支度を始めている。表情は笑顔を保っているが、いつもの彼女からすれば曇り空のようなものだ。

これは、帰ったら説教コースかもしれない。心配してくれるのだから、それに文句を言ったら贅沢になりますかね。

私は微苦笑を浮かべながら、軽く幼馴染に拳を差し出す。

「猪は確約できませんが、帰ったら美味しいお鍋を作りますね」

無事に帰りますの約束だ。

「むぅ……絶対だからね」

「ええ、このサイズの猪程度に後れは取りません」

幼馴染は、こつんと拳をぶつけて許してくれた。

「さて、ではそろそろ行きますか……」

他に、なにか気を配っておくことはあるか、私は一度しっかり考える。大丈夫そうだ。

最後に、キャンプを張っている拠点の方向を確認する。

それらを踏まえて、刺客を皆から引き離す方向へと向き直る。

「それでは、アーサーさん、しっかりついて来てください」

「うん、足手まといにならないよう気をつけるよ」

「足元に気をつけて歩いてください。足を怪我《けが》しなければ、大丈夫ですから」

諜報活動ではあちらが本職かもしれないが、森林内での狩りは私の本職だ。

「今回は、ちょっと珍しい狩りになりそうですね」

護衛対象を連れながら、追いかけてくる複数の獲物を仕留めねばならない。難易度はちょっと未知数だ。

まあ、下手な追跡技術から鑑みて、群狼《ぐんろう》の相手をするよりは簡単だろう。

訳ありの可憐《かれん》な少女を、悪漢の手から守り抜く。

ふふん、ちょっとヒーローみたいで、わくわくしてきますね。

◇◇◇

【横顔　マイカの角度】

アッシュ君が見えなくなってすぐ、周囲の気配に耳を澄ませる。

ぐぬぬ、アッシュ君ほどこの手の感覚が鋭くないから、アッシュ君が感じた危険がどこにいるのかわからない。

二人を追って行っちゃったかな？　それとも、まだこっちを見張っているのがいるだろうか。

判断ができなくて、中々動きだせない。危険があるとわかっている状態で——なんたってアッシュ君が、あんな真顔で見つめてくるんだもん——アッシュ君と距離が離れてしまうなんて、真っ暗闇で灯《あか》りを失《な》くすようなものだ。胸がざわざわして落ち着かない。冬の井戸水に触れたみたいにきゅってしちゃう。

んんんんん～っ！　もう！　危険だってわかってて、一人で背負いこんじゃうんだから！　熊の時も人狼の時も、あれだけ怒ったのに全然わかってない！

アッシュ君のバカ、アッシュ君のバカ、アッシュ君の大バカ～！　あたしより頭良いのに本当にバカなんだから！　そういうところがまた好き！

……あ、怒りに混じって本音がでちゃった。ほんとにもう、我ながらアッシュ君のことが好きすぎる気がする。

じりじりと、足元から焦げつくような気分で、森の音を聞くだけの時間が過ぎる。

「よし、もう我慢の限界。皆、すぐにジョルジュさんのところに引き返すよ」

残念だけど、あたしは誰かさんみたく我慢強くない。

パッと立ち上がって、パッとレイナちゃんの腕を掴む。

「うん？　マイカ、どうかしたの？」

「緊急事態だから、全力ダッシュで帰るの。悪いんだけど、レイナちゃんは足が遅いから、あたしが連れてく。グレン君、ヘルメス君をお願い」

「え？　え？」

レイナちゃんを始め、皆困惑しているけど、今はゆっくり説明している場合じゃないんだよ。

「ちゃんとついてきてね、グレン君！　いくよ、レイナちゃん！」

「マイカ、なに言ってるのかよく――ふわあ!?」

よいしょ、とレイナちゃんをお姫様抱っこする。ん、思ったより軽い。レイナちゃん、ちゃんとお肉食べてる？

後ろでまだ驚いている二人に、あたしはくいっと顎をしゃくって促す。時間ないんだってば。

「なんかよくわからんが、ヘルメス！」

「いや、俺は自分で走るから抱っこなんてごめんだぞ！」

「肩に担ぐだけだから安心しろ！」

「嫌だって話だあああ!?」

二人の準備もできたのでキャンプ地点、ジョルジュさんのところへと全力で走りだす。

アッシュ君のため、それにア、ア、アーサ、サ、ちゃ、ちゃんのためにも、急がなくっちゃ。

もちろん、アーサー君がアーサーちゃんであることなんて、とっくにご存じだよ。

あたしが、気づかないわけないでしょ。自分と同じ目でアッシュ君を見つめている、恋敵を。


そのことに気づいたのは、農業改善計画をリインさんに提出した後のことだ。

その頃から、机に向かっているアッシュ君の肩越しに、アーサーちゃんが顔を寄せて話しているところをよく見るようになった。

その時のアーサーちゃんの顔といったら……どこからどう見ても、女の子なんだよ。

特別な気持ちで見つめる目、一人だけに向けられている微笑み、笑い返されるとなんとなく前髪が気になってしまって、かけられた言葉の一つ一つを仕舞いこむように受け止めている。

わかる。わからないはずがない。

いちいち鏡で見たわけじゃないけれど、それは生まれ育ちが違うだけの、あたし自身だった。

当然、最初は怒ったよね。どうして女の子がアッシュ君と同じ部屋で生活することになったんだろうって。そんなことできるなら、あたしが一緒に暮らしていたい。

ひどく冷たい刃《やいば》を握らされた気分になったけれど、初めてアーサーちゃんを紹介した時の、アッシュ君の眼差しが蘇《よみがえ》る。

あの時、アッシュ君はすでに気づいていたんだね。それもそっか。あたしでも気づくアーサーちゃんのことを、アッシュ君が気づいていないはずがない。

見つめるアッシュ君の気持ちが、あたしの心に温かく差しこむ。きっと、なにか事情があるに違いないって、優しく教えてくれる光だ。

それで、事情を知っていそうな叔父上に問い詰めに行ったんだけど、意外とあっさりと教えてくれた。

「元より、マイカには隠しきれないだろう、とは思っていたのだ。マイカは、父が我が領一の才女と讃《たた》えたユイカ姉上と、当代一の剣士クライン卿の娘だ。あの二人は、それぞれ人の機微を読み取る天才であったから、その娘ならばと覚悟していた」

しかし、思った以上に早かった。そう呟く叔父上の視線は、あたしの腰の辺りにあった。知らないうちに剣を吊るして持ってきてたんだけど、まずかったかな？

ともあれ、叔父上はちゃんと教えてくれた。

アーサーちゃんが、王都で周りの大人達に振り回されて、誰からも助けてもらえなかったこと。追い出されるように、ここまで逃されて来たこと。

そこまでされてなお、迷惑をかけられないからと我慢しているアーサーちゃんを、まだ追いかけ回している奴がいること。

それを全て聞いたあたしの口から、感情が零《こぼ》れ落ちた。ああ、という音を鳴らしたその感情は、一体なんだったのか。

それは、納得だったような気がする。だから、アーサーちゃんは、あんなになにもかもを我慢して、凍えたような笑い方だったんだね。

それは、同情だったような気がする。そんなつらいことをされて、壊れるぎりぎりまで我慢してきた女の子だったら、せめてここにいる間ぐらい、我慢させないようにしてあげよう。

それは、理解だったような気がする。そうだね。そんなアーサーちゃんなら、アッシュ君のあの夏の太陽以上に明るいなにかに、恋焦がれちゃうよね。

アッシュ君に振り回されて、我慢なんてする暇もなくあれもこれもやって、美味しい物をたくさん食べて、そしてようやく、アーサーちゃんもよく笑うようになった。

アッシュ君だけじゃなくて、あたしやレイナちゃんにも、なんのつかえもなく笑えるようになった。

アッシュ君のベッドにあたしが座ろうとすると、真っ赤になって怒るくらい、素直になれたんだよ。

その度に、あたしの不安が疼《うず》くくらい、アーサーちゃんは綺麗になっていった。もうあたしと交換してくれていいんじゃないかなぁって、何度言いかけたことか……。

我慢なんて苦手だけど、あたしも我慢してたんだよ。すごく我慢してた。アーサーちゃんのためだからって、アッシュ君に褒めて欲しいくらい、我慢してたんだよ！

だっていうのに！　ここまでアーサーちゃんが素直になれたのに——

「あたしは、アーサーちゃんみたく我慢しないからね」

あたしの恋敵《ともだち》をいじめてくれたことは、絶対に忘れない。

いつか、あたしの間合いに入ったら、その首……。

「ジョルジュさん！」

キャンプ地点に駆けこんで、すぐに声を上げる。

ジョルジュさんは少し離れていたみたいだけれど、部下の兵士さんがすぐに呼んできてくれた。

緊張を押し隠したあの表情を見た感じだと、この人達もいくらかアーサーちゃんについて知っているみたいだね。

「どうした、マイカ。アーサーが……それにアッシュもか。二人が、見えないようだが」

そして、ジョルジュさんはもちろん知っている。叔父上から、アーサーちゃん絡みでなにかあったら、ジョルジュさんに相談しなさいって教わった。

「アッシュ君と二人で、猪を追いかけてあっちに行ったよ」

「アッシュと？」

それだけで、ジョルジュさんも厄介事が起きたことを悟った顔になる。真剣な表情で考えこむ姿は、ちょっとだけアッシュ君に似ている。

「マイカ、ちょっとあっちで話そう。猪が手に入るなら、こちらも協力するにやぶさかではないからな」

　適当な嘘を吐きながら、ジョルジュさんと二人で元来た道を戻る。もちろん早足だ。

「それで、マイカ。状況は？　どうしてアッシュとアーサーの二人だけで行ったんだ？」

「あたしも状況はよくわかんない。でも、アッシュ君が二人で行くって言って、あたし達には早くジョルジュさんと合流しろって指示したから」

　そうか、とジョルジュさんは頷いてから、アッシュの奴め、と怒り混じりに困ってみせる。

「こちらに一緒に逃げて来れば良いものを……。それとも、こっちに逃げて来るのを迷う状況だったのか？」

「う～ん……そう、かも？」

　アッシュ君、熊の時も人狼の時も、逃げられたら逃げたって何度も言ってたもんね。あれはまあ、言い訳っていうより、本音だったとは思う。許さなかったけど。

「とすると、敵は複数か。流石に二十や三十はないだろうが、五人もいれば全員を無傷で守るのは難しい。人質でも取られたら……とても考えたか。それくらいなら、自分に引きつけて後ろから挟み撃ちにしてもらおう、といったところか」

　あいつらしい、とジョルジュさんは口元を歪めた。今度は怒り混じりに笑っている。

「村で熊と戦った話も聞いた。囚人達から、人狼と戦った時の状況も聞いた。まったく、あいつは大した奴だ。誰かを守ろうとする時、一番被害が少ない方法を選んでいる。だが、その被害の中に、自分自身を入れない、困った癖があるようだな」

そう！　そうなんだよ、ジョルジュさん！　本当に困っちゃうよね！

でも――

「だが、好《い》い男だ」

本当に、そうなんだよ。

そして、ジョルジュさんも認めるくらい素敵な男の子に、アーサーちゃんは守られているんだよ。

あたしは、アーサーちゃんと違って我慢とか嫌いだから、はっきり言っちゃうけど……騎士に守られるお姫様ポジション、すんごくうらやましい。

◇◇◇

【横顔　アーサーの角度】

ほんの少し歩いただけなのに、もうマイカ達が全然見えないし、話し声も聞こえてこない。

森の中というのは、街とは全然違う世界なんだと、五感で味わう。

そんな別世界で、アッシュはなにやら草むらにしゃがみこんで調べている。猟師経験のあるアッシュには、この森の中がどんな風に見えているのだろう。

一瞬、アッシュの目がものすごく鋭く細められた。ドキリとする。見たことのないアッシュの表情だ。けれど、次の瞬間には、アッシュはいつも通りの微笑みを浮かべて僕を見る。

「アーサーさん、簡単な罠をもう一つ教えておきますね」

「ん、もう一つ？」

アッシュの一瞬の表情が気になるけれど、アッシュがなにも言わないなら聞かないよ。アッシュのことは信じているからね。

そんなことより、教えてくれる罠の方が気になる。本当に簡単で、草を結んで輪っかを作っているだけに見えるんだけれど……。

「これを、こう。その辺にたくさん作って頂けますか？」

「うん、いいけど……。これで猪がかかるの？」

これだと、猪が罠にかかったとしても、ただ転ぶだけで、捕まえられないと思うのだけれど。

「手を動かして」

疑問に返って来たのは、予想外に鋭い声だった。なにかあったんだ。さっきの鋭い目つきと、きっと関係があるんだろう。僕は頷いて声をひそめる。

「なにか事情があるんだね」

「ええ、作業をしながら、聞いてください」

アッシュが必要だって言うなら、なんでもするよ。

二人で罠を作りながら、アッシュはまた態度を柔らかなものに戻して、様子がおかしい理由を告げた。

「どうやらアーサーさんを狙っている人間が、こんなところまで追いかけて来たようです」

アッシュの言葉が、こんなに鋭く、冷たく感じられたのは初めてだ。

心臓を氷で貫かれたような、絶望。

嘘で取り繕わなくちゃなんて、思う間もない。壊された心臓から血が噴き出すより早く、全身が凍りつく。

マイカの時に似て、それ以上の衝撃は、いっそ死んでしまった方が楽だとさえ思える。

「――どうして？」

まともに動かなくなった心臓から、ようやく、それだけ言葉を搾りだす。

どうして、アッシュからそんな言葉が出て来るの。どうして、僕が狙われていることを知っているの。どうして。どうして。

ひょっとして――恐い想像が、氷の棘《とげ》で全身の肌を刺す。

ひょっとして、アッシュは、僕の嘘を知っているの？

「言葉で説明するのは難しいですね。狼や猪が襲いかかって来る時と、同じ感じを受けました。感覚的なお話で申し訳ないですが」

そういうことじゃない。そんなこと、どうだっていい。

誰かに狙われているなんて、もう慣れたこと。今さら、誰に憎まれたって、誰に嫌われたって、そんなのどうだっていい。いつも我慢してきたこと、いくらでも我慢できること。

でも、アッシュに憎まれたくない。アッシュに嫌われたくない。

それは、それだけは、殺されることよりも我慢できそうにない。

嘘吐きの僕は、恐る恐る、臆病な言葉で、アッシュの心を探る。でも、答えが恐い。答えを聞きたくない。嘘吐きだとアッシュから怒られる前に、消えてしまいたい。

心の底から震えるけれど、消えてしまうこともできない僕に、アッシュの言葉が振り下ろされる。

「知っていた、と言うほどではありません。なにか事情があるんだろうと察していただけです」

それは、信じられないほどに、温かな言葉だった。

「だから、そんな顔をしないでください。あなたの本当の名前がなんだったとしても、私があなたへかける言葉は変わりません」

冬の日の暖炉のような、いつものアッシュの、いつもよりも優しい熱を伝える言葉。

僕の手に――嘘吐きの手に――アッシュの手が重ねられる。悪い夢を容易《たやす》く払いのけてくれた、あの生き返るような温かさを持った手だ。

「私を助けて欲しいのです。私の手伝いをして欲しいのです。まだまだやりたいことが多い私のために、これまでもこれからも、優秀なあなたの力が欲しいのです」

そんな言葉、僕がもらっていいの？

こんな嘘吐きが、アッシュのそばにいていいの？

普通は、怒ると思うよ。普通は、罵ると思う。嘘吐いて、迷惑かけて、ひどいって、普通は、普通は、もう友達なんかじゃないって。

でも、アッシュは、普通じゃなかった。

「他の誰がなんと言おうと、私はあなたの力が必要なのです。手始めに、あなたを助けるために、あなたの力をお借りしたい」

そう言って微笑んだアッシュに、普通じゃないことを思い知る。

アッシュは、普通じゃない。そうだね、そうだった。そして、そんな人と、ずっと一緒に過ごしたんだから、僕もう。

燃える焚き火に、手をかざすような心地にさせてくれるそんな顔に、普通でなんていられないね。

震える手で、アッシュの手を握り返す。心臓を貫いた氷が、嘘のように溶ける。

いや、あんなの、真実、嘘だったんだよね。僕が、僕に吐いた嘘。勝手に想像して、勝手に決めつけてただけで、アッシュは最初から、僕に冷たくなんてしてなかった。

いつもの、熱くて、温かいアッシュのままだった。

アッシュは、僕の嘘を知っていたんじゃない。

突然、理解する。思えば、いつもそうだった。あの時も、あの時も……「わたし」が欲しいと思った時、アッシュは僕のことを「アーサー」と呼ばなかった。

アッシュは、僕の嘘を知っていたんじゃない。

ただ、わたしのことを、知っていただけなんだね。

「わ、わたしで、よければ……わたしの力で、良いのなら、アッシュ、君の力になりたい」

だったら、もう隠す必要はない。わたしの嘘なんて、初めからこの人には見抜かれていた。

最初から、アッシュは、わたしの初めての、友達だった。

「他人頼みの私は、いつだって大歓迎ですよ」

君がいてくれて嬉しいと、これほど強く他人を想《おも》うことは、もう死ぬまでないって、断言できるよ。

◇◇◇

私は、彼女に指示を出して、先に走り出してもらった。

目標が突然動き出したことに、刺客達も慌てて、隠れていた場所から身を乗り出す。

そこに、草むらに身をひそめていた私が、短弓を射る。残念ながら、咄嗟《とっさ》射撃で距離も離れていたため、当たることはなかったが、それは想定済みだ。今回の射撃は、刺客達の追跡に気づいていましたよ、という宣言だ。それと、こちらが武器を持っていることを知らせる目的もある。

案の定、連中のうろたえる声が聞こえてくる。

「バレてたのか。気をつけろ」

「逃がすな。あの小僧も始末するんだ」

始末する、なんて物騒な台詞を、そんな気軽に使わないで頂きたい。そんなことを言われると、恐くて手加減する余裕がなくなってしまうではありませんか。

私も護衛すべき彼女の後を追って駆け出すと、刺客達も釣られて走り出す。

一応、刺客は数を活《い》かして包囲するように動こうとしているが、森での動き方をわかっていない。左右に広がった連中は、足場の悪さや視界の悪さで足並みが乱れて遅れていく。

そして、比較的進みやすい中央、真っ直ぐに私の方へ向かって来た二人は、足元の罠に引っかかって見事に転倒した。

　思わず二度見してしまった。罠があることを意識させて、追跡速度を遅らせられれば良いやと仕掛けた罠で、二人も転ぶとは思わなかった。

　この連中、本当に森の中では素人のようだ。密偵は王都の人物らしいという情報があったので、この刺客達も王都暮らしなのかもしれない。

　敵対者の実力を評価しながら走っていると、すぐに護衛対象に追いついた。

「お待たせしました」

「アッシュ！　も、もう追いつかれたの？」

「いえいえ、追いついたのは私だけです。あの人達、森での活動に全く不慣れですね。思ったより簡単にしのげそうです」

　私の感想を聞くと、彼女はいくらか安心した表情を見せる。

「それでは、この辺にまた罠を仕掛けましょう。また草を結んだ罠をお願いしますね」

「うん、わかった」

「さっき、あなたの仕掛けた罠で、あの人達が転んでいましたよ。やりましたね」

「え、本当？」

　流石に、彼女が仕掛けた罠だったかまでは確認できないが、そういうことにしておく。

　小さく笑ったところを見ると、いくらかでも緊張が解けたようだ。気のせいか、罠を作る顔が小悪魔じみている。

私はどうして、女性のこういう表情にときめくのだろう。

足元の罠を彼女に任せつつ、私は顔の高さを襲う罠を作る。

丁度、木と木が入り組んで道が狭められた地点があったので、罠を仕掛けるには絶好のポイントだ。その辺の枝をしならせて固定し、胸の高さに張ったツルに引っかかると、鞭《むち》のように顔を打ち据えるようにする。罠の引き金になるツルは、それ単体だと不自然にピンと張っていて一目瞭然なので、他にも緩んだツルをいくつか巡らせて偽装しておく。

これでも見る人が見ればわかるだろうが、森に詳しくない刺客達が気づくかどうか。

「まだ追いついて来ないようですね。ひょっとして、私達を見失いでもしましたか？」

この距離、この速度で見失うとは情けない。まあ、流石に私達が走った痕跡をたどってくるくらいはできるだろう。

ただし、あまり私に時間を与えると、顔を叩《たた》く枝に、先端を雑に尖らせた小枝を結びつけるような小細工までしてしまうぞ。ついでに毒まで塗って差し上げよう。

ヘルメス君やアムさんと工作活動に勤《いそ》しんだせいか、手先が器用になっている気がする。

準備万端といったところまで仕掛けると、刺客達の迫ってくる音が聞こえてくる。

「そろそろ逃げますよ。あっちの方へ真っ直ぐ、進んで行ってください。今回も私はちょっと足止めしてから行きますから」

「わかった。気をつけてね」

「ちょっとだけですから、すぐ追いつきますよ」

丁度良い草むらに身を潜めて、短弓に矢をつがえる。先程の威嚇目的の射撃と異なり、今度はしっかり毒矢を用意している。

狙い目は、罠を仕掛けた木々の密集地帯、通り道が狭まっている地点だ。あそこを通ろうとすれば、行動範囲が極端に制限され、矢も簡単に当てられる。

狩人《かりゅうど》視点からすれば、ずいぶんと大きな音を立てながら刺客達が近づいてくる。

一人、二人と木々の間を通ろうとして、彼女が仕掛けた罠に気づいたり、引っかかったりして毒づく。順調に、刺客達は足元へと注意を引かれ、とうとう一人が不用意に胸元のツルを短剣で払った。しなった枝が、空気を割く音を立てて男を襲う。

顔面を不意打ちで痛打された男の悲鳴に合わせて、別の男に矢を放つ。二重の悲鳴と困惑の怒号を背に、私は背中を見せつけるように走り出す。

「いたぞ、あっちだ！」

「追いかけるぞ！　おい、大した怪我でもないのにいつまでわめいている！」

そうそう、大した怪我ではないので早くこちらを追いかけて来ましょうね。仕事熱心な人は割と好きですよ。扱いやすくて。

ちらりと追いかけてくる方々を振り返ると、六人きちんと追いかけてきている。右目が血でふさがっている男と、右肩から矢を引き抜いて投げ捨てる男が、ものすごい形相をしている。

人を殺しに来ておいて、反撃を受けたくらいで怒らないで欲しいものだ。こっちは不意打ちで殺されそうになっているのだから、もっと怒っているのですぞ。

三十秒ほど、影を見せて追いかけさせていると、背後から派手に転倒する音が聞こえてきた。

「おい！　なにやっている、さっさと起きろ！」

「待て、様子がおかしいぞ」

「泡吹いてやがる！　まさか毒か！」

「お、俺も、なんか、体が痺《しび》れて……」

人に使ったのは初めてだが、熊の巨体にも効く毒なので、人体ならもっと早いようだ。

刺客達が混乱した隙に、一気に速度を上げて彼女の下に向かう。

一瞬、彼女は背後からの足音に脅《おび》えたようだが、隣に私が並ぶと息を弾ませながら微笑む。スポーティな魅力があって、疲れが癒されるようだ。

「お待たせしました」

「よかった。悲鳴が聞こえたみたいだけど、アッシュに怪我はない？」

「かすり傷一つありませんよ。向こうは二名脱落です」

さらに時間を稼げたので、次はもう少し凝った罠も仕掛けられる。

まずは、こちらの姿を完全に見失って頂くことにしよう。

大木が倒れた跡なのか、広場のように開けた場所に出たので、その中心までわざとらしく草木を踏みつけ、足跡をつけて歩く。しかる後《のち》、自分でつけた足跡を踏んでちょっと逆戻り、ヤブや木の根といった足跡を確認しづらいところを目がけてジャンプする。

そうするとあら不思議、追っていた相手が忽然《こつぜん》と消えたような痕跡が出来上がる。自分の足跡を確認した彼女が、追跡されていることを忘れたように感心する。

「な、なるほど。これはすごく頭の良い方法だよ」

「ふふふ、この頭の良い方法、動物が良く使うのですよ」

私はおろか、練達の狩人バンさんでさえこれで何度もまかれていると教えると、一層目を輝かせる。

「本当に？　見てみたいな、アッシュでも見失う動物の逃げ方」

こういうところは、実に好奇心旺盛な彼女らしいと思う。

ひとまず、彼女には見つかりにくいところに隠れていてもらって、私は広場の周囲に罠を設置していく。

基本的には今まで使ったものと同じ罠だが、今回は引っかかるのを待つのではなく、こちらの手元で操作できるものも交ぜておく。

最後に、広場を見渡せる樹上へと登り、刺客を待ち構える。

広場へやって来た刺客は、予定通り四人。

毒にやられた二人は置いてきたらしい。そうするだろうと予測してはいたが、仕事仲間に対して薄情なものだ。情けは人のためならず、という言葉を知らないのだろうか。仲間の介抱や遺体の埋葬なんかをしていれば、見逃してあげられたかもしれないのに。

広場に踏み入った四人は、すっかり疲れた空気を漂わせている。相当、罠に脅えながらやって来たのだろうなとお察し申し上げる。

慎重さと迅速さという矛盾に悩まされながら広場の中央へとやってきた刺客達は、そこで足跡が消えていることに驚いて周囲を見回す。

野生の獣なら、驚いた瞬間に走り出す。それができずに立ち止まってしまうものは、捕食者の牙にかかるしかない。

四人の刺客達も、森の中で他者を殺そうと思ったのだから、その法則に従って頂く。

刺客の一人の背に、放った矢が突き刺さる。向こうも、飛んでくるのは致死性の毒矢だとわかっていたためか、射られた男が悲鳴を上げて崩れ落ちる。

残る三人は、顔を青ざめさせながらも、樹上の私を見つけて向かって来た。

実に素直に真っ直ぐに向かって来てくれる。途中、投げ矢を放って来たが、木の陰に隠れて簡単にやり過ごし、タイミングを見計らって木から飛び降りる。

ただし、ツタを束ねたロープを思いきり握りしめながらだ。

このロープは、他の木の枝を通って、広場から私のいる木までの最短ルートの足元に、大きな輪っかを拡《ひろ》げている。これを、子供とはいえ体重をかけて引っ張るとどうなるかというと、一気に絞られた輪っかが、三人を一網打尽と包み込む。

束ねられた薪のように仲良くなった刺客達に、適当に狙いを定めた短弓を一射。もう二、三射、と思ったが、流石にそこまでは相手も甘くなかった。一人がすぐに短剣でロープを切ってしまう。

私が次の罠に向かって駆け出すと、三人とも元気よく——毒矢を受けた一人は真っ青な顔だが——私を追いかけてくる。

刺客の追跡は、先を私が走っているため、罠の心配は不要とばかりに非常に素早い。体力差を考えれば、このままなら私に追いついてしまう。

そうなると恐いので、私は通りすがりに、木に巻きついたツタを短剣で切り払う。ツタの一端は木の上へと消えて行き、その代わりとばかりに私の真正面から短く太い丸太が突っ込んでくる。

丸太と言っても、朽ちた倒木の一部を流用したものだ。頭上高くツタロープで吊り上げたそれが、振り子の要領で加速して唸《うな》りを上げる。

もちろん、それを仕掛けた私は丁度良いタイミングで横に転がって避けられるが、全力疾走で私を追って来た刺客達はそうはいかない。

「おっ――!?」

悲鳴を上げた先頭の刺客は、身を投げ出すように転ぶ。

敵ながら素晴らしい反射神経に、思わず感心してしまった。しかし、より短い時間での対応を強いられた二人目は、そうもいかず、胸を打ち抜かれて、三人目を巻きこんで後ろに吹っ飛んで行く。

そして、二人とも起き上がって来ない。

この振り子丸太は、思った以上に破壊力が大きかった。一応、丸太の先端には毒を塗った矢をくっつけておいたのだが、あまり意味はなかったかもしれない。

二人目がクッションになったはずの三人目も立ち上がって来ないのは、彼がさっき毒矢を喰《く》らっていたことも影響しているだろう。

これで残るは一人だ。

最後の刺客は、倒れたまま、罠にかかった仲間を呆然《ぼうぜん》と見つめていたが、やがてゆっくり起き上がると憎々しげに私を睨《にら》みつける。

「てめえ、絶対に許さねえぞ」

陳腐な台詞を、私は鼻で笑う。

「こちらは許して差し上げる寛容さを持ち合わせておりますよ」

彼女に泣いて詫《わ》びて、イツキ氏に必要な情報を全て提供し、その後の対応に快く全面的に協力してくれるのなら、許してあげないこともない。

許す条件をお伝えすると、なぜか男は顔を真っ赤にして激昂《げきこう》した。

「ふざけたことを言いやがって！　俺達をバカにしているのか！」

「いきなり殺しにやって来た暗殺者相手に提案する条件としては、もっともな内容のはずですけどね」

それと、十歳そこそこの子供を相手に、六人がかりで不意打ちを試みておいて返り討ちにあったという実績は、刺客としては十分にバカにされてしかるべきだと思う。

説得力十分なはずの私の論理的な説明に、男はますます憤慨してしまった。せっかく差しのべた私の手は、振り払われてしまったようだ。

残念なことだ。

本当に残念なことだ。

「では、あなたは許して欲しくないとのことで……」

残念すぎて唇が吊り上がってしまう。

「大変に喜ばしいことに、返り討ちにしなければなりません」

刺客の事情も、彼女の事情も知らないが、それは向こうも同じだろう。

私の事情なんて知ったことではないと押しかけてやって来たのだ。そんな輩を相手に、どうして
こちらだけが一方的に事情を慮《おもんぱか》ってやる必要がある。

私は、無茶で無謀な私の夢に付き合ってくれる優秀な人材を、どうあっても失いたくない。まし
てや、彼女の優秀さを解せぬ何者かに奪われるなんて、絶対に耐えられない。

彼女を不要とする者に殺されるくらいなら、彼女を必要とする私が奪ってみせる。

だから、彼女を殺そうとした刺客に、たっぷりと毒を含ませた言葉を放つ。

「宣言します。あなたは、私の欲望で毒殺します」

相手が動くより先に、私は後ろに跳んで背の高い草の中へと身を隠す。

「くそ！　また隠れやがった、汚いぞ！」

暗殺者風情が、一体なにを言うかと思えば。

わざわざ私に有利な戦闘場所を選んで仕掛けてきたのは、向こうの方だ。

向こうは向こうの事情でやって来た。こっちはこっちの事情で追い払う。互いに対等な条件下で
開戦したのだ。その後の失態まで、こちらのせいにされる筋合いはない。

鬱蒼とした草の中にひそみながら、私は用意しておいたツルを引っ張る。

このツルは、周囲の木を経由して小さな木に結ばれている。それだけなので、ツルを引いても、

がさごそと音を立てて木が揺れるだけだ。

特筆する点があるとすれば、その小さな木は、丁度このツルを引っ張る位置から弓で狙う視界が取れる場所にあるということだろう。

音に釣られて、最後の刺客がやって来る。

私は、静かに弓を引き絞り、最後の矢を放つ。

その後に響いた悲鳴と罵声を聞きながら、隠密《おんみつ》に引き上げる。

狩人にとって神聖な短剣を使ってまでトドメを刺してやる必要性を、私はこの狩りにおいて、全く感じなかった。


その後は、隠れていた彼女に終わったことを告げて、子供らしく全てを大人へ丸投げした。

マイカ嬢から事情を聞いて応援に来たジョルジュ卿に報告し、対応をお願いし、まあちょっとだけ手伝って、夕食を食べるなどして平穏に過ごす。

幸い、軍子会の面々は、私とジョルジュ卿の動きに注目はしなかった。

明日には野営地を引き払って、また都市まで一日半の行軍訓練だと思えば、好奇心より疲労が勝ったのだろう。陽が暮れて、それぞれのテントへと向かう皆の足取りは、かなり重そうだ。

私は、肉の残りを使って燻製《くんせい》作りを試みている。明日からまたあの干し肉と堅焼きビスケットかと思うと、多少の疲労を押してでもやってしまわねばならない。

工業力向上計画が進んだら――と私は決意をこめて夜空を見上げる。

工業力向上計画によって、容器加工技術がある程度の水準に達したら、保存食開発に乗り出そう。

美しく輝く星々が、私の想いを祝福してくれているようだ。

星に願いを、とは実にロマンがある。ちょっと煙いけど。

燻製の香りと共に夜を見上げていると、彼女が静かに歩み寄って来た。

「アッシュ、ちょっと、いいかな」

「ええ、もちろん」

かたわらに立つ彼女は、穏やかさと後ろめたさが混交した色を、その整った容貌に浮かべている。

今日、彼女の身に降りかかったことを考えれば、複雑な気持ちが湧くのも仕方ないだろう。

「場所を変えましょうか？」

「そうだね……。うん、アッシュがよければ、その方が良いね」

「では、少し川原に涼みに行きましょう」

木々が開ける川原では、より一層、星の輝きが鮮やかだ。野営地では見えなかった月も、流れる水面を覗きこんでいる。

しばし、月を見上げて、沈黙を清水に流す。

彼女からは話しづらそうだったので、当たり障りのない言葉を選んで、語りかける。

「月が綺麗ですね」

「うん、本当だね」

視覚情報の質素な表現に、彼女も簡素な肯定を返してから、言いづらそうに言葉を継いだ。

「……今、この月を見ていられるのも、アッシュのおかげだよ」

命の危機に対する感謝の念に、お気になさらず、と伝える。

「あなたはたくさんの手助けをしてくれる、大切な友人ですから」

「まだ、そう呼んでくれる？」

彼女の声音は、わずかな脅えも含んでいる。

なるほど。自分を追いかけてきた刺客によって、他人も命の危険にさらされたのだ。普通に考えれば、嫌われていないか気にもなるだろう。

でも、私にはそんなつもりは全くない。

「もちろん、いくらでも友達扱いしてしまいますよ。私は、あなたを嫌いになるようなことを、あなたからされた覚えがありません」

むしろ、好きになるようなことばかりされています。

そう笑うと、彼女は息を呑んで固まったかと思ったら、慌てて両手で顔を押さえて俯く。

「そ、そういうことをさらっと言わないで欲しいな。アッシュは、自分の言葉がどれだけ破壊力があるか、ちょっとは自覚した方が良いよ」

「そうですか？　お会いした時から、日常の生活も、私の夢のお手伝いも、ずっと一緒にいてもらって、とても嬉しいです。そんなあなたを好きになるのは、自然なことだと思いますが」

「だっ、だから……っ」

顔を隠したまま、目だけがちらりと私の顔色をうかがってくる。

「もう……！」

目が合ったので笑いかけたら、なんだか怒られた。

どうやら、真っ直ぐ好意を伝えすぎたのが恥ずかしかったようだ。照れ臭い台詞ではあったと思う。

「まあ、とにかく、あなたが気にするようなことはなにもありませんよ。あなたは、私に色んなことをしてくれました。今回のことはそのお礼です、それもほんのわずかのお礼です」

何度も思うが、好意には好意が返るべきだ。私は、彼女に多大な好意を頂いたと思っている。

彼女自身は、命をかけるほどのことはしていないと思っているかもしれないが、それは彼女の考えだ。

私の考え、私の基準では、今回の働きに値する好意を、十分に頂いている。なんだったら、これから得られる好意を計算に入れたって良い。今世では、命がけなんて割と日常のことですしね。

だから、そんなに気にすることではないのだが、彼女の基準では、私の側の好意が多すぎるようだった。

「アッシュは、優しすぎるよ」

触れただけで傷つくような、柔らかすぎる声で、彼女は私に向き合った。

「こんな、なにもちゃんと言えてないのに、本当の名前も教えていないのに……嘘を吐いてるわたしに、嘘だらけのわたしに……っ」

彼女の目から、涙がこぼれる。

一粒、こぼれたと思ったら、次から次へとあふれて、小さな川のようになってしまう。

今まで、どれほどこの涙をこらえていたのだろう。

真面目な彼女は、周囲に嘘を吐き続けることに苦痛を感じていたのかもしれない。

我慢強い彼女は、本当の自分を偽らなければならない軋《きし》みに、必死に耐えていたのかもしれない。

好奇心旺盛な彼女は、本当にしたいことをこらえなければならない憤りに焼かれていたのかもしれない。

美しい月の下、彼女の涙が、止まらない。

そんなつらい光景を、私は直視していられなかった。

「私、嘘って好きですよ」

口をついて出た言葉は、目の前の現実に対する即興の悪口だ。

「だって、現実ってつらすぎるじゃありませんか。貧しい村に生まれて、貧しい農民として暮らしていると、楽しいことなんてほとんどありません。明日も生きていこうなんて前向きな気持ち、現実からはちっとも得られません」

八歳になるまで、私は死んだように生きていたと思う。あの時の自分が、どんな目をした人物であったのか。想像には、羞恥と憤懣《ふんまん》が、苦笑となって滲《にじ》んでくる。

「私が今、こうして生きていられるのは、嘘のおかげです。本の中の楽しくて優しい物語、つらいことも苦しいことも、必ず解決する都合の良い作り話にすがって生きて来られました」

あの日、本の朗読をしてくれたユイカ夫人には本当に感謝している。

あの日から、こんな現実のつらい今世でも、それなりに楽しくやれているつもりだ。

少なくとも、目の前で泣いている人をなんとかしてあげたいと願う程度には、私の人生は豊かだ。

「だから、あなたが嘘を吐いていることを、私はなんとも思っていませんよ。その嘘は、あなたが生きて行くために必要だったのでしょう」

その嘘は、責められるべき嘘でも、嫌われるべき嘘でもない。

「その嘘のおかげで、あなたが生きて来られたのなら、私は、その嘘が好きです。現実や、真実なんかより、よっぽど愛すべき嘘ですよ」

月下、涙を流し続ける少女は、今度は声まで上げて泣き出してしまう。

ダメでした。私の紳士レベルが足りな過ぎて、彼女を上手に慰めることさえできていない。

「あぁ、すみません。あの、上手い言葉も、言えなくて……」

打つ手がなくなって慌てだす私に、彼女はさっきより勢いよく涙をあふれさせながら、首を振る。

「ちが……うれ、しくて……きらわ、れて、ない……」

「もちろん、もちろんですよ。嫌うわけないじゃないですか。私の夢を助けてくれたあなたは、今までも、これからも、大切な友達ですよ」

「アッシュ……あり、がと……」

それくらいで良いなら、いくらでも友達になるので、そろそろ泣き止《や》んで頂けると……。

逃げ出したくなる気持ちを抑えながら、何分、彼女の泣き顔を眺めていただろうか。

やがて、小さなすすり泣きまで落ち着いた彼女は、小さく、私を手招きする。

「はい？」

顔を寄せると、彼女は自分の顔が涙で濡《ぬ》れていることを思い出して、恥ずかしそうに泣き顔をそらす。

「あ、あのね……誰にも言わないようにって、注意されていたんだけど……。アッシュだけ、特別だからね、命の恩人だから……」

言い訳のような、口止めのような言葉を重ねて、私の耳元で、彼女はそっと囁く。

「わたしの……本当の、名前は――――」


予想外の狩猟イベントがあった野営訓練だったが、誰一人欠けることなく帰還できた。大きな獲物も一つ持ち帰ったので、大成功と言って良いだろう。

野営の疲れを見せていた軍子会の子供達も、数日も経てばいつも通り、将来のための勉学に励んでいる。私も例外ではなく、速やかに日常に復帰した後、農業改善計画および工業力向上計画の推進に邁進《まいしん》している。

我ながら目が回るほど忙しいのだが、野営訓練の結果、さらなる仕事ができてしまった。

突発狩猟イベントで持ち帰った、大きな獲物のお世話である。

「お疲れ様です」

領主館をたずねて、奥まった一室を守っている衛兵さんに声をかける。彼は一緒に野営訓練に行った、ジョルジュ卿の部下の一人だ。

「中の様子はいかがです？」

「目は覚ましているようだが、相変わらずだんまりだ。顔色は良くなって来ているから、体力は回復してきているかもしれんな」

「そうですか。解毒が上手くいっているみたいですね」

それはよかった。持ち帰った獲物を死なせないようにするのが、私のひとまずの目標なので喜ばしい。

「その分、襲いかかって来るかもしれんから、近づく時は慎重にな」

「ええ、気をつけます」

手負いの獲物ほど凶暴なものはない、とは猟師の心得だ。私は気を引き締めつつ、ドアを開ける。

窓が閉ざされた一室は、暗く殺風景だが清潔に保たれている。唯一の家具であるベッドも中々豪華なものだ。少なくとも、農村の我が家のものよりずっとお金がかかっていて、重厚感がある。

そんなベッドに監視つきで拘束されているのは、野営訓練で罠にかけた獲物、暗殺者の一人だ。

全員を撃退した後、ジョルジュ卿を連れて死体回収をしていたら、一人だけまだ息があったので、治療を施して連れ帰ったのだ。この暗殺者は、罠の木棘に右目を奪われた人物で、毒の量が少なかったために、解毒が間に合ったらしい。

実に運が良いことだ。おかげで、暗殺者がどこの手の者か、情報を得る機会ができた。

「は～い、今日の診察のお時間ですよ～」

朗らかに声をかけながら、両手両足をベッドに縛り付けられた男の顔を覗きこむ。見本に使えそうな仏頂面だ。

「またそんな顔をして。聞いていますよ、相変わらず情報を話してくれてないんですって？　大人しく話してくだされば、今後の生活も保証するってお話ですけど、ご不満ですか？」

コミュニケーションを試みる私に、男は話す気はさらさらないとばかりに顔をそらす。

治療しに来た親切な人物に、ずいぶんな態度だ。もうちょっと気持ちよく診察させてくれても良いのに。とはいえ、相手がどんな態度でも手は抜けない。これも大事なお仕事だ。そして、貴重な研究機会だ。

毒殺は結構こなしてきたが、解毒の経験ってまだないですからね。幸いなことに、自分の毒に自分がかかる、という事故を起こしたことがないのだ。

「ほほう、大分顔のはれも引いてきましたね。熱は……まだあると。それでも、日に日によくなっているようですが、自覚症状はいかがです？」

診察結果をメモしながらたずねるが、男は無言を貫く。非協力的な被験者さんだこと。

「体の調子くらい教えてくれたって良いではないですか。これだと、治せるものも治せませんよ」

「頼んだ覚えはない」

斬って捨てるように、鼻で笑われてしまった。

しかし、なにも笑うようなところはなかったと思う。

「なにを当たり前のことを言っているのですか？」

どうして、目の前の被験者に頼まれたことを、私がしなければならないのか。

「私が、あなたにお願いしているのです。どうか治療させてくださいと。あなたが治りたいかどうかなんて、私にはなんの関係もありません。私が、あなたを治したいのです」

心の底からあふれてくる笑顔で、治療の意志を伝えると、被験者の仏頂面がわずかにひるんだ。

「あ、伝わりました？　そうなんですよ。私、すごく楽しみなんですよ。あなたを治療するのが」

それはもう、大事な大事な他の計画を一時停止にするくらいに楽しみにしている。

クイド氏からありったけの毒草・薬草のリストをもらって、それを眺めながら一人笑い出すくらい楽しみにしている。

「だって、あなたがこのまま情報を話してくれない場合、あなたは私のものになるんですよ」

「奴隷にでもするつもりか」

「まさか。人手なんて足りている部分では十分に足りています。足りていないところでは、あなた一人なんていてもいなくても同じですよ」

簡単な手伝い程度なら、ベルゴさん達がいますからね。街道の整備や新しい土地の開拓なんかもしてみたいが、そんなものに奴隷一人の人力が、いかほど役に立つというのか。

「それに、奴隷？　奴隷は人間しかなれませんよ。あなた、まだ人間のつもりですか？」

予想外の台詞だったのか、男が間抜けな顔を見せてくれた。

「あなたは、領主一族の息子を害そうとした重罪人です。普通なら、とっくに死刑執行済みですよ。あなたが今、生きて治療を受けているのは、あなたの頭の中にある情報が必要だからです」

おわかりかな？　私は男の頭を軽くノックする。目的の情報は居留守をつかっているのか、返事がない。

「もし、あなたが情報を持っていなければ……。あるいは、持っている情報をどうあっても渡さないと言うなら……。あなたに生かしておく価値なんてありません。死体がまだ死んでいないというだけです」

後は腐るだけの物質を、奴隷になんて誰が欲しがるか。墓代がもったいないだけだ。

「ところが、私にとっては、まだ死んでいない死体というのは、非常に価値があるのです」

なんたって、まだ生体反応が確認できますからね。

つまり、毒をぶちこめば、どんな効果が、どれだけの時間、どのように現れるかを確認できる。

「麻酔という言葉をご存じですか？　古代文明の技術とされている、人の痛覚を一時的に失くしてしまう薬のことです。痛み止めのとても強力なものですね。麻酔を使われると、お腹《なか》を切り開かれたって痛くもなんともないのですよ」

拘束された男の腹部を、指先でつっとなぞる。

野郎にやっても、気持ち悪いだけだった。個人的には、こういうのはやっぱり美女にやりたい。

そんな思考は表面には出さず、麻酔の素晴らしさについて熱をこめて語る。

「この麻酔さえあれば、今まで治せなかった重傷患者の治療もできるでしょう。今まで原因がわからなかった病気の患者の治療もできるでしょう。なんて言ったって、体を切り裂いて手術ができるんですから！」

麻酔がないと、のたうち回る患者を押さえつけるくらいしか、外科手術の方法がない。腕をちょっと切るくらいなら耐えられる人もいるかもしれないが、腹を魚みたいに開かれてじっとしていられる人間なんて絶対いない。

じっとしていてくれないと手元が狂うし、患部も見づらい。出血も激しくなるし、余計に傷が開く。つまり、死ぬ。

現状、外科手術という概念が失われている理由である。

結果として、例えば骨折患者は、皮膚を突き破って折れた骨が出て来た場合、ちゃんと元に戻せず、骨が曲がってくっついてしまう。そもそも、骨を体の中に戻せず、化膿《かのう》して死ぬことも多い。たかが骨折でこれだ。それで失われる人命がもったいなさすぎる。まだまだ世界は広く、人口を養う余裕がある。

だから、麻酔が必要なのだ。

麻酔があれば全て解決とはいかないが、麻酔がなければとりあえず始まらない。

そんなわけで、私は常日頃、自分や周りの人間が怪我や病気になった時、手術できるように麻酔の再現を目指して来た。

「これが難しいのですよ！　麻酔といっても、あれの原料は基本的に毒なんです。しかも猛毒！　加減を間違えばすぐに死んでしまいますし、加減されていても副作用でしばらく具合悪いですからね！　そんなの自分や周りの人間に試しに使ってみるとか怖いですよね！」

怖すぎて実験できてないの。

モルモット君には使ってみたけど、当然、使用量が全然違いますからね。一応、体重比を考えてあれこれやってみたけど、実際に人体で使ってみないと結局はわからないですよね。

そこまで一息で説明して、私は拘束されている男を見下ろす。

話の流れから、自分がどんな対象として見られているか察したらしく、顔色が悪くなっている。

流石、死んでいない死体だ。生体反応が出ている。それが大事なのですよ。

「もう一度伝えますね？　私が、あなたにお願いしているのです。あなたが治りたいかどうかなんて、私にはなんの関係もありません。私が、あなたを治したいのです」

たとえ、どれほど嫌だと泣き喚《わめ》いても、誠心誠意、最高の治療を施しますとも。

だって、そうでしょう？

「あなたが死んだ死体になってしまったら、麻酔の実験ができないではないですか」

せっかく、領主代行公認の人体実験の許可が下りたのに、そんな命を無駄に使うようなもったいないこと、できるわけがない。

私は大事な命であるところの被験者に、慈愛をこめた笑みをふりまく。

「大丈夫ですよ。危険な実験とはいえ、すぐに死ぬような下手な真似《まね》はしませんから。最初は、絶対に死なないように微量の麻酔から始めましょうね。痛覚はほとんど消えないでしょうから、この段階で痛覚テストはほとんど行いません。針かなにかでちょっとつつくだけです」

被験者がすごい脂汗をかき始めた。ずいぶんと心配性な被験者らしい。

安心させるべく、私はもっと真剣に説明を行うことにした。

「もちろん、実験が進むごとに麻酔の量は増え、それに伴って痛覚は麻痺《まひ》しますから、目指す手術のようにあちこちを切り開く必要はあります」

ここまでだと、ただ猟奇的な実験内容だ。完全に狂った科学者的ななにかである。被験者が不安のどん底みたいな表情になるのも納得だ。

そこから一転して、私は明るく笑ってみせる。人は笑顔を見ると、思わずリラックスしてしまうことがある。集団で生活する動物としての本能である。

「ですが、安心してくださいね。同時に縫合の技術も実験していきますから、傷口はきちんと閉じて治るようにします。衛生にも気を付けて、簡単には死なないよう、細心の注意をお約束しますよ」

ほら、すごく良心的な実験内容だ。一度で死んでしまう実験から、生き残って次の実験に参加できる可能性がある。

被験者の顔色は不安のどん底から、さらに突き落とされて絶望のどん底みたいになったけど。

「その表情は、やはりわかってしまいますか。ええ、残念ながら、私の力及ばず、亡くなってしまう可能性も、やはりあります」

嘘を吐くのはよくないので、正直に答えておく。

「ですが、万一、そんなことになったとしても、あなたの犠牲は決して無駄にしませんよ。死後、あなたの体は大事に、丁寧に、とことんまで切り開き、腑分《ふわ》けし、観察し、血管の一本一本の太さ、筋肉の一筋一筋の弾力、神経の広がりと色、内臓の構造と配置、とにかくなに一つ漏らすことなく分解して記録します。それだけでなく、肉を全て削《そ》ぎ落として骨だけにして、骨格標本として末永く医学のために活用させて頂きますね」

骨の一片までも無駄にしないと、三神に誓ってお約束したら、感動したのか被験者が目に涙を溜《た》めている。私の熱い想いが通じたらしい。やはり、心をこめて話せば伝わるものだ。

「その時には、貴い犠牲となったあなたの名は、きちんと語り継がれるべきです。しかし、あなたはご自分のお名前も口にせず……ああ、いえ、おっしゃらなくても結構です。私の実験にご協力頂けるだけでお気持ちは十分ですとも」

職業柄、守秘義務的ななにかがあるだろうしね。暗殺者とはいえ、人は人。後に遺《のこ》される肉親がいたら本名は名乗りづらかろう。

後世に彼の献身を語り継ぐだけなら、仮の名前でも、こちらでつければそれで済む。

「我が家に代々伝わる、自らの命を捧《ささ》げて学問の発展に貢献してくださった、偉大な存在のお名前を、あなたの呼び名としましょう」

えーと、あれは今、何代目まで逝きましたっけ。

あ、思い出した。

「今からあなたの名は、モルモット。モルモット五十七世です。私の実験に付き合ってくださった五十六匹のネズミ達も、あなたがこの名を継ぐことを大いに喜んでくださるでしょう」

被験者……いや、モルモット五十七世は、感動のあまり泣きながら震えている。ここまで喜んでもらえると、私も心が温まる。

温かな気持ちのまま、私はモルモット五十七世にお願いする。

「五年、十年の付き合いになるよう、心を砕いた実験計画を作ってお持ちします。だから、どうか、これまで通りに口を閉ざしていてください。誰があなたをここに送ったのか、決して話さないでくださいね」

優しく、丁寧に熱意をこめた言葉を贈って、この日の診察を終えた。

モルモット五十七世が知っていることを洗いざらい吐いた、とイツキ氏から呼び出されたのは、この一時間後だった。


モルモット五十七世になる予定だった暗殺者が口を割ったことで、イツキ氏は非常にご機嫌のようだった。

「いやあ、よくやってくれた、アッシュ！　お前の脅しが相当効いたようだぞ。事実確認はもちろんするが、あの様子では嘘は言っていないだろう！」

「上手くいってなによりですよ、緊張しました」

さっきの暗殺者への態度は、もちろん演技である。

紳士を目指し、良心と常識の上に真っ直ぐ立つこの私が、あんな人道に唾を吐くようなことを考えるわけがない。

しかし――

「そんなに脅したつもりはなかったのですが……意外と臆病でしたかね？」

いやね、恐く聞こえるよう、頭のおかしい高学歴殺人鬼風に台詞回しは考えていたけど、あの一回でプロの暗殺者が陥落するとは思わなかった。

ああいう人達って、決死の覚悟で来ているものなんじゃないんですかね。

「まあ、連中は本職の暗殺者というより、荒事もやる密偵、らしいからな」

「はあ……そうすると、暗殺が本業の連中よりは胆力がない、と？」

「程度の問題だろうが、そういう認識で良いだろう」

それにしたって、情報の秘匿に関しては気合入っていないといけない人種だと思う。

私は、暗殺者の口の軽さを訝しんだが、一応説明はつく。

「まあ、仲間を全員失って、自身も毒の影響で弱っていて、暗い部屋に監禁状態とくれば、精神的に不安定になってもおかしくはないですか」

「うむ。体力が戻る前に畳みかけよう、というアッシュの判断のおかげだな」

イツキ氏は、声も高らかに笑った後、小声で付け加えた。

「監視の衛兵もアッシュに本気で脅えていたから、体調万全でも結果は変わらんかったかもしれんが」

「ふふふ、イツキ様ってば、ご冗談を」

このどこからどう見ても理知的で温和で人畜無害そうな子供を捕まえて、味方の大人まで脅えるなんてありえないことを。

「う、うむ」

イツキ氏、話をする時は人の目を見て話しましょうね。なんか避けられているようで悲しくなってしまいますからね。

「と、ともあれだ、アッシュ！　今回は本当に世話になった。結果はまだこれからだが、今回の件で得た情報で、〝彼女〟の立場はずっとよくなるだろう」

イツキ氏のその言葉に、私はなによりもまず、穏やかな安堵《あんど》を覚えた。満足感はその後だ。

「そうですか。なによりです」

「サキュラ辺境伯家を代表して、礼を言う。当家は、この恩と君の功績を、決して忘れない」

領主代行殿の口から、辺境伯家としての礼を示されてしまった。

具体的な内容が続かないのは、〝彼女〟の事情を表沙汰にはできないために、「いつか報いるから、今はちょっと待って」ということだろう。

今後のあれやこれやに期待してしまう。

そんな皮算用の一方で、辺境伯家からなにかお礼をもらうのも、躊躇われてしまう私だった。

「お言葉はありがたく。ですが、私は今回、友人を助けるために動いただけのつもりです。つまり、ええと、その……」

肝心の友人は助かったし、今まで以上に関係が深まったと思う。

他の誰からお礼をもらわなくとも、〝彼女〟が明日も良き友人としていてくれるだけで、すでに報酬は十分な気持ちだ。

「友達がいるだけで、なんだかもうお腹一杯な感じです。これ以上はちょっと強欲すぎるかなと……恩だの功績だのは、今回はあまりお気になさらず」

あくまで今回に関してはね。繰り返すけど、今回に限っての話ですからね？

次回からは毎分報酬をくださっても頂戴します。

私が真剣な気持ちで顔を上げると、イツキ氏は、なんというか、やんちゃ仲間と肩を組むガキ大将みたいな顔をしていた。それ、為政者が部下に向ける顔じゃない。絶対違う。

「無粋だった。俺は無粋だった！　許せ、アッシュ！」

「は、はぁ……いえ、全然、だいじょぶです」

「うむっ、そうだよな！　友を守っただけで、褒美をもらうなんて気持ち悪いよな！　友を助けるのにそんなもの必要ない！　わかる、わかるぞ！」

わはは、とイツキ氏は天に向かって自慢げに笑う。

そうか。なんかイツキ氏のスイッチを入れてしまったのか。

お仕事中は冷静な為政者たらんとしてるっぽいけど、努力・友情・勝利とか好きそうな人柄が全然隠せてないもんね。

「うむうむ！　今日は素晴らしく良い日だな！　アッシュ、今晩一緒にどうだ！　バレアスも呼んで、男同士で！」

すっげー断りにくい笑顔で飲みに誘われちゃった。

まあ、断る理由もないので、普通に受けますけど。

「私でよろしければ、喜んで」

「おう！　今日はとことん飲むぞー！」

その日はあちこち飲み歩いた結果、最終的に、衛兵宿舎の一つで酔い潰れることになりました。私とジョルジュ卿以外の人がね。

酔い潰れた領主代行殿を肩に担ぎながら、ジョルジュ卿は仕方なさそうに、それでいて嬉しそうに笑った。

「今回はアッシュもいたから、一人で相手にするよりずっと楽だったな。次からもよろしく頼む」

イツキ氏も、私に負けず劣らず良いご友人をお持ちだと思う。

アーサー氏の立場は、それから日を追うごとに改善されていったようだ。

具体的な話は教えてもらえないのだが、イツキ氏が随時情報をくれる。曰《いわ》く、友人のことが気になるだろう、とのこと。

夏が過ぎ、秋が深まるにつれ、アーサー氏がかかわる王都の問題は鎮圧に向かい、それに比例して当人の表情が陰を帯びて行く。丁度、太陽が冬に向かって力を失っていくようだ。

なにをそんなに気にしているのかと思ったら、冬の足音が聞こえて来る頃、寮室に帰って来た彼女が、

「王都に、帰らないといけない」

閉じたドアを背に、涙を溜めた目で、そう言葉を搾りだした。

「そうですか」

私は、そう答えた。

そうなるかな、と思っていたのだ。

彼女から教えてもらった本当の名前が持つ意味を考えれば、彼女はいつまでもここにはいられない。

問題が解決しなくても、問題が解決しても、彼女の立場は王都の重しとして必要なのだ。

ものすごく残念だ。この素晴らしく優秀な人材を手放さなければならないなんて。

私が、（私の）世界の損失にこらえきれない溜息《ためいき》を吐くと、アーサー氏の細い肩がびくっと震えた。

「ご、ごめん……！」

泣きそうな顔で頭を下げられてしまった。

「アッシュに助けてもらっておいて、恩返しもできてないのに……ここに残りたいって、伝えてはみたんだけど」

無理だった、とアーサー氏は目元を押さえて首を振る。

そりゃ無理ですよ。あなたの立場で、それは無理すぎる。

道理を知る者として、私は今にも泣きだしそうな彼女を慰める。泣かれるのはもう勘弁だ。

「謝る必要はありませんよ。ここに残りたいと思ってくれた、そのお気持ちだけで十分です」

だから泣かないで、ね？　私の紳士経験値がマイナスになっちゃう。

「お、怒って、ないの……？」

「怒る？　あなたに？　私が？」

むしろ、泣きそうな女の子に対する罪悪感と優しさがはちきれんばかりですよ。怒りなんて入りこむ隙間がない。

「だって……僕を助けてくれたのは、僕に助けて欲しいからって……。だから、命がけで助けてもらった分、アッシュのこと、命をかけて手伝わなきゃと思って」

「そんな簡単に命をかけてはいけません」

ここ三年ほど、一年に一回ペースで命をかけている私が言うのだから間違いない。

説得力十分なはずだが、アーサー氏は泣きそうだった顔を、へんてこな感じに歪める。

「アッシュが、先に命をかけたんだけど……」

「いえ、まあ、その経験があるからこその意見と言いますか。経験者だからこそ言える、みたいな」

アーサー氏は、全く納得していない顔で私を睨んでくる。

話を進めよう。

「ともあれ、私は怒っていませんよ。ただ、できればずっと一緒にいて欲しかったなと、残念に思います」

「ず、ずっと……？」

「ええ、ずっとです」

私が力強く頷くと、アーサー氏の顔が真っ赤になった。

「そ、そんなこと言っても、もう騙《だま》されないからね！　な、仲間としてだよね！」

「ええ、仲間としてですが……いつ騙しましたっけ？」

そんな人聞きの悪いこと、生まれてこの方、した覚えがない。ええ、全く記憶にございません。

「や、やっぱりね！　よし、大丈夫……う、うん、アッシュがそう言ってくれるのは、嬉しいかな？」

「あなたは本当に優秀な人ですから。そばにいてくれるなら、色々なことで助けてくれたでしょう。それを思うと、本当に残念です」

「うん……。僕も、アッシュと一緒の方が、ずっと楽しく過ごせたと思う。すごく悔しい」

好奇心旺盛な彼女は、楽しい夢を語るように笑う。

「あと……それ以上に、すごく寂しいよ」

泣き出したい気持ちが、痛いほど伝わる笑顔だった。

彼女は、私みたいな困った変人と過ごした時間を、とても気に入ってくれたようだ。

それなら、こちらとしても遠慮なく要求できる。

なんの要求かって？　今後のお手伝いに決まっている。これほど優秀な人材をみすみす逃す私と思うてか！

「そういうことでしたら、王都で寂しさを紛らわせるのに丁度良い人物をご紹介しましょう」

いや、本当に丁度良い。これも神の采配か。

私は、クイド氏が定期的に王都から届けてくれる手紙を取り出して見せる。

「昨年王都に行った私の先生、フォルケ神官のことは覚えていらっしゃいます？」

私が満面の笑みを浮かべると、彼女は涙も引っこめて戸惑った表情を見せる。

「う、うん、古代語解読者の」

「そうそう、古代語解読者の引きこもりの不良中年神官です」

「そこまで言うのはアッシュだけだけど……」

これでも、育ちの良いアーサー氏のために、手加減した表現をしているつもりだ。フォルケ神官本人には、もっと遠慮なく思った通りの言葉を使わせて頂いている。向こうもそうしているから、礼には礼を返しているだけだ。

「そのフォルケ神官ですが、王都での研究活動も順調なようでして、色々面白い研究仲間も増えているようなのです」

古代語学者だけではなく、博物学者や医学者などとも交流をしているのだという。それを聞いた私は思いましたね。

王都に今すぐ行きたい、と。

「そこで、王都に帰ったら、ぜひフォルケ神官とその研究仲間の皆さんと話をしてみて欲しいのですよ」

「それくらいなら、もちろん良いけど……」

それだけで良いの、という風にアーサー氏は首を傾げる。

「それくらい、なんてものではありません。あなたが、彼等と話すのです。私と一緒に色んなことを調べて、色んなものを作って来た、とても優秀なあなたが」

私が今、なにを必要としているのか、彼女はよく知っている。

私がこれから、なにをしたいのかを、彼女はよく知っている。

そんな彼女だからこそ、王都の様々な知識に触れられる研究者達と話をして欲しいのだ。

「きっと、私が聞きたくてたまらないことを、彼等と話し合ってくれることでしょう。絶対に、私が知りたくてしょうがないことを、彼等の話から引き出してくれることでしょう」

いつか冗談で話した、私の分身を得たようなものだ。

私の分身が王都に行く。実に素晴らしい。

これまで彼女と過ごした時間が、そんな不可能事と笑い飛ばした夢を叶《かな》えてくれる。なに一つ無駄ではなかったのだ。

「あなたが彼等と話をする。たったそれだけです。ですが、あなたの優秀さが、あなたが私を手伝ってくれた日々が、たったそれだけのことを、なにより貴重な知識の結晶にしてくれるのです」

大事な大事な仲間の手を、私は力をこめて握りしめる。

「王都へ行っても、私とこうやってお話ししてください。声は届かなくても、文字は届きます。手紙で話してください。あなたが王都で、どんな面白いことを知ったのか。私はその手紙を、神殿で調べ物をしていたように、あなたと一緒に、皆で話し合いながら読みましょう」

もちろん、私も手紙を書く。

仲間と一緒に始めた計画が、今どんな形で、どんな方向へ、どんな勢いで突き進んでいるか。新たに欲しい物、新たに手に入れた物を共有したい。

笑い声だって響かせたい。

「そうやって、これからも私のことを助けてください。私のことを手伝ってください」

もし、私がしたことに恩を返してくれると言うのなら、それだけで良い。

たったそれだけのことが、とてつもなく面倒で、地味で、果てしない道を行くことになると、誰より私が知っている。

私が助けを求める、私の夢というのはそういうものだ。

私だって、今世の現実に絶望していなければ、こんな無謀な夢は追いかけない。

だから、私の願いに頷いて、そんな危うい夢路について来てくれるのならば——好意には好意を、その言葉を私は守ると宣言する。

「そっか」

彼女は、雨上がりの日差しが暗がりを追い散らすように、笑った。

「これからも、僕はアッシュのお手伝いが、できるんだね」

「もちろんです」

彼女の笑顔に、私も覚悟を決めて、笑顔を返す。

「私は、いつだってあなたの助けが欲しいと、そう願っています。どうか、それを忘れないでくださいね」

あなたが私を助けたいと思ってくれるなら、どこへだってその力を借りに行こう。

たとえ、なにが邪魔をしていたとしても、全てを蹴散らして。

◇◇◇

【横顔　アーサーの角度】

強い風が、サキュラに吹く季節になった。

わたしの旅立ちの日が、とうとうやって来てしまった。

朝、夢の中にいるような、曖昧な感覚のままに、身支度を整える。

最初に、寮監であり、この街に来たわたしを陰に日向《ひなた》に支えてくれたリインさんに挨拶に行く。

そう、もうリインさんと呼ばなければならない。他家の重鎮である侍女を、わたしはもう気安く呼べない。

もちろん、まだ出発前だから、他の人がいるところでは気をつけないといけないけれど……。今は、リインさんと二人だ。

「本当に、お世話になりました。リインさんがいてくれて、とても心強かったです」

「わたくしの微力が、あなたの支えになれたのであれば、それはなによりでございます」

初めて会った時と変わらず、正しい角度できっちりと頭を下げたリインさんは、その後に正しくないことを言った。

「ですが——違います」

決して大きくはないが、厳格真面目な侍女からの、笑顔での指摘だった。

「わたくしは今、この寮で二年間、面倒を見て差し上げた教え子と対面しております」

だから、「リインと、呼び捨てに願います」と、彼女は笑っている。

その笑顔――この二年間でも、ほとんど見たことのない笑顔に、息が詰まる。

リインと、そう呼んでも、良いのだろうか。その呼び方は、アーサーとして、ほんの限られた時間だけの関係の象徴だ。

僕のものであって、わたしのものではない。そして、僕はもうじき、去らなければいけない。

「でも……」

「でも、ではございません。王都でどうかは存じ上げませんが、ここはサキュラ辺境伯のお膝下、礼儀も作法も異なります。わたくしは寮監として、軍子会所属のあなた様の面倒を見させて頂きました。たった二年のことであれ、これは生涯変わることのない関係でございます」

僭越《せんえつ》ではございますが、と告げるリインさんの顔には、親身な気持ちが灯っている。

「隠れてトマトを食べるような悪い子に、今さらかしこまった呼ばれ方をされては落ち着きません。どうぞ、リインと、呼び捨てに願います」

それは、厳格な侍女らしくない、筋の通らない話だと思う。

でも、寮監を真面目に勤め上げた彼女らしい、温かさを感じる。

「うん……。ありがとう、リイン」

二年間だけのはずの関係から、時の拘束が外された。

次に挨拶に行ったのは、神殿だ。

特に、ヤエ神官にはお世話になった。アッシュとマイカに付いて行き損ねることの多かったわたしを、隣に座っていつも助けてくれたのは彼女だ。

「ヤエ神官には、たくさんの教えを頂きました。本当にありがとうございました」

「はい、お気持ちは確かに。ですが、よろしいのですよ」

日に日に美しくなっていくように見える神官は、理知的な美貌に情熱の火を灯して、わたしに頷いてみせる。

「私は神官であり、あなたは熱心に知識を求める学徒でした。神殿の門は、あなたのような方にいつでも開かれているものです。それはこのサキュラでも、王都でも同じこと」

決して忘れないでください。そう口にしたヤエ神官は、封筒を数枚……十枚以上、わたしに差し出す。

「あの、ヤエ神官？　これは？」

「あなたの知見の高さを証明する紹介状、といったところでしょうか。王都の神殿関係者に見せれば、まずまずの待遇を得られると思います。それだけあれば十分でしょう。あとはあなた自身の能力が、必要な繋がりを手繰り寄せるはずです」

封蠟《ふうろう》を見れば、サキュラ辺境伯家の印が押されている。領主代行や領主自身が使うものではないけれど、それに準じる格式のもの、ヤエが使える最上級のものだ。

つまり、この封筒、中身は神殿の権威が詰めこまれている一方、外側はサキュラ辺境伯家の権威で鎧われている。凄腕《すごうで》騎士が名工の武器をまとっているようなものだ。

「ヤエ神官、これは、その、流石にまずいのでは」

わたしの困惑に、ヤエ神官は悪戯《いたずら》っぽい表情を見せる。おや気づかれたか、そんな言葉が聞こえるようだ。

「はい。まずいかまずくないかで言ってしまうと、少々問題があります」

神殿という宗教権力と、貴族という世俗権力が露骨に合力することを、神殿は戒めている。歴史的に、貴族が神殿を利用して横暴な利益を得る事件が起きて来たせいだ。

「ですがまあ、その程度なら、中央の方々に比べれば可愛いものです。言い訳はいくらでもできますし」

「でも、ヤエ神官にご迷惑が……」

「そんなこと、気にしている余裕があるのですか？」

それは、理知的な神官が見せる、とても綺麗で、でも恐ろしい、狩人の表情だった。

「アッシュさんから聞いています。王都に行ったら、アッシュさんの調べ物のお手伝いをするのですよね？」

事実を指摘され、口ごもる。

「アッシュさんは、あなたから送られてくる報告が少なくても、なにかを口にすることはないでしょう。あの人は、そういった面で他人に当たるようなことはありません」

うん、そうだと思う。そういうところが本当に……。

「ですが、あなたは違うでしょう。アッシュさんに返せる報告が少ないことを、ひどく気にするはずです。それこそ、食事も喉を通らなくなってしまうほどに」

真実を指摘され、胸が苦しくなる。

確かに、そうかもしれない。そう思ってから、確かにそうだ、と確信する。

「使えるものは、全て使うべきです。あなたのために。それから――」

わたしのために。ヤエ神官は、綺麗な笑顔で私利私欲を口にした。

「あなたが王都で活動しやすくなれば、結果的にアッシュさんの助けになります。アッシュさんを助けることができれば、アッシュさんがわたしを助けてくれることでしょう」

もう一押しで、バレアスさんを落とせそうです――初めて会った時は、ジョルジュ卿と呼んでいたこの人は、いつの間にか親し気に名前で呼んでいる。

「ですから、どうぞ遠慮なさらず」

自分の恋のためだから、とヤエ神官は正直だった。

すごいな、という感想が、苦笑いの形で出てしまう。これだけパワフルな気持ちを向けられるジョルジュ卿は、さて幸せ者だと言って良いのだろうか。

「わたしから見れば、あなたも、手段を気にしている余裕はありませんよ」

そんなことを考えていたわたしに、ヤエ神官は重ねてもう一度諭してくる。

「距離が離れてしまうことがどうしようもないのでしたら、距離が離れても自分が大事だと思われなくてはいけません。離れた距離をもどかしく思うのではなく、離れた距離をもどかしく思わせるのです」

「え？　あの……」

話が、なんだか、ちょっと違う方向に流れている気がする。戸惑うわたしに、ヤエ神官は顔を寄せて、神官としてではなく、一人の女性として囁く。

「立場上、マイカちゃんの方を応援するべきなのかもしれませんけどね。あなたとたくさん勉強をした身としては、あなたの恋心を応援したくなってしまいます。わたしも、略奪愛といえばそういう立場ですし」

片目を伏せて、親身な――親身ゆえにからかいの混じった――教えを授けられ、顔が一気に熱くなる。

「あ、あの、なんの、ことか……」

「わたしは、ユイカ様の従妹《いとこ》です。ということは、マイカちゃんの血縁で……なにより、あなたと同じ、恋する女なのですよ？」

嘘は通用しない、バレバレである。そう、言われてしまった。

「恋も人生の主要学問です。いつでも、ご相談に乗りますからね。我が一番弟子のあなた」

この土地を去る時になって、新しい関係が、結ばれてしまった。

方々に挨拶をして、最後に領主館にやって来る。

今この地にいる一番の権力者に、挨拶しなければならない。

「この度は、わたしの事情でサキュラ辺境伯家およびその領地に多大なるご迷惑をおかけいたしました。このご恩は終生忘れません、イッキ様」

本来のわたしの身分に合った礼儀を尽くす。

イッキ様は、領主代行に相応しい態度で、うむ、と頷いた。

なんとなく、予想がついた。きっと、これで丸くは収まらないだろうな、と。

「やり直しを要求する」

案の定、イッキ様が真面目な顔でそんなことを言い始めた。

「俺はお前の兄で、お前はアマノベ家の末っ子だ。それに相応しい挨拶ってものがある」

肩から、力が抜ける。眉尻が、情けなく下がってしまう。

ここの人達は、皆、そうだ。

わたしが迷惑をかけないよう、壁を作って、距離を取ろうとしているのに、その壁を叩いて呼びかけて来る。

こっちに来い、一緒にやろう、って。

「ありがとう、ございます。イッキ兄様」

わたしが、僕が得た身分でお礼を言ったら、うむ、と再び頷かれる。

それは、家族らしい態度だった。

「それで良い。可愛い弟が王都へ行ってしまうのは、俺も寂しい。だが、軍子会の活動報告を見れば、王都に行っても活躍できることだろう」

そこまで口にして、兄様は言葉を切った。為政者として振る舞わなければならない兄様は渋面で、けれど、私人としての気分を放るように寄越《よこ》した。

「もし、もしものことだが……王都の全てが嫌になったら、ここで暮らしたことを思い出して欲しい。あなたが帰って来たら、なにを置いても喜ぶ奴等がいると思う」

そう言われて、思うともなく思い浮かぶ顔は――びっくりしてしまう。一人じゃない。二人でもない。

ああ、こんなに――自分の胸の中、輝く灯火のような思い出、凍えを払う暖炉のような思い出に驚く。

こんなに、僕《わたし》は、この場所で受け入れられてきた。

「その顔を見られて、よかった」

イツキ兄様が、暗闇に灯火を見たような顔で笑う。

「自分で言っておいてなんだが、そんな奴いないと言われたらどうしようかと思った」

「そんなことない！」

兄様の言葉に燃え上がった激しい感情に、自分でも戸惑う。でも、素直な気持ちだ。

そんなこと、絶対にない。体が胸の奥から燃えるような気持ち。

「そうだな。本当に、お前が帰って来たら、喜ぶ奴がいる。そいつらは、あなた、だから喜ぶのではないはずだ。この二年間、一緒に過ごしてきた、お前、だから喜ぶのだ」

それを、絶対に忘れるな。

兄様は、少し乱暴に、わたしの頭を撫《な》でる。それは、とても、とても優しい兄の手だった。

兄様への挨拶も終えて、領主館の廊下を歩いていると、ここで会うとは思っていなかった相手が待ち構えていた。

「やっほー！　今、大丈夫かな？」

その太陽みたいに明るい笑みは、わたしから見ても本当に可愛い。

「うん、挨拶はほとんど終わったし、後は出発までなにもないよ、マイカ」

「じゃあ、ちょっとあたしとお話ししよ」

そう言って、マイカはわたしの手を握る。

「どこ行くの？」

「ちょっとそこの客室まで。廊下で立ち話もなんだからね」

マイカに手を引かれ、その後をついていく。

何気ないその動作にも、胸が熱くなる。マイカには、こうしていつも引っ張ってもらった。

アッシュ一人でずんずん先に進んでしまって、わたしが置いて行かれそうになった時、この手が差し伸べられた。後を追いかけるのをあきらめた方が良いかもしれないと迷った時も、いつもこの手が。

この手に引かれるのも、これが最後になるんだね。

マイカの手の、この温《ぬく》もりも忘れたくない。そう思っていた手が、あっさり離されてしまう。もう、客室についてしまったみたいだ。

その客室も、思い出が強く深く刻まれている場所だった。

「ここって……」

「うん、そう。アッシュ君の大怪我を治療したところだよ」

人狼なんかと戦って、半死半生のアッシュが担ぎこまれたところだ。あの時に触れたアッシュの冷たさが、手の震えとなって蘇る。

「話すなら、ここが良いかなって」

うん。ただのお別れの挨拶、というわけではないんだよね。

こんなところでするお話だもん。すごく大事で、特別なことだ。

「そうだね、とりあえず……」

マイカは、一度瞼《まぶた》を伏せた後、真っ直ぐにわたしの瞳を見据える。

「あなたのこと、今はアーサー君とは、呼ばないね」

あの時みたいに、わたしの嘘を容赦なく斬り殺す言葉だった。

でも、あの時とは、わたしが違う。今度は大丈夫。

なんたって、一度はマイカの手で散々に仕留められた身だもの。今さら、この子にどこまで嘘が通用しているかなんて、わかっている。

あの日、凍えたわたしを、あんなに強く抱きしめてくれたんだから、当然気づいているよね。

「ごめんなさい、嘘吐いてて」

「いいよ、これくらい。名前を呼べないのはちょっと不便だけれど、あたしとあなたの仲だしね。そんなことよりも……」

そう言葉を継いで、マイカはわたしの嘘をあっさりと払い落としてしまう。

「もっと大事なこと話そう。――アッシュ君のこと」

「そうだね。それは、すごく……大事なことだね」

マイカにとって、好きな人のことだもんね。この言い方はずるいかな。うん、ずるいね。

わたし達にとって、好きな人のことだもんね。

アッシュと二年間、同室だったわたしに、言いたいことが色々あるのは、当然のこと。

「じゃあ、まず……」

マイカが、深い呼吸を行う。あまり、聞いたことのないリズムだ。それも当然か、今これからは、いつもとはまるで違う緊張状態に突入するだろうから。

「アッシュ君の――一番好きなところ、どこ？」

そうだね。やっぱり、あの温かい笑顔かな。

ぽろりと、本音が漏れた。

いつも考えていたせいだ。アッシュを見て、アッシュと話している時、今の顔が好きだなっていつもいつも考えていたから、聞かれた瞬間、つい、ぽろりと。

「わかる！　いいよねぇ、アッシュ君の笑顔！　夏のお昼の太陽よりキラキラしてるの！」

「う、うん？　いや、マイカ、違うの」

「違うの？」

「い、いや、違う――くは、ないんだけど！　そうじゃなくって！」

「ははぁん？　一番が一杯あるんだね？　わかる！　あたし、頭の良いところも好き～！」

そ、そうだね。そこも素敵だと思う。個人的には、時々強引なところも、ポイント高いなって。

乱暴って意味じゃなくて、わたしが遠慮しがちな時に温かい飲み物を押しつけてくる感じというか。

「それもわかる～！　大人っぽい優しさっていうか、包容力っていうか～」

「うん、ほんと嬉しくって……。ああ、いや、そうじゃない、そうじゃなくって……」

一体なんの話をしているのか。なんてはしたないことを……。

「あ、あのね、マイカ。こう言うのもなんだけど……もっと他に話すこと、ない？」

「アッシュ君の手料理で一番好きなのはどれか、とかの方がよかった？」

「いやいやいや、そうじゃなくって……その、わたしがアッシュを好きでも、怒らないの？」

仮にも、同じ一人の男性を好きになった女性同士、深刻なお話があるものだとばっかり……。

ところが、マイカはくすくすと音を立てて笑う。

「そんなこと心配しているんだろうなって思ったよ。あなたらしい」

心底、楽しそうな笑い声だった。

「まあ、嫉妬はしてるよ？　もちろんでしょ、あたしのアッシュ君なのに～って、思ってる。でも、アッシュ君がたくさんの人から好かれるだろうなっていうのも、わかる」

あたしの好きな人だからね、とマイカは自慢げだ。雨天の後、雲間に覗いた太陽を指さすような顔。

「それと、アッシュ君を好きでい続けるのが大変なことも、すごく、わかるんだよ。気遣ってはくれるけれど、振り向いてはくれないからね」

そして、その太陽が、自分だけではなく、広い大地の上をあまねく照らしていることを知っている顔だった。

ああ、わかる。わたしにもわかるよ、今のマイカの気持ちが。

それが切なくて。それも好きで。焼けてしまいそうな気持ち。

思わず胸を押さえたら、同じように胸に手を当てたマイカが、そっと頷いてわたしの気持ちに寄り添ってくれる。

「そんなアッシュ君を、あなたが本当に好きになっちゃったんだなっていうのも、わかってる」

「うん……いけないとは思ったし、叶わないんだろうとも、わかってるんだけど……」

わたしの立場と彼の立場。王都とここの距離。周りの思惑と彼の夢。

このまま嘘の僕でいられたら、あるいは彼の手を取ることもできただろう。でも、本当のわたしでは、手を伸ばすには遠すぎる。

本当に、真実なんてろくでもない。嘘の僕でいられるなら、もう真実のわたしなんて殺されてしまったって良い。

それくらいに、好き。

この気持ちを忘れることは、一生できないだろう。

「じゃあ、しょうがないよ。それを止めることは、誰にもできないことだから」

同じものを抱えた恋敵が、綺麗に笑う。

「だから、せっかくだし、二人でアッシュ君のどこが好きかお話ししようと思って」

「そっか。それは、なんていうか……」

アッシュがアッシュらしいように。

「マイカらしいね、とっても」

「そう？　えへへ、ありがと」

アッシュが好きだってことが、すごく伝わってくるもの。妬《や》けちゃうくらい。

「あ、でも、あなた相手でも負けないからね？　遠くにいる間に、がんがんアッシュ君にアピールしちゃうから！」

「と、止めはしないけど……でも、そういうの、ずるいと思わない？」

うぅ、ものすごいハンディを背負ってしまう。

こっちは、またアッシュに会えるかどうかもわからない立場なのに――会わない方が良い立場なのに――マイカは全然手加減をしてくれない。

「思わないも〜ん！　今までアッシュ君と同じ部屋で暮らしてたあなただってずるいも〜ん！」

「そ、それと一緒にしないで!?　わたし王都まで離れちゃうんだから、同じ寮にいたマイカと比べられないよ！」

「あたしにとっては一緒だも〜ん」

本当に、アッシュのこととなると、マイカは本気で、全力だ。

これなら、これだから、アッシュのことを任せられると思う。わたしには手が届かない距離に行ってしまう好きな人を、誰か他人に任せるなら、マイカしかいないと思わせてくれる。

「じゃあ、いいよ。わたしも王都でがんばって、アッシュにたくさん感謝させちゃうからね」

「おぉ、いいよ。あたしはここでがんばって、アッシュ君のこと助けちゃうもんね」

恋敵との約束だ。

好きな人を助けるため、お互いの全力を契る。

「アッシュのこと、お願いね。難しいとは思うけど、目を離しちゃダメだよ？」

「任せて。あなたも、王都でしっかりね。アッシュ君、すごく楽しみにしてるから」

最後の時に、明日に続く約束が、一つ増えた。


ここへ来た時と同じく、王都への道の護衛は、ジョルジュ卿とその部下がしてくれることになった。

見送りがなかったことも、来た時と同じ。仕方がない。本来なら、わたしはここにいないことになっている人間だもの。去る時も痕跡がすぐに消えるよう、ひっそりと飛び立たなければいけない。

寂しくない、といえば、嘘になる。

でも、もらったものがたくさんある。寂しさはもらったものが大切だったがゆえ、そう思えば、我慢をしたい。

我慢をする、ではない。

わたしが、自分の意志で、我慢をしたいんだ。想い出の一つ一つが胸を過《よ》ぎる度、締めつけられるような痛みの数々を。

初めての友達ができたことを想う。我慢する。

皆で計画を作りあげたことを想う。我慢する。

温かな蜂蜜入りのお茶の味を想う。我慢する。

我慢しない対極の友達の涙を想う。我慢する。

飛行模型を追いかけたことを想う。我慢する。

この我慢は、つらくて、苦しいけれど、冷たくはない。温かく灯る暖炉の火を守るため、周囲に積まれた石のようなものだ。大事な想いを、大事に燃やし続けるための我慢の竈。

馬車の中で一人、胸を押さえて想い出に揺られる。

「失礼、よろしいですか」

馬車の外から声をかけられて窓を開けると、ジョルジュ卿だ。

「ジョルジュ卿、どうしました?」

「はい。もし、よろしければですが、今一度、領都をご覧にならないかと思いまして」

このやり取りに、二年前を思い出す。

「ああ、そうか。ひょっとして……」

「はい。二年前のあの場所です」

ここへ来た時、初めて領都イッツを見た場所まで来たのだ。

そういうことなら、ぜひ見たい。これが、最後になるかもしれない眺めだから。

「ありがとうございます。では……お言葉に、甘えて」

馬車から降りると、強い風が吹きつけて来る。

わたしが、この場所に来た時に吹いていたあの風だ。

髪を押さえながら、今朝まで暮らしていた街を想う。あのでこぼこの歪《いびつ》な市壁が、わたしの胸にすっぽりはまりこむような気がするのは、わたしの気持ちがでこぼこと歪な形をしているせいだろう。

「素敵な、街でした」

不格好で、騒がしくて、厳しいのに温かい、不思議な日々だった。

あんなに抱えこんでいた不安を、一つ一つ取り除く——どころか、一息に焼き払ってしまうような、とんでもない日々。

きっと、この日々が、これから先もわたしの人生を照らす灯火になるのだろう。

その眩しさに目を細めるわたしに、ジョルジュ卿は、火を乱さないよう、細い声で告げる。

「あなたに気に入って頂けたなら、生まれ育った者として嬉しく思います。あの市壁が守って来たものとは、それなのですから」

細い声をかけても、火が乱れないと知ったジョルジュ卿は、次はもう少し、大きな声を出す。

「そして、もし必要があれば、あの武骨な自慢をお頼りください。あなたも、すでに市壁が守るべきものですから」

「ありがとうございます」

本当にそうできれば、良いのだけれど——だったら、今すぐあそこへ帰りたい。あの部屋へ、あの人のいる部屋へ。

——あぁ、でも、行かなくちゃ。

あの人から託された火を、王都に掲げに行くんだ。未知の闇に眠る知識を照らし起こす火を、あの人の代わりに掲げに行くんだ。

胸が、熱くなる。力が、滾々《こんこん》と湧いてくるような気がする。

不思議だ。胸が張り裂けるかと思えるほど寂しいのに、全然寒くならない。

冬を前にした強風に吹かれても、小揺ぎもしない自分に驚く。

二年前、なんて乱暴な風だろうとわたしを嘆かせた風と同じもののはずだけれど、今は全く違う心地がする。

この強い風は、確かにわたしの背中を押してくれている。離れがたい人、離れがたい場所へ背を向けて行かなければならないわたしを、行ってきなさい、と。

うん、そうだね。ありがとう。

「さようなら」

指先まで伸ばして、深々と頭を下げる。夢のような素敵な日々は、これでお終《しま》い。

「はい、さようなら?」

そう返事をされた気がした。あの人の声で、そんな気が——気が？

恐る恐る、振り返る。不思議なことに、聞きたかった声のはずなのに、わたしは確かに恐かった。

なんで、ここにいないはずの人の声が聞こえて来るのかと思って。

いないはずなのに、声が聞こえたっていうことは、絶対にいるんだろうなと、確信があって。

実際、振り返ったら、そこにいた。うん、そうだよ。アッシュだよ。アッシュしかいないよ。

なんでかって？　それはもう、アッシュだからね。

「いやぁ、間に合いました。マイカさんから、この辺で待っててねとお願いされたのですが、打ち合わせに使った地図の精度がいまいちでしたね。待っていた場所の大分前で馬車が止まって焦りました。ジョルジュ卿、地図、新しいもの作りましょう」

笑ってしまう。それしか感情が湧いてこない。

こんな日にいつも通りのアッシュにも、これを狙っただろうマイカにも、喜びという感情しか反応できない。

「アッシュ……」

「はい、なんでしょう？　マイカさんも詳しく教えてくださらなかったのですが、なにか、街中では言いづらいことでもありました？」

そんなもの、ないよ。

マイカもきっと、そんなことないって、わかっていたと思う。

でも、この場所で、アッシュに言いたいと思っていたことはある。

ここで暮らす日々の最後に交わす言葉は、アッシュとのお別れの言葉にしたかった。

「あのね、アッシュ」

呼びかけると、はい、とアッシュは行儀よくわたしの言葉を待ってくれる。

一緒に行こう、そう言いたい想い。我慢する。

また会いたい、そう言いたい想い。我慢する。

息を吸う。胸が、破れてしまいそうな痛みに、涙がにじんだことを自覚する。

「ありがとう。さようなら」

泣いちゃダメだ。最後になるかもしれないんだから——最後に、した方が良いと思うから、アッシュに見せる顔が、泣き顔なんて絶対に——

「その挨拶はよろしくないので、やり直しましょう」

涙が、引っこんだ。

疑問の声が漏れるより早く、アッシュは微笑む。

いつも見ていた微笑み。いつも、わたしの寒さを払ってくれたあの微笑み。

今日も温かい彼の微笑みが、別れの挨拶をやり直す。

「いってらっしゃい」

再会を声高に宣言するような、挨拶だった。

いつでもここへ帰って来ても良いと知らせる、帰りを待ちわびている者の別れの挨拶。

ああ、ダメだよ、アッシュ。そんな、そんな嬉しいことを言われたら、涙が我慢できないから。

――こういう時は、泣いて良い。

マイカの声が聞こえた気がして、もう、ダメだった。

「いって、くるね」

頬を拭う。温かい。

「いってきます、いってきます……また、また、いつかまた……あおうね、ぜったい」

温かい。温かい。こんな温かいもの、我慢なんてできないよ。

「はい、また会いましょう」

「ほんと？　ぜったい、だよ？　ぜったいに……」

なんてわがまま。絶対だなんて、そんなの、約束させたら困らせてしまうだけなのに。

「はい、絶対です。宣言しますよ。あなたが望むのなら、絶対に会いましょう」

だっていうのに、だっていうのに――こんなわがままを、わがままなわたしを、アッシュは笑って引き出してしまう。

本当に、ずるい人だ。わたしを我慢させてくれないなんて、本当に……。

この人のためなら、命をかけても良いと想えてしまう。この気持ちを、我慢させてくれないのは、アッシュのせいだからね。

冬に入る前、二人の共同部屋だった私の住処《すみか》は、一人部屋となった。

貧しい農村の生まれとしては、個室というのは夢に見るほどの贅沢《ぜいたく》な境遇なのだが、はしゃぐ気にはなれない自分に、思わず苦笑してしまう。

二人で使っていた時には気にならなかった、もう一人の生活の気配。それが、日に日に薄れていく。その代わりとばかりに入りこんでくるのは、寒々しさだ。

別に、まだ冬の寒さが厳しいわけでもないのに、不思議なこともあるものだ。

私が一人で溜息《ためいき》を吐《つ》いていると、ノックの音に続いて、マイカ嬢が顔を覗《のぞ》かせる。

「アッシュ君、今、良いかな？」

「ええ、構いませんよ。どうしました」

「ちょっとお話でもしたいなって思っただけだよ」

マイカ嬢は、私のベッドに腰をかけると、大輪の花のような笑みを浮かべた。ちょっと季節外れな印象を受けたのは、私の気分が落ち込んでいるせいだろうか。

「やっぱり、なんか変な感じ」

私が椅子に座ってマイカ嬢と向き合うと、彼女が部屋を見回しながら呟《つぶや》く。

「アッシュ君の部屋に来て、アッシュ君が一人でいるなんて、まだまだ慣れないなぁ」

「……そうですか」

「そうだよ。この部屋に来ると、アッシュ君が机に向かって前のめりになってて、それを後ろからアーサー君が覗いているの。そうじゃなきゃ、このベッドに座って」

マイカ嬢は、自分が腰を下ろした場所のすぐ近くを、ぽんと掌《てのひら》で叩《たた》く。

「二人で真面目な顔して、楽しそうにお話ししてる。それが、この部屋の風景だったから」

確かに、大体そんな感じで過ごしていた。

二人でいて話が尽きた記憶がない。静かな時は、どちらかが熱心に考え事をしている時だけだ。その考え事が次の話題になる。

「あたし、アーサー君がうらやましかったんだから。それも、すっごく」

マイカ嬢の頬が、悋気《りんき》を孕《はら》んで膨らんだ。

「あたしだって、ああやってずっとアッシュ君と話してたかったのに……。喋《しゃべ》りたいだけ喋って、疲れたら眠って……起きたらまた話して……」

膨らんだマイカ嬢の頬が、溜息でしぼんでいく。

「アーサー君、楽しかっただろうなぁ。今頃、寂しがってなきゃ良いけど」

どうやら、マイカ嬢本人が、仲間が一人いなくなったことが寂しいようだ。季節外れの花のような笑顔は、空元気だったのだろう。

「きっと、アーサーさんも寂しがっていますよ」

なんたって、ここを去る当日の朝に、涙をこらえようとして、こらえきれなかった人だ。

「それに、私も寂しいです。マイカさんも、寂しいでしょう？」

私の問いかけに、マイカ嬢はぐっと力をこめて唇を震わせる。多分、私の方が寂しいだろうと気を遣ってくれているのだと思う。

本当に優しい女性である。ただ、前世らしき記憶の分、私の方が精神的に余裕があるので、ここは甘えて欲しいところだ。

私が、大丈夫だと頷《うなず》いて微笑《ほほえ》みかけると、マイカ嬢は目を伏せて寂しいことを認めた。

「当然ですよ。それくらい私達《たち》は一緒にいて、たくさん話して、色々やりました。これだけの仲間が遠くへ行って、寂しさを感じないわけがありません」

惜しむ思いがあって寂しくて当然。むしろ、それほど大事な仲間と出会えたことを喜びながら、大いに寂しがろうではありませんか。

それもまた、つらい現実を生きる上での大事な幻想だ。

マイカ嬢の背を撫《な》でて、無理にこらえる必要がないと告げると、彼女は小さく頷いて、私の腕に顔を押し付ける。

「寂しいよ、アッシュ君……」

「ええ、私もです」

震えるマイカ嬢の頭を見下ろしながら、私の内心はビッグウェーブに呑みこまれて溺れそうだった。

個室のベッドで、泣いている女性が、もたれかかって来る。

なんだこの破壊力。よほどの紳士であってもこのシチュエーションに遭遇したら化けの皮が剝がれるね。紳士が狼男《おおかみおとこ》に大変身だ。

頑張るのです、アッシュ。

ここで彼女に無体を働くと、積み上げてきた信頼が無に帰すぞ。

右腕の温《ぬく》もりに優しさだけを向けながら、長い、長い時間を私は過ごした。

もうちょっとお互いに年を取っていたら、どうなるかわからなかった。

十五歳。もしも互いにそれくらいの年齢だったら、私の内なるパトスと彼女の魅力が合体変身アールシテイしていたかもしれない。

すすり泣きが治まったマイカ嬢が、潤んだ目で見上げて来る。

まだ幼いというのに、暴力的なまでに可愛《かわい》い。マイカ嬢が二十歳でこれをやったら、求婚するしかない。

「アッシュは……」

まだ、震えの残る唇から、かすれた声で問われた。

「アッシュは、いなくならないよね？　まだ、この街で、一緒にいられるよね？」

服の袖をぎゅっと握りながら、上目遣いに問われて、私はすぐに頷きたくなった。

ただ、理知的で温和、と有名な私の理性が、感情の暴走を抑制した。

「それは……どうなるかわかりません」

寂しがっている少女には申し訳ないが、私は正直に口にする。

マイカ嬢を始め留学生の大半は、軍子会で二年を過ごした後も、都市内で数年は働いていく。軍子会の二年で学習したことを、実地で学び直し、きちんと身に着けるための実習期間だ。

ただ、私はユイカ夫人のご好意によって、特例として軍子会への参加を認められた身だ。マイカ嬢や他の留学生とは違い、通常はすぐに村へ帰る立場にある。あまりに図々《ずうずう》しく都市に居座ろうとすると、ユイカ夫人に迷惑がかかってしまう。

それに、両親のこともある。

父はまだ働き盛りだし、村人同士の助け合いもあるが、長男として労働力になる年頃の私が外で遊び回っているのは、相当な負担になっているはずだ。

なんだかんだで、二年も好き勝手にさせてもらったのだから、一度は帰るべきだ。

そんな二つの思い、主にユイカ夫人への気がかりに胸を締め付けられ、溜息が漏れる。

「やはり、立場としては、村へ帰るべきなのだとは思います」

そんな物分かりの良い考えの一方、私だってまだまだ都市にいたい。いるつもりはある。満々だったりする。

やりかけの計画はこれからどんどん面白くなるし、神殿の蔵書もまだまだ読み切れていない。せっかく築いた都市の人脈も捨てがたい。

実のところ、ジョルジュ卿《きょう》の副官ポジションについたり、執政館の業務を手伝ったりしてきたのは、居残る可能性を上げるためという側面もあった。

特別枠の参加者ではあるが、仕事ができるんだから軍子会終了後も働いていってください。お願いします！

誰かが、そんな風に言ってくれないかなと企《たくら》んでいたのです。

そしたら、ユイカ夫人へも、両親へも、その他外野にも、お願いされちゃったのでーと言うことができる。なにより、仕事が決まれば、仕送りなしでも生活できる。

クイド氏の商会からの収入はあるのだが、大半を研究やらなにやらに注《つ》ぎこんでしまっているので、一人暮らしできるほどの余裕はない私だ。

なお、今まではユイカ夫人から、マイカ嬢と一緒に仕送りをもらって生活していた。つまり、村の税金で留学していたことになる。

すごく楽しかったです。

血税は、使われる側だと腹が立つけど、使う側だと快感が半端ないことを知った。禁断の味である。

ともあれ、そろそろ軍子会も終わるので、誰が誘ってくれるかなーとワクワクしていた私を、誰も誘ってくれなかった。

結構へこんでいる。

いや、しょうがないと思う。アーサー氏の件があって、ジョルジュ卿も、イツキ氏も忙しかったんだろう。

きっとそうなのですよ。

それ以外の理由はちょっと考えたくない。

変人の自覚がある分、ちょっと危険だから遠くで動いてもらった方が、為政者としては安心できるだろうな、なんて考えたくない。

まあ、そろそろ皆さん落ち着いてきたようだし、まだ軍子会の解散まで一ヵ月くらいある。これから、誰かが声をかけてくれますとも。

きっと。

たぶん。

恐らく。

そうでなかった場合は、ちょっとリミットブレイクお話し合いが必要ですね。

だからまあ、ほぼほぼ都市に残留するとは思います。確定していないだけなので。

私が、マイカ嬢を安心させようと微笑みを向けたところ、そこには獲物を追いかける肉食獣のような眼《め》をした少女がいた。

先程まで零《こぼ》れていた涙や、寂しさに震えていた痕跡などどこにもない。己の全生命力をかけて仕留めるべき獲物を見つけた生き物がそこにいた。

「アッシュ君、ちょっと急用ができたから、あたし行くね」

「あ、はい」

マイカ嬢の静かな声に、背筋がぞくぞくする。流石《さすが》はユイカ夫人のご息女である。あの声質で凄《すご》まれると、惚《ほ》れてしまいそうだ。

やっぱり、私は泣いて甘えてくる女性より、私を手玉に取ってやろうという逞《たくま》しい女性の方が好きかもしれない。

マイカ嬢、実はさっき泣いてなかったんじゃないかと思うと、嬉《うれ》しくなっちゃいますもんね。

しかし、マイカ嬢はどんな急用ができたのだろうか。


その日から、私は連日のように食事をおごられることになった。

最初に来たのは衛兵、ジョルジュ卿の部下の皆さんだった。

副官である私にとっても実質的には部下なのだが、正式に任官していない身としては、ちょっと態度に迷う。大体、向こうの方が年上だし、職歴も圧倒的に上だ。

ただ、ご飯をおごってくれるというのなら、喜んでついていけるくらいには気さくなお兄さん、おっさん達である。

「アッシュ副官殿！」

衛兵行きつけのにぎやかな酒場で、ジョルジュ卿直轄兵のリーダー格であるローランドさんが、赤ら顔で呼びかけてくる。

彼は、筋骨逞しいマッチョさに見合わず、その禿頭《とくとう》に整理された頭脳を収納しており、それがためにジョルジュ卿の備品管理で活躍してくれている。

どうしても武闘派、肉体至上主義者が多い軍人の中で、貴重な頭脳派人材だ。

「はい、なんでしょう」

「副官殿は、そろそろ軍子会も修了でありますね！」

「ええ、この冬で二年になりました」

「おめでとうございます！」

ありがとうございます、と返すと、ローランドさんはジョッキを逆さにして口に押し当ててから、ずいっと顔を寄せてくる。

「それでですね、副官殿！　軍子会の解散後、どうでありますか、正式に領軍に入るおつもりはございませんか！　我々一同、大歓迎であります！」

他の衛兵達も、ありますあります、と詰め寄って来る。

「そういった選択肢も悪くはないと思っていますが、勝手に就職するわけにもいかないでしょう。入隊試験とかありますし」

「そんなもの副官殿には必要ありません！　文句を言う奴等《やつら》がいたら我々が締め上げてやりますよ！」

過激な発言に、他の衛兵達も、そうだそうだ、と気勢を上げる。

筋肉密度がすごい。

一応、ジョルジュ卿の部下は、ローランドさんを筆頭に頭脳労働が得意な人材ばかりのはずなのだが、彼等の筋肉が飾りというわけではない。

多分、文句を言う奴等というと人事の皆様だと思うのだが、普通、そこの部署は逆らっちゃいけない権力者のはずだ。あと、領軍の人事の大元締めは、領主である。

「まあまあ、落ち着いてください。皆さんのキャリアを棒に振ることになりますよ」

「我々の出世なんてなんぼのものでもありませんよ！　副官殿のおかげでっ、備品管理がっ、あの苦行がっ、どれほどっ、楽になったことか……っ！」

なんか禿頭のおっさんが泣き出してしまった。他の皆さんも握りしめた拳を震わせて落涙している。

「副官殿、これからも我々と一緒に働いてください！」

「我々には副官殿が必要です！」

「副官殿の処理能力がなくなったら仕事がまたえらいことに……！」

「見捨てないでください！　お願いします、なんでもしますから！」

こういう台詞《せりふ》は、ぜひ妙齢の美女の皆さんにお願いしたい。

そんな私の気持ちを三神様が汲《く》んでくれたのか、次の食事のお誘いは女性陣からだった。

執政館で働く侍女の皆様、リイン夫人のご同輩である。

ちなみに、刺繍《ししゅう》の入ったシンプルな濃紺のワンピースローブのようなものを着用している。

これは神殿の神官達と似通ったデザインの制服だ。

この共通点から、今世の侍女職の起源が、神殿の神官であるということがよくわかる。

なんでも、後期古代文明崩壊後、一気に後退した文明の瓦礫《がれき》から王国が建国される際に、文官として神殿の人材が活躍したことから、今でも同系統のデザインらしい。

それを抜きにしても、神殿は知識階級の出発点みたいなものだ。

神殿で神官見習いとして教育を受け、政治の舞台に飛び出すというのは、男女問わず文官としての正規ルートだ。

文官達が、修業時代から着慣れた制服に愛着を持っているのも頷ける。

もちろん、そのまま同じではない。侍女達は賓客への対応なども仕事であるため、神官よりも凝ったアレンジが加えられており、華やかだ。

例えば、襟元はやや開放的で、胸元にかけてはボタン留めになっている。ちょっとイブニング・ドレスのような雰囲気がある。ここにケープをどう重ねるかによって、場の空気に合わせて印象を変える。

厳粛な式典や重要な契約の場などでは、かっちりとした長めで厚手のケープを着こんで、落ち着いた雰囲気を演出する。お茶会や食事といったにぎやかな席に顔を出す時は、ケープを緩めたり、あるいは前を留めずに羽織るだけにして、くつろいだ襟元を見せることで、文字通り胸襟を開いた姿勢を示す。

あと、ケープを着崩すか、完全に脱いで、胸元のボタンを全開にすることもある。

うん、これは女性好きのお相手へのサービスが必要な時の着こなしだ。

ただ、それより頻度の高い使われ方がある。

冬、地獄の闇のように尽きない業務に、犬歯を剝《む》き出しにして殴りかかっている時だ。

割と本気で命のやり取り中なので、少しでも楽な状態でいたいのは当然だろう。見た目は二の次どころか番外だ。冬の執政館で部屋につめている侍女の皆さんは、大体この格好で机にかじりついている。

その地獄期の執政館で業務を手伝った私にとって、胸元サービス侍女は割と見慣れた姿である。

あの「今スケベ心で邪魔する野郎が出たらグーで打つぜ」と言わんばかりに気迫あふれる姿には、直立不動で敬意を払ってきた。

さて、そんな私を食事に誘ってくださった侍女の皆さんは、全員がサービス形態だった。

ただし、いつものような鬼気は放っていない。

「アッシュ君、お肉美味《おい》しい？　もっと食べる？」

侍女の一人、キキョウ夫人が対面で頬杖《ほおづえ》を突きながら、甘い微笑みを浮かべている。

「アッシュ～、お酒、お代わり持ってきたわよ～。もっと飲みましょ～」

左隣では、アザミさんが葡萄酒《ぶどうしゅ》の詰まった酒壺《さかつぼ》を持ってしなだれかかって来る。

「あ、あの、あの……えっと……」

右隣でしどろもどろになって、真っ赤な顔をしているのはレンゲさんである。

侍女の中で、かなり若手に入る三人が勢ぞろいだ。

キキョウ夫人は結婚済みだが、後の二人は未婚である。多分、席の配置はその辺りが関係していると思う。既婚者が隣に座って食事をするのは、誤解を招きますからね。

なんというか、全員大きいので、すごい。侍女制服の真のサービス力を思い知った心境だ。

「大変美味しくご飯を頂いているのですが、皆さん、やけに近くないですか？」

特に左右、腕に温もりがダイレクトアタックしてくる。

前方は温度こそ感じないけれど、テーブルに肘をついた前かがみの姿勢なものだから、結構深いところまで見えるのです。

旦那さんに申し訳なく思いつつ眺めていると、キキョウ夫人がどんと来い、と言わんばかりに首を傾《かし》げて笑う。

「だって、しょうがないわよ。私達ってほら、目が悪いでしょう？　これくらい近くないと、睨《にら》んでるように見えちゃうから」

侍女の皆さんのうち、冬の地獄で主戦力になる面々は、職業病として目が悪い。だから、普通にしていても睨みつける目つきになることが多い。

「今スケベ心で邪魔する野郎が出たらグーで打つぜ」という気迫も、実は疲労と疲れ目が原因である人もいる。もちろん、そうでない人もいるし、スケベ心を発揮した結果、前歯をへし折られる不心得者もいる。

「それは知っていますとも。ですから、私は皆さんが目を細めていても、気にしませんよ？」

私は慣れているので、普通の距離感で接してくれても気分を害したりはしない。

そう伝えると、左隣の体温が、余計に密着して来る。

「んふふ〜、アッシュは、こういうの嫌いなの〜？」

アザミさんは、私に注ぐより多くの葡萄酒を自分で飲んでいるので、体温がすごく高い。

残念ながらこういうのは大好きですよ！

でも、それを大声で叫ぶのは問題があるので、私は可能な限りの紳士力を発揮する。

「嬉しいので困ってしまいます。皆さん素敵な女性ですからね、すごく我慢しないといけません」

マジきつい。熊とタイマン張るくらいきつい。

「うふふ、だってさ～、良かったね～レンゲ。ほら、あなたも、もっとぎゅってして喜ばせてあげなよ～」

「はっ、はい……！　で、では、アッシュさん……しつっ、失礼、します……！」

ぎゅーって口で言いながら、レンゲさんが真っ赤な顔で抱きついてくる。

おかしい。私、そういうお店に来たわけじゃないよね？

この後、お会計の時に強面《こわもて》のおっさんが出て来て、逆立ちしても払えないような金額を請求されたりしない？　大丈夫？

幸せと共に不安に襲われていると、キキョウ夫人がくすくす笑う。

「大丈夫よ、アッシュ君。これは侍女団を代表してのお礼だから」

「お礼、ですか？」

「ええ。去年の冬と、今年の冬、アッシュ君は私達のお仕事を手伝ってくれているでしょう？」

領内の物流や資源を調べるため、また少しでも生産量を上げて私に都合の良い環境にするため、確かにお手伝いに潜り込ませてもらっている。

「おかげで、前より私達の負担がずっと減っているのよ」

キキョウ夫人の声が、ちょっとほろ苦い。そうか。減っていてもこれなのか。

アザミさんも、盃《さかずき》を干してから力強く頷く。

「そうそう、前は限界きちゃって奇声と共に転げ回る人が出てたもの……」

「うふふ、毎年最低三人は出るのよね」

本当の地獄かよ。

「でも、それが去年は出なかったし、今年は実感できるくらい楽だわ。こうやって冬の真っ最中に楽しめるくらいにね」

キキョウ夫人がウィンクを放って、私の心をぶち抜く。

くそぅ、ユイカ夫人を思わせる仕草だ。ひょっとして、この執政館で習う女性専用のテクニックとかあるのか。

「わ、わた、わたしは……アッシュさんには、直接、お仕事を手伝って頂いたのでっ、その、本当にうれしくて……こ、こんなわたしで、お、お礼に、なるならって……っ」

レンゲさんが真っ赤な顔で、感謝の気持ちを伝えてくれる。お礼としては十分すぎる密着度だ。

「これだとお礼としては過分ですので、後日、またお手伝いしますね」

「ほんとですか！」

レンゲさんが嬉しそうに顔をあげた後、また恥ずかしそうに俯《うつむ》く。

それを見て、アザミさんが私の肩越しに、後輩侍女の頭を撫でる。

「良かったわね～、レンゲ～。アッシュがすご～く喜んでるって～」

「は、はい……！」

麗しい先輩後輩関係の狭間《はざま》で、私は幸せサンドである。

鼻の下が伸びてだらしない顔になっていないだろうか。確認する勇気はない。

私は正面からのキキョウ夫人の視線を気にして、話題を変える。

「ともあれ、お礼ということで、お気持ちは確かに頂戴しました。ですが、皆さんのお仕事を手伝ったのは私ばかりではありません。私ばかり特別扱いというのも……」

特に、今年は勉強会の面々もかなりの戦力になっていると自負している。ヤエ神官から、歴代最強の軍子会と称賛される精鋭達だ。

その実力は、キキョウ夫人も十分に評価しているようだった。

「ええ、流石にアッシュ君一人では、私達が実感できるほどの業務量はこなせなかったとは思います。マイカ様やレイナさんを筆頭に、今年の軍子会の皆さんには驚かされました」

「それなら……」

「ですが、その軍子会の皆さんが、口をそろえておっしゃるのです。今の自分達に力があるのは、アッシュ君のおかげだと」

「はて？」

私は首を傾げ、抱きついていたレンゲさんと頭がぶつかってしまった。

「あ、すみません。大丈夫ですか？」

「ひゃい！　だ、だだ、だいじょうぶですありがとうございます！」

「言葉が怪しいですよ……？」

本当に大丈夫だろうか。

まあ、軽く当たっただけなので、大丈夫だろう。それより、キキョウ夫人との話だ。

「確かに私は勉強会で教える側に回っていますけれど、皆さんの優秀さは、当人達の意志と努力の成果ですよ」

やる気もない、努力もしない人が相手では、私がいくら教え方を工夫したところで流石に身につかない。大体、私よりマイカ嬢の方がずっと教鞭《きようべん》を執っていたのだから、私がその名誉を頂くわけにはいかない。

「そ、そんなこと、ないです！」

キキョウ夫人に向けた意見に対して、私の右隣から強い反論がやって来た。

「た、確かに、自分自身の気持ちとか、頑張りとか、大事ですけどっ、それでも自分だけだと、どうしようもないことがあって！　そそ、それを、アッシュさんは、後押ししてくれたんです！」

レンゲさんの主張を、アザミさんがガンバレとかモウヒトオシとかはやし立てている。

確かにこれは応援したくなる。レンゲさん、さっきから呼吸がものすごく荒い。酸欠で倒れないか心配だ。

「その手助けって、すっごくすっごく、すごいことで、うれしいことで……！　だか、だから……っ、アッシュさんはカッコイイんです！」

まっすぐ私を見つめて来るレンゲさんの目が、熱く潤んでいる。さっきから息を吸った気配がないから、よほど苦しいのだろう。

そろそろ呼吸を再開して欲しいと私が見つめ返していると、キキョウ夫人が、おかしそうに呟く。

「カッコイイと思っているのは、レンゲちゃんだけよ？　侍女団の共通見解ではないから、そこはよろしくね、アッシュ君」

「あ、はい」

「ちなみに、私は可愛いって思っているから」

年の差ありますからね、と私が頷くと、アザミさんも流れに乗って来る。

「あたしはクールな奴だな～って思っているわ」

「光栄ですね」

べた褒めである。感謝の言葉の代わりとわかっていても、気分が盛り上がって来る。

そして、最初に褒めてくれたレンゲさんはと言えば。

「わたっ、わたし、へんなこと、言って……ふわ、うぅ……っ」

呼吸再開に失敗したらしく、とうとう目を回してしまった。

私にもたれたままずるずると崩れ落ちたので、頭が私の膝の上に乗っかってしまった。

「あら、レンゲちゃんも中々やるわね」

「天然っぽいけどね～」

「いやいや、お二方、笑っている場合ではなく、レンゲさんの心配をした方が」

気を失ってしまった同僚を前に談笑するとは、流石に肝が据わっている。地獄期の執政館では、人が倒れていることも珍しくないからね。

そこまで慣れていない私は、ひとまずレンゲさんの前髪をかき分けて様子をうかがう。とりあえず、苦し気な表情はしていないし、呼吸音も正常だ。胸は規則正しく上下しているので、呼吸は無事に再開したようだ。

……胸元のサービス度が上がってしまっていて、ちょっと目が離せなかった。

医学的観察ですよ、と言い張るには少し見入りすぎたらしい。キキョウ夫人が、甘い声で囁《ささや》く。

「ここで働いてくれるなら、これからもこうやって、侍女団からのお礼をしてあげられるわよ？」

「それも、たっくさん、ね～」

アザミさんも、耳元でこそこそと喋る。

なに、その暴力的なまでに魅力あふれる提案。地獄があるから天国もあるということなのか。

「大変興味深いお話ですが、執政館に採用されるのは簡単ではないですよ」

残念の極みである。天国がすぐそこにあるというのに。

「あら、アッシュ君なら大丈夫よ。もしその気があるなら、いつでも言って頂戴。イツキ様にお話しするから」

「うん、そうよ～。アッシュなら、一言だけで即採用になるから～」

ご冗談を、と私が天国への未練を滲《にじ》ませながら笑うと、キキョウ夫人とアザミさんは、華やかな笑顔で返す。

「本当に一言だけで採用させるわ。イツキ様がアッシュ君の就職希望を蹴るようなら、私達ここ辞めるから」

「これは～、侍女団の総意だから～」

彼女達の笑顔の中で、その目だけは、笑っていなかった。

あれは地獄の只中《ただなか》で、業務と殴り合っている時の目つきだ。


さらに次の食事は、クイド氏からのお誘いだ。

ヤック料理長のご実家〝シナモンの灯火《ともしび》〟で、個室を貸し切ってご馳走《ちそう》して頂いた。ここのところ、奢《おご》りで美味しいものをたくさん食べたので、太ったかもしれない。

「アッシュ君が都市に来て、もう二年になりますか。早いものです」

「ええ、あっという間でしたね」

そういえば、都市に初めて来た時は、クイド氏に案内してもらったのだ豚肉美味《うま》い。

懐かしさをインターセプトする味覚。流石はヤック料理長のご実家である。丹念の上に丹念を重ねた下味が、脂に乗って口内に広がる。

「こちらの料理は非常に美味しいですよね。村では中々食べられないのではありませんか？」

「ええ、残念ながら、ここまで裕福な農村は、まだまだ実現できないでしょうね」

嘆息して、呼吸の代わりに野菜スープを口に含む。じっくり溶けだした野菜の風味が、鼻腔《びこう》から脳へと吹き抜けて行く。

これくらいの食の充実を、早く我が故郷にももたらしたいものだ。

「ところで、先日、クライン村長宅にお邪魔しまして」

「おや、なにかありました？」

クイド氏は、お店持ちになっても我がノスキュラ村との商売を続けているが、流石に本人が出向くことは少なくなった。店主自らが交渉に当たらなければならない大物は、小さな村より他の場所に多いためだ。

村へクイド氏本人が行く時は、なにか大きな交渉事がある時、のはずなのだが、クイド氏は笑って否定した。

「いえいえ、ほんの時候の挨拶にうかがっただけですよ」

「そうなのですか？　お忙しいのに、大変ですね」

急成長を続ける新進気鋭の商人であるのに、すでに付き合いの深い、あんな小さな村まで挨拶回りとは恐れ入る。

「これも大事なお仕事ですから。ともあれ、クライン村長やユイカ様とお話ししたところ、アッシュ君へのお手紙をお預かりしたのですよ」

「私にですか？　マイカさんではなく？」

珍しい。お二人からメッセージを頂戴することはあるけれど、いつもマイカ嬢への手紙に書かれている。私に直接というのは、この二年間で初めてだ。

封蠟《ふうろう》はクライン村長のものだが、字はユイカ夫人のものだ。今世の初恋的人物からの手紙にちょっとドキドキする。

クイド氏に断って、早速開封して中身を検《あらた》める。

当然というべきか、ロマンス的ななにかはない。二年間に及ぶ軍子会の活動が終了したことへのお祝いと、これまで噂《うわさ》で聞こえた活躍へのお褒めの言葉が書かれている。

これくらいなら、マイカ嬢への手紙についでに書いてもよかっただろう。わざわざ村長家の封蠟まで使った理由は、その後だった。

『今後のさらなる成長と活躍を期待し、貴君が望むのであれば、都市でのさらなる活動への支援を惜しみません。ノスキュラ村の統治者として、貴君のご両親からも許可を得ています。貴君の心のままに振る舞われますよう、強く申し渡します。』

ユイカ夫人は女神。

神は三柱だけではなかったのだ。

見てよ、この神々しいお言葉。

まるで私の悩みを直接聞いたかのような気配りに満ち、優しいだけでなく、迷い人の頼りない背中を押し出す力強さを兼ね備えている。これが女神からの託宣でなければ、一体なんだと言うのだ。

遠慮せずに一杯遊んで来なさいと我が女神は仰せであるぞ。

やったね！

ユイカ女神の言葉に胸を熱くしていると、クイド氏も神の御威光を感じたのか、柔らかい調子で笑う。

「なにか、良い報《しら》せでしたか？」

「ええ！　とっても！」

「それはよかった。お世話になっているアッシュ君が喜んでくださるのであれば、急いで村へ走った甲斐《かい》がありました」

「ありがとうございます！」

未来への明るい希望に満ちた笑みで頭を下げる。

しかし、クイド氏の口振りでは、まるで私のために村へ行ったかのように聞こえるけれど、まあ、気のせいか。

そんなことより、今の私はとても幸せなのだ。

あちこちから就職のお誘いが来て、故郷の両親と恩人からの許可も出た。

そう、私は軍子会が終わってもまだ、この都市にいることができる。

ユイカ女神の期待に、渾身《こんしん》で応えることにしよう。

ばりばり成長して、がんがん活躍してやりますよ！


そして、最後に食事に誘ってきたのは、イツキ氏だった。

マイカ嬢経由で、領主代行殿の私的な晩餐《ばんさん》に招待された。丁度良いので、領軍か執政館に就職したい旨を相談しよう。

……衛兵のあのノリと、侍女のあの笑み。きちんとイツキ氏に話を通しておかないと、流血沙汰になってもおかしくない。冗談のようだが、背筋を走る悪寒は本物だ。

まあ、それは食後でも良いだろう。

なんたって領主館の晩餐だ。ヤック料理長も量より質を重視した逸品を作ってくれる。これを気もそぞろに味わっては失礼ですよ。

ヤック料理長特製のハンバーグ、今回はどうやらすり下ろしたリンゴをソースに使ったらしい。絶妙な甘酸っぱさだ。ソースに合わせて、豚と牛の比率も変えている気がする。

実にさっぱりとした後味で、いくらでも食べられそうだ。

「素晴らしい。実に美味しいです。ヤック料理長は、すっかりハンバーグをご自分の料理にしてしまわれましたね。素晴らしい腕と努力です」

私が何度も頷きながら、できるだけ上品に食べていると、隣のマイカ嬢がやたら静かなことに気づいた。

いつもなら、私と一緒にヤック料理長とハンバーグの素晴らしさを称賛しているのに、今日は静々と食べ進めている。

まるでこの素晴らしい味を感じていないかのようだ。絶対におかしい。

「マイカさん？」

「なに、アッシュ君？」

声が硬い。これは緊張している時のマイカ嬢の声だ。伊達《だて》に十三年も仲良く幼馴染《おさななじみ》をしていない、声を聞けば一発でわかる。

体調不良ではないようなので、私はほっとしながら小声で伝えておく。

「どんなご心配事があるか知りませんが、あまり深刻になる前にご相談くださいね。せっかくの美味しい御飯が、もったいないですよ」

「う……わ、わかっちゃう？」

「わかりますとも。ですが、表情に出さないのは上手になりましたね」

絶品ハンバーグにはしゃがない不自然さがなければ、気づかなかったかもしれない。対マイカ用諜報物資ハンバーグの効果は非常に高い。

マイカ嬢も腹芸が板についてきたようだ。お礼の手紙を書く時に、ユイカ女神にご報告しておこう。

「アッシュ君には、敵《かな》わないなぁ」

すまし顔だったマイカ嬢が、肩を落として唇を尖《とが》らせる。

力みが抜けたようで、ハンバーグを一口含んで、美味しい、と笑いかけて来る。

「ええ、この調子で、ヤック料理長には料理文化の発展にご尽力いただきましょう。農業改善計画にも力が入りますね」

豊富な食料があって初めて、人は質にこだわれるのだ。

今夜の食事に困る人間は、次の収穫に向けた品種改良などできない。生きるために食べるのは易《やす》いが、食べるために生きるのは難い。

だからこそ、食料の土台を支える農業改善計画を推進せねばならない。だって、美味しい御飯をお腹《なか》一杯食べたいもんね。

そのためにも、平和的に都市に残留しよう。

イツキ氏をちらりと見ると、丁度目が合った。向こうも、なにかの話を切り出す機会をうかがっていたようだ。

「あ〜、そのことなのだがな、アッシュ」

「はい、なんでしょう、イツキ様」

食事の手を止めて、お話どうぞ、と頷いてみせる。

イツキ氏も、ワインで唇を湿らせて、話す体勢を整えた。

「その計画を進めるためには、都市にいた方が都合が良いだろう？」

「そうですね。そう思います」

というより、村では絶対に無理だと思う。

「うむ。我が領としても、非常に注目している計画で、一度手を付けた以上、今さら中止にはしたくない。そこで、どうだろう。今後も都市に残り、計画を進めてくれないだろうか」

そこで、イツキ氏は一つ呼吸を溜《た》め、身を乗り出す。

「具体的には、正式に、我が領に仕官してくれないか」

渡りに船とはこのことだ。

ようやく誘ってもらえて、思わずにっこりしてしまう。が、すぐに表情を引き締める。真面目な話の最中だ、あまりだらしない顔はできない。

だが、私の表情の変化は、イツキ氏を不安にさせたらしい。彼は、表情を引き締めて言い募る。

「アッシュも、村に残して来た家族の心配もあるだろうが、出来る限りの支援をさせてもらおう」

「支援とおっしゃいますと？」

すぐに内定を承諾しても良いのだが、条件が気になったのでたずねる。別に、つり上げようなんて思ってはイマセンヨー。

「住まいはこちらで用意するし、給金も十分な額を約束する。なに、アッシュの実績を考えれば、なんらおかしなことではない。勤め先についても、アッシュの希望に添うよう配慮したい」

農民の倅《せがれ》に対して、ずいぶんと至れり尽くせりですな。

文句なんてあるわけない。強いて言えば、好待遇すぎて怖い。

「ずいぶんと素敵な条件ですが、よろしいのですか？　私なんかに、そんな大盤振る舞いを」

「いや、元からアッシュを勧誘しようとは考えていたのだ。……というか、アッシュが都市を離れるとは考えてもいなかったんだが」

イツキ氏は、視線を私の隣、マイカ嬢に一瞬スライドさせる。

「なにせ、ほら、お前は楽しそうにここで暮らしていたし、お前が始めた計画もこれだけ走り出していたわけで、まさかその途中で村へ帰るという選択肢があるとは思いもよらず」

まあ、実際のところ、その選択をする気はさらさらなかったのだから、ご意見は間違っていない。

私の生活態度から読み取れるのは、都市にいる気だけだ。

なにも悪くないイツキ氏なのだが、彼は申し訳なさそうに私、の隣をうかがっている。

「考えてみれば、こちらの配慮が足りなかったのだ。そのことを詫《わ》びるとともに、辺境伯領のため、あとできれば俺のためにも、もう少し都市で力を振るってはくれないだろうか」

なんかものすごく低姿勢なイツキ氏の姿に、思い当たる節がある。

私の隣の席あたりに、思い当たる節がいる。

ここ数日で繰り広げられた、どこまでも私に都合の良い展開。考えてみれば、私の隣の思い当たる節の人と話してから始まってない？

「すでに、軍関係者と政務関係者から打診があったと思うのだが……領軍、執政館ともに、君という人材を欲している。多少アッシュを好待遇で迎えたところで、彼等は喜びこそすれ、文句は言わないだろう」

彼等の熱烈すぎた勧誘について知っているとなると、彼等の熱烈すぎる想《おも》いは、領主代行殿にも届けられたらしい。

「ひょっとして、イツキ様も、あの人達とお話をされました？」

「うん、直談判《じかだんぱん》された。ものすごい剣幕だった」

戦場に立っても動じなそうなイツキ氏が、遠い目をしている。そこらの戦場より怖い状況になったのだろう。どっちも、直談判というより殴りこみに近かったのは予想できる。

さんざん脅されたのか、イツキ氏は率直だった。

「そんなわけで、文武の部下達の意見と、あと元から俺がそのつもりだった結果、アッシュにはぜひ軍子会解散後もこの都市に残って欲しい――とお願いしたくて、今日は晩餐に招いたのだが……どうだろうか」

「大変光栄なことです」

話が早くて助かる。面倒な説得作業が必要ないので、私もにっこり笑顔で了承だ。

「おお、そうか！　引き受けてくれるか！」

「ええ、喜んで。先日、クイドさんが届けてくださった手紙で、ユイカさんが両親から許可を取ってくださったそうで、唯一の懸念も払しょくされましたから」

まあ、両親については、あんまり大したことのない懸念でしたけどね。

「そうかそうか！　いいんだいいんだ、アッシュが引き受けてくれたら、俺はそれでいいのだ！」

イツキ氏は、嬉しそうにうんうん頷いた後、私の隣に向けて両手の握り拳を掲げる。

「叔父上はやったぞ、マイカ！」

「ふふ、叔父上ってば、そんなにはしゃいじゃって。アッシュ君が変に思っちゃう」

私にはわかる。マイカ嬢のこの声は焦りを隠している時の声だ。

うん。この一連の流れ、マイカ嬢の仕込みだったんじゃないかな。

多分、私が都市にいたいと思っていることを知って、あれこれ策謀を巡らせてくれたのだろう。

流石はユイカ女神の愛娘《まなむすめ》、順調に強くなっている。実に頼もしい。

ある編纂者の後書き

本書をお手にとって頂き、誠にありがとうございます。

フシノカミの原典版並びに編纂《へんさん》版を読んで下さった皆様のおかげで、三巻をお届けできることになりました。また、本書の刊行に関わって下さった全ての方々に感謝を申し上げます。本書の制作過程ばかりでなく、各書店様への輸送、各書店様での陳列販売まで繋《つな》がっていることで、本書が社会に居場所を得られました。

重ねて、ありがとうございます。


おかげさまで、観光取材の第三弾をお送りすることができます。

今回は前回に引き続き、領都イツツの名所を訪ねてみました。恐らく、この街に来た観光客の誰もが一度は訪れる場所、かつては中央大広場と機能的に呼ばれていたようですが、今では一羽広場と呼ばれて人々に愛されています。一枚の羽の広場――そうです。この羽とは、かの不死鳥の羽を意味しており、この広場こそ、アッシュの名前が当時の王国中に轟《とどろ》くキッカケとなったあの腱《けん》動力模型飛行機がお披露目された場所なのです。

ここを歩く時は、飛行機との衝突事故にご注意を。なにせ、この広場の売りは、「ここで模型飛行機を飛ばせば夢が叶《かな》う」ですからね。毎日無数の夢が、この広場から飛び立たんとしているのです。飛行許可が出ているエリアは限られているのですが、やはりどこかの誰かさんのように大きく羽ばたきすぎる羽もありまして……。

ちなみに、この飛びすぎた飛行機に当たっても、ほとんど問題にならないそうです。飛びすぎた飛行機は「アッシュ」と称される、と聞くと納得されるのではないでしょうか。そうです、「アッシュだから」ですね。仕方ないのです。

それに、当たった人は縁起が良いということで広場中のお店からサービスを受けられるため、むしろ羨ましがられるそうです。……私も狙ってみましたが、残念ながらアッシュ君は今日は別なところで忙しかったようですね。

ちなみに、ここで飛行機を飛ばす人の中には、カップルも多く見られます。カップルの片方が飛行機を投げ、片方が受け止めるのです。結婚を控えた恋人達《たち》もいれば新婚の人達もいて、告白もまだといった様子の男女も見かけました。最後の恋人未満の二人は、男の子が緊張した様子で自分の飛行機を受け止めて欲しいと女の子に伝えていましたよ。

この広場のもう一つの売りに、「模型飛行機を飛ばし、受け止めた恋人達は、円満な家庭を築く」というジンクスがありますからね（ただまあ、カカア天下になりやすいようですけれど）。


——当たり前のように飛ばされる模型飛行機を眺めながら

作品のご感想、
ファンレターを
お待ちしています

あて先

〒141-0031　東京都品川区西五反田 7-9-5 SGテラス5階
オーバーラップ編集部
「雨川水海」先生係／「大熊まい」先生係

スマホ、PCからWEBアンケートにご協力ください

アンケートにご協力いただいた方には、下記スペシャルコンテンツをプレゼントします。
★本書イラストの「無料壁紙」　★毎月10名様に抽選で「図書カード(1000円分)」

公式HPもしくは左記の二次元バーコードまたはURLよりアクセスしてください。
▶ **https://over-lap.co.jp/865546835**
※スマートフォンとPCからのアクセスにのみ対応しております。
※サイトへのアクセスや登録時に発生する通信費等はご負担ください。

オーバーラップノベルス公式HP ▶ **https://over-lap.co.jp/lnv/**

フシノカミ 3
～辺境から始める文明再生記～

発行　2020年6月25日　初版第一刷発行
著者　雨川水海
イラスト　大熊まい
発行者　永田勝治
発行所　株式会社オーバーラップ
〒141-0031
東京都品川区西五反田 7-9-5
校正・DTP　株式会社鷗来堂
印刷・製本　大日本印刷株式会社

ISBN　978-4-86554-683-5 C0093

【オーバーラップ　カスタマーサポート】
電　話　03-6219-0850
受付時間　10時～18時（土日祝日をのぞく）

異世界で土地を買って農場を作ろ
Let's buy the land and cultivate in different world
ラクラク
最強の《至高の担い手《ギフト》》で
農場開拓ライフ!
人魚やドラゴンの
美少女と送る
賑やか
スローライフ!
岡沢六十四
イラスト:村上ゆいち
異世界へ召喚されたキダンが授かったのは、《ギフト》と呼ばれる、能力を極限以上に引き出す力。キダンは《ギフト》を駆使し、悠々自適に異世界の土地を開拓して過ごしていた。そんな中、海で釣りをしていたところ、人魚の美少女・プラティが釣れてしまい——!?
OVERLAP
NOVELS